谌虹颖　著

放歌天地间

——艺坛将星阎肃

全国百佳图书出版单位
APGTIME 时代出版
时代出版传媒股份有限公司
黄　山　书　社

图书在版编目(CIP)数据

放歌天地间——艺坛将星阎肃 / 谌虹颖著.—合肥:黄山书社,2016.12
ISBN 978-7-5461-5997-3

Ⅰ.①放… Ⅱ.①谌… Ⅲ.①报告文学-中国-当代
Ⅳ.①I25

中国版本图书馆 CIP 数据核字(2016)第 304584 号

放歌天地间——艺坛将星阎肃 谌虹颖 著

出品人 王晓光
策　划 万直纯
责任编辑 汤吟菲 韩开元 刘 春 李 南
责任校对 徐佩兰 刘莉萍 吴宝燕
装帧设计 观止堂_未 氓
出版发行 时代出版传媒股份有限公司(http://www.press-mart.com)
黄山书社(http://www.hspress.cn)
地址邮编 安徽省合肥市蜀山区翡翠路 1118 号出版传媒广场 7 层 230071
印　刷 安徽新华印刷股份有限公司
版　次 2017 年 5 月第 1 版
印　次 2017 年 5 月第 1 次印刷
开　本 700mm ×1000mm 1/16
字　数 260 千字
印　张 19
书　号 ISBN 978-7-5461-5997-3
印　数 1—30000 册
定　价 28.00 元

服务热线 0551-63533706
销售热线 0551-63533761
官方直营书店(http://hsssbook.taobao.com)

目录

第一章

送别：春天的骊歌

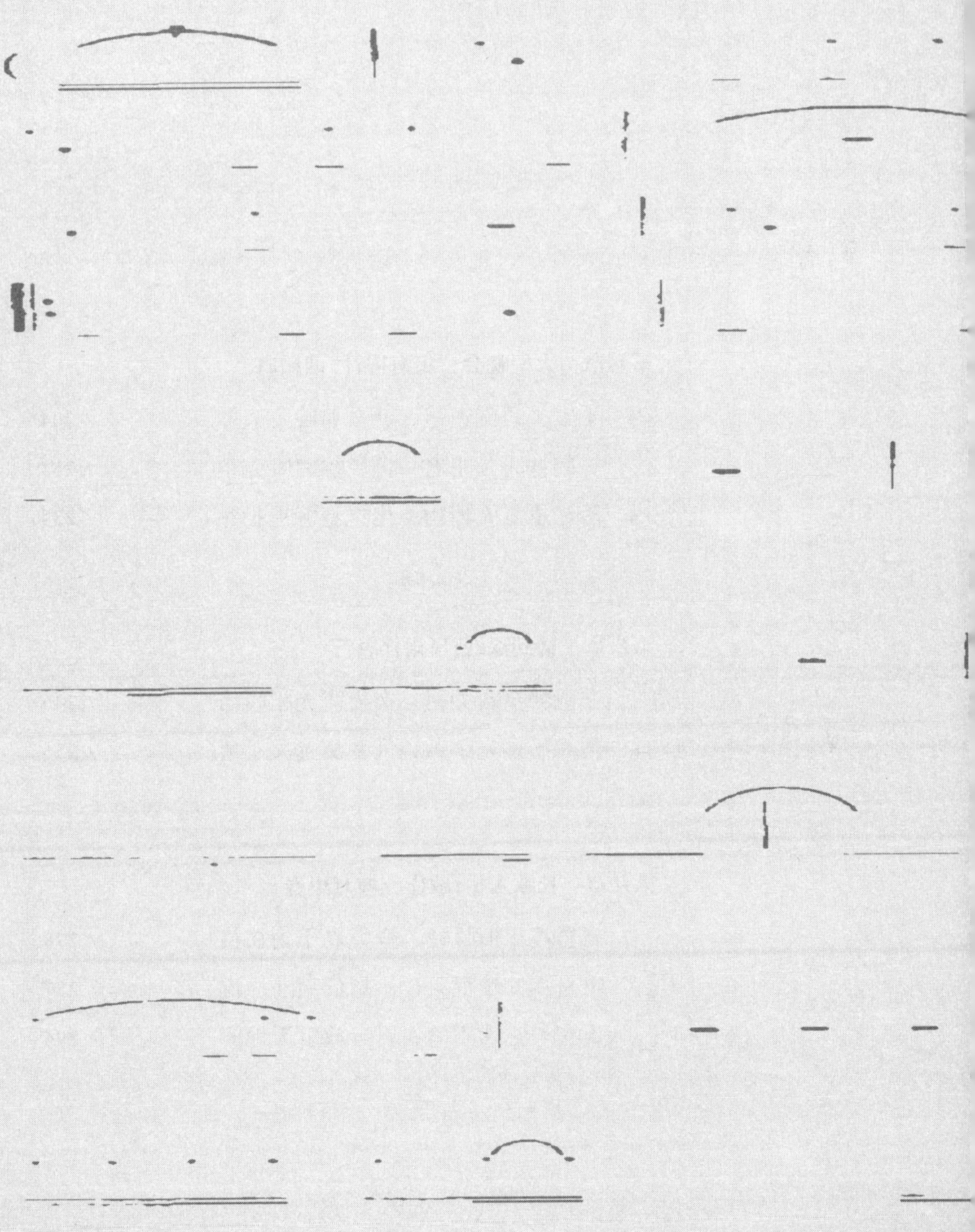

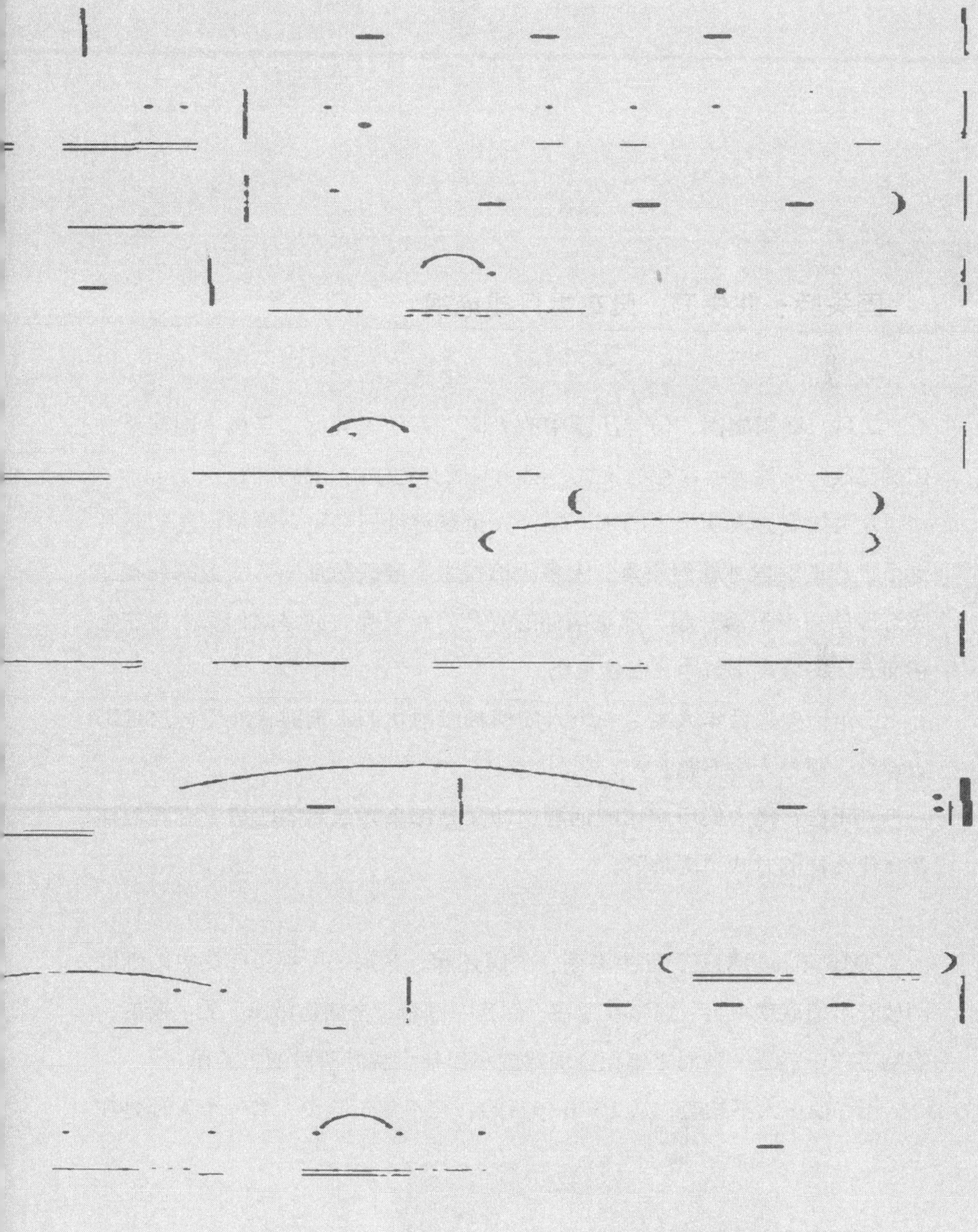

01

国失骄子曲失词，风花雪月成绝唱

二月，细雨飘落，仿佛沙漏中的光阴，苍茫无凭据。春风不期而至，仿佛赶赴一场盛大而肃穆的仪式，唱响时间契约中的一曲骊歌。

人生如戏。人从出生的那一刻，人生戏台就已经拉开帷幕，直到离开这个世界的时候才鞠躬谢幕。大幕徐徐拉上，唯天际那一弯故乡的月亮追光灯般映射着灵魂升起。那是信仰的光芒，是召唤，亦是陪伴。生命在神秘而宏大的叙事场景中，安然退场。

千年历史，百年人生。一个人如何畅游时代而不被时代淹没？这是历史课题，更是人生课题。

“死亡”是人们所避讳的话题，却又是每个人最后的归宿。究竟应该选择什么样的方式“谢幕”？

2016 年正月初五，北京有雨，乍暖还寒，各家的电视里还热热闹闹地回放着春节联欢晚会。猴年春晚在“你我中国梦，全面建小康”的主题下，唱响了“十三五”开局之年和全面建成小康社会决胜阶段的主旋律。

也许很多人不知道，从 1986 年开始，几乎每年除夕，有一个人都是在中央电视台演播大厅度过的，经常大年初一凌晨三四点才能和家人团聚。这个人就是阎肃。

中央电视台猴年春晚创意组顾问名单，阎肃排在第一位。按照往年的习惯，这个时候阎肃应该刚刚从忙碌了大半年的春晚后台撤出不久，坐在他那张堆满了报纸的小书桌前，咬着笔头，想想今年的春晚有什么得失，明年又得出什么新点子。然而，今年的春晚却没能留住他，在人们对春天的期冀中，为时代立心的阎肃平静地离开了他热爱的祖国和人民。他没能迎来人生的又一个日出，没能再一次送走晚霞，这位一生都在歌唱的艺坛常青树静静地凋零了。

阎肃之子阎宇在微博上发布：

> 因为实在不方便隐瞒消息到节后，因此不得不在春节假期向各位亲友报告，如按阎老的习惯肯定是不愿在这特殊时间打扰大家的，真的很抱歉！我的老父亲阎肃，于今晨，2016年2月12日凌晨3时，平静地离开了尘世。很平静，没有任何痛苦，就像睡着了一样。老爸因突发脑梗住院近五个月来让亲友们费心了。作为阎老的子女，我其实和很多朋友的心思一样，本希望他能在晚年多点轻松享些福的，但老爸没有贪图享乐的习惯。可能他觉得已经完成了自己的使命，所以就这么离开了。我们没有办法改变命运，只能由着他了。很遗憾，却无力改变，人生的组成里本就有遗憾的。怎么办呢？真没办法。再次为打扰了大家的春节假期深深抱歉！

全文短短200余字。言辞平实、恳切，令人动容。

按常理，名人去世，应是重磅消息，阎宇却强忍至亲离世的哀恸，只怕打扰大家，两次致歉。潜意识里，他并不想让这个消息破坏团圆喜庆的年味儿，字里行间的体贴传递出阎家为他人着想的良好家风。

这条微博迅速被各大网站、新闻客户端、微信朋友圈转发。

自 2015 年阎老住院以来，虽然病重、去世、好转等传言不止，但对沉浸在新年假期中的人们来说，消息来得还是突然了些。不敢相信地回看着阎宇在朋友圈中发布的简短信息：

——五日前，猴年农历除夕：

> 安心平稳过除夕，风花雪月又一年。除夕了，老爸身体各项指标稳定，代老爷子感谢大家的关爱、陪伴，并恭祝所有关心支持阎老的亲友同事们除夕快乐，丙申猴年吉祥如意。

——再往前，2015 年 12 月 29 日：

> 老爷子昏迷整仨月了，也不知是快还是慢，只觉着这仨月没天，只有夜，倒是躲过雾霾了。2015 肯定是得记住了，更记住了很多真心的朋友，超暖的问候，从外地来探望，大多看老爷子的，也有看我的。真是欠了大情了。……老爸如今和我们一起坚持着，每天很平静，脸色也还好。我之前写过两句歌词，老爸很喜欢：新年总是美好，一切烦恼愿从今从头忘了。
>
> ……

阎宇向来言辞极简，仿佛亲人之间、邻里之间唠个家常，报个平安，顺带道一声真真切切的感谢。没有多余的客套，透着窝心的暖，让人心安，似乎这样一个快乐的好老头儿是永远不会离开的。

还记得 2015 年 9 月，阎肃在完成纪念中国人民抗日战争暨世界反法西斯战争胜利 70 周年文艺晚会《胜利与和平》创演任务后突发脑梗，随后陷入深度昏迷。10 月，某歌星发微博称阎肃去世，让这位病床上的老艺术家陷入舆论的喧嚣之中。一时间，包括微博、微信在内的社交媒体，被一条“阎肃去世”的消息刷屏。该消息迅速扩散，从而点燃了此后一两个小时的刷屏风潮。

在一些聊天群里，群友们为如何评价阎肃吵得不可开交，最后，大家终于发现，自己掉进了一个“大乌龙”当中。转发过“去世”消息的网友和媒体，又纷纷转发辟谣消息并道歉。

阎宇自然是首当其冲地被骚扰。他接到了上百个电话，收到两三百条短信。看着昏迷中父亲那张安详的脸，他轻声说：“老爸，你如果知道了这事，会是什么反应？”

他仿佛听见了爸爸的哈哈大笑声：“这叫什么呀？这有什么呀！”

阎宇会心一笑：得，就依您。于是，他发了一条微信，寥寥数语，以惯常的善良、宽容，请大家不要指责那位歌星，相信她也是关心阎肃，并无恶意。这样的处事方式不知让多少人汗颜。

针对类似乌龙事件，财新网张继伟曾站出来发声：“抢新闻不是抄新闻，而是比谁先达到事发现场，谁先能得到权威信源的确认。如果只是躲在后台，比谁抄得快，一犬吠形，百犬吠声，这与普通民众随手转发没有差别，不仅玷污了新闻职业，甚至也是对‘抢’这一行为的不尊重。”

……

然而，这次是真的，一颗璀璨的巨星从中国艺术的天宇陨落了。他的一生仿佛是一出戏，起承转合，波澜壮阔。

这即是他，内心清朗无垠，只有一片蔚蓝色的天空、一曲萦绕在天地间的骊歌、一段荡气回肠的传奇。

鲜花会枯萎，朝日会西沉，流星会陨落，而他，他的歌、他的笑，沉浸在岁月深处，如隐者般藏于流岚之中，永不寂寥，他的一生就这样被春天铭记。

一切离去的都将通向未来。

02

四方垂泪缅音容，千秋盛誉赞高风

他静静地走了，却曲未终，人不散。

悼念阎肃的文章、跟帖遍布各种信息平台。不论是官方还是民间，都对这位耄耋老人给予了高度评价，对他的离世，表达真诚悼念。上万名网友自发为老人送行，满屏都是“一身正气”“德艺双馨”“亲切风趣”等充满崇敬、赞叹的字眼。而阎肃生前的领导、同事、亲朋好友等也纷纷发文缅怀，千言万语，无不在为阎肃的艺术人生“点赞”。

那么多的人久久地沉浸在他的歌里，难以抗拒那份入心随性的共鸣，如同在属于自己的精神家园，行走于阳光、月色渲染的岁月长河中。

在观点多元化的当下，这种舆论评价和大众情感的高度一致尤为可贵，也引发了人们更深层次的思考：为什么会出现这种“阎肃现象”？

一个最直观的原因就是，老艺术家阎肃穷其一生，创作了影响几代中国人的一大批经典作品。它们如珠玑般串起了种种关于文学、人生、艺术的感悟和激情，优美之外，还有圣洁，还有庄严，还有真诚的艺术家对生活、对生命最诚恳的奉献。

人们深情悼念阎肃，表达的既是对这位“时代楷模”“人民艺术家”的缅怀，也是对文艺创作提出的诉求和期望。

时代在变，人们对笃定恒心、倾注心血的作品的欣赏不会变，对“铁马秋风”“战地黄花”“楼船夜雪”“边关冷月”的向往不会变，对德艺双馨、虚怀若谷的艺术家的敬仰不会变……

这些，正是“阎肃现象”留给世人的启示。他用生前歌、身后名无声地标注了文艺工作者应有的追求和理想，这是一种激励，更是一种引领。

斯人已杳，音犹在耳。

“每到这时，我们心里都会涌出这样一句话：老爷子真好！”

“他越活越精彩，越活越达观，越活越睿智，一步一个台阶始终往上走，难怪有人引用网络流行语来形容：他只是个传说！”

“他是一个稳稳地站在中国土地上的当代君子，他是一个热爱生活、热爱人民的天真艺术家，他是一个直到晚年还深受广大观众喜爱的奇迹般老人。”

“他是我们心目中的不老男神。”

——他说，她说，他们说。

每个热爱他的人心中，都有一个阎肃。

猴年正月初五，李舫得知了阎肃离世的消息，她眼前浮现出那个即使在黑暗中都很醒目，似乎浮在人群之上的坚定的老者。

在李舫心目中，他的声音，有些沙哑，但是坚定；他的神情，有些疲倦，但更坚定。

李舫以《人民日报》记者的身份对阎肃进行过两次采访：第一次是1995年，阎肃65岁；第二次是2010年，阎肃岁逢80高龄，那时，阎肃身体矫健、啸傲风月。

李舫清晰地记得第二次采访，来到中国人民解放军空军政治部文工团（以下简称“空政文工团”）大门外，一身空军蓝的士兵一路指点：“一直走，剧场里，很容易找到他！”

剧场里，阎肃在朗诵，中等身材，隐藏在一排蓝色制服中间。

然而，士兵说得对，很容易找到他。他的目光，扫过寂静的座椅，宛如晨曦。

在李舫眼中，80岁的阎老与65岁时相比，还是明显老了许多。李舫说明来意，这个坚称自己是“80后”的老头儿悄悄地在桌子下面摇手，又近乎顽皮地问：“真的要写我吗？可不可以不写？或者——就问两个问题？”在李舫心中，阎肃还是压在书桌玻璃板下的那张褪色的黑白照片；是那个佩戴大红花，站在领奖台上，英姿飒爽的小伙子。她知道阎肃十分珍惜这张照片，因为这是阎肃参加工作后获得的第一个荣誉。那时阎肃的工作是拉幕、打杂、跑龙套。阎肃说：“我这一生没有别的窍门，只懂得四个字：苦干，实干。”

李舫记得那次阎肃请大家吃饭，席间热情地布菜，细数每一款菜式的奥妙，可自己不吃，只对一道红烧肉用力，每一次相遇，绝不错过，活脱一个快乐老头儿。服务员在外面忙碌，阎肃瞅了个空，遥敬一杯，自己干掉。“可别把自己当回事，当个什么人物。真的！”阎肃乐呵呵地说。服务员过来要求合影，他谦虚地让在一侧，身着工装的女孩们站在中间。闪光灯一闪，他得意地大笑：“美女都喜欢我！”

后来李舫写下了诗一般深情的文字：“岁月一定在他心里留下了沧桑，可我看不到。……红尘一定在他身上留下过印记，可我也看不到。……坎坷一定犁平人的斗志吗？我不敢肯定。……成熟一定在风华的年代雕刻过世故吗？我看未必。……白云苍狗，流年似水，一个甲子弹指而过，60年的时光很短也很长。可是，一个人的力量，在历史长河中永远是沧海一粟吗？我不相信。”

还是正月初五这一天，清晨的天色似乎比往常更灰冷些。屈塬醒来，习惯性地点开手机新闻，一条消息让他一愣怔：阎老走了。一整天，悲痛的情绪让他沉重、让他肃穆。

“我是听着您的歌长大的”，这些年惯常用来调侃的话此刻却让屈塬泪流满面。

读中学时，屈塬在学校阅览室偶然读到《江姐》的唱词：“春蚕到死丝不断，留赠他人御风寒。蜂儿酿就百花蜜，只愿香甜满人间。”这是对唐代诗人李商隐诗句“春蚕到死丝方尽”的反其意而用。看罢，他拍案叫绝。在当时，把它用在革命者江姐身上，一是需要才华，二是要有胆量。从此，阎肃的名字深深印在屈塬的脑海里。

屈塬心中的阎肃是什么样子的呢？

他和阎肃相识有20多年。从晚会到会演，从研讨到评奖，从首都到外地，从军队任务到地方活动，很多时候他们都在一起。在他心中，阎肃是他亦师亦兄、声气相通的忘年交。

得知阎老住院治疗这个让人不安的消息后，屈塬经常会想起与阎老相处的时光，想起阎老带给他的感动与教益。

在屈塬的记忆中，阎老平易近人、心态敞亮，具备天然的感染力、亲和力，经常使人忘记他是个耄耋老者。他多次注意到阎老日常生活中的一些细节：面对猪肉白菜馅饺子时满脸的陶醉感、吃火烧时用手小心接着掉下的芝麻粒、剩下的包子或饺子打包下顿再吃、抽了半根烟掐灭下次接着抽……这哪像是一位享誉全国的艺术家呀，分明是邻家老大爷！最初接触的时候，他有些不以为意，慢慢地不由得对阎老肃然起敬。

屈塬记得，参加奥运会开、闭幕式创意方案竞标活动时，每天早上阎老都会给大家讲一会儿新闻。国内国外，天上地下，人间万象，他都及时了解，纳入自己的信息库。

还是那段时间，阎老每天都拿着手机，请年轻人帮他给别人回信息。大家有时候会交流手机上传播的段子，那些结构精巧、语言机智的段子，经常逗得阎老开怀大笑：好包袱呀！好素材呀！看来得学会发短信啊！

几天后的一个深夜，屈塬收到阎老发来的信息，就一句话："这条信息是阎肃亲手发给你的！！！"结尾是三个感叹号。

一个人在衡量任何事物时，看重的是它们在自己生活中的意义，而不是它们能给自己带来多少实际利益，这样一种生活态度就是真性情。阎肃就是这样一个真性情的人。他从来不把成功看作人生的主要目标，觉得只有活出真性情才没有虚度人生。

屈塬不会忘记，阎肃常说："一片林子，不能全是嗡嗡叫的知了，要有啄木鸟啊！我不想干了一辈子，回身一看队伍，后面没人了。"

他知道要薪火传递，后继得有人，这是阎肃晚年最为牵挂的事。

屈塬真不敢相信，这位劳碌奉献了一辈子、沉睡了近5个月的老人真的走了。

这位毕生身披空军蓝的高龄长者，以年轻的姿态，以飞行的方式，沿着白云铺就的大道排空而去，在我们的记忆里，留下一串极富感染力的爽朗笑声，从此天人永隔……

同样作为黄金搭档的印青，手机里仍保存着大量两人商讨的文稿、反复交流的短信，日期最近的一条，竟是阎肃在一天凌晨3点多的回信：我又有想法，你看这样调整可好……

印青赶紧回短信：阎老，赶快歇息吧！哪知阎肃早上见到印青的第一句话就是：哎，印青，我又想了一稿，快看看……

在印青的记忆中，一篇歌词，阎肃经常要修改几稿甚至十几稿，有时所有人都十分满意了，他还要精益求精。"我这么大年纪了，随便写一个，你们能说不好吗？但越是这样，我越不能应付，得写一个是一个。”阎肃这样对他说。

印青记得，2013年，他接过阎肃递来的歌词，一看就愣了：板腔体，分明是戏剧风格嘛！他说：“阎老，你真是天马行空，没法弄！”阎肃哈哈一笑，扮个鬼脸：“嘿嘿，我给你找个麻烦，考验考验你！”

印青一想，也对，阎老83岁了还能创新，自己为什么不能？印青真的“突破了一下”，曲风上完全打破套路，写成一个“别开生面的大合唱”。后来，这首《旗帜飞扬》成为当年“双拥”晚会的压轴曲目，获得一致好评。

“艺术家最怕的不是年龄的衰老，而是艺术心态的衰老。”印青从始终有一颗纯洁真挚童心的阎肃身上明白了艺术之树常青的奥秘。

男高音歌唱家李光羲与阎肃一家关系十分亲密，平时也会经常走动。忆起昔日两人的第一次合作，李光羲仍历历在目，他饱含深情地道出与阎肃的关系：“我们是同行中的同行。”

在李光羲脑海中，时常闪现出这样的场景：“有一次我们见面，我叫了他一声‘阎老’，他马上装作不高兴的样子，对我说：‘谁老啊，你还比我大一岁呢！’我以为他是永远不会老的。”

从歌剧《党的女儿》到舞蹈史诗《复兴之路》，阎肃创作了1000多部（首）音乐作品。李光羲说：“在音乐创作上，他当之无愧是个大功臣。我们经常说‘歌词不是诗，但一定要有诗意’，一唱出来要韵味无穷，朗朗上口，容易让大家记住。阎老和乔老（乔羽）当年的合作，堪称是经典中的经典，是对中国原创音乐的最大贡献。”

给李光羲留下另外一个最深刻的印象就是阎肃的勤奋、好学。“有时创作不出来，他也会急，但从来不放弃，特别勤奋。去地方采风的时候，有好的地方民歌，他都会停下来仔细地听，让老乡们教他唱，然后把调子记下来，带回北京。他从来不把自己当成什么著名词曲作家，特别平易近人，到哪都是笑声歌声一片。”

“阎老一辈子都是为自己的音乐理想而活，现在他走了，但他的音乐作品会被一代代人继续传唱下去，他的精神不死。”

著名作曲家徐沛东与阎肃有过很多合作。两人合作的奥运歌曲《相聚在五环旗下》以及《风雨同舟》等更是广为传唱。在徐沛东眼中，阎肃能够紧跟时代，深入大众，捕捉人民的心声，是每个艺术家都要去学习的楷模。

谈到与阎肃的合作，徐沛东把时间拨回到20世纪80年代。几十年下来，两人在音乐道路上合作甚多，徐沛东甚至用“忘年交”来形容两人的情谊。2000年之后，徐沛东与阎肃在很多节目中一起做评委，不仅是创作上的好搭档，还是评委席上的好伙伴。徐沛东认为，在评委席上的阎肃不仅思想睿智，对艺术的见解准确到位，而且勇于说真话，这在圈里几乎是公认的。最难能可贵的是，“老爷子能准确地把握艺术的标准，还能用幽默的语言给观众带来欢笑”。

他忘不了阎老曾说过的话：“历年来写的作品，我都是写完就扔了，大部分也都记不得了，写完了连个‘尸首’也没有。我觉得，活在老百姓心里才算留下了。”

“阎老走了，欲哭无泪！他的音容笑貌永远在我的脑海里，他的话语永远在我的心中。”得知阎肃去世的消息，相声表演艺术家姜昆难掩悲伤之情。

“我受益于阎老许多，每一次与他合作，都是我难以忘怀的人生课堂。”“得知道自己是谁，得知道你的本事是谁给的，知道你得为什么人服务！”“本分两个字沉甸甸的，经常敲打着我自己。阎老没有走，他用一生告诉我们，一个能够名留青史的艺术家，要看作品，更要看人品！阎老，我永远不会忘记您！”姜昆说。

六小龄童在微博中写道：“惊悉一代艺术大师、著名艺术家、我的良师益友阎肃先生因病于今日3时07分在北京去世，享年86岁，深感悲痛。他的去世是我国艺坛的巨大损失。阎肃先生的一生活出了精彩与辉煌，留下1000多部（首）有筋骨、有道德、有温度的文艺精品佳作必将载入史册，鼓舞和激励一代又一代中国人。愿阎肃先生一路走好，在天堂再出新作！”

写出《激情燃烧的岁月》《幸福像花儿一样》的著名作家、编剧石钟山也发文悼念：“阎肃老先生走了，留下他的佳句和朗声的笑。正直乐观的老先生，热爱文艺、挚爱人生的老爷子，您是上一代艺术家生活创作的代表，用生活和生命讴歌。老爷子走好！”

著名舞蹈表演艺术家陈爱莲听到阎肃离世的消息时有些控制不住自己的情绪。“去年夏天，我们还一起在上海的摄影棚录制节目，怎么这么快就走了呢？”虽不在同一行业，但因为一直没离开一线岗位，两位老艺术家经常在很多活动场合碰面。“他真是太忙了，也太累了，这回可以多休息了，希望他可以在天国里一样幸福、快乐。”

在陈爱莲的记忆中，阎肃才华横溢，知识面既深又广，对文艺界很多领域都研究颇深，是一位睿智、风趣，喜欢讲笑话，到哪都受欢迎的“老顽童”。

陈爱莲忘不了，在舞台上，阎肃曾多次力赞她跳的《鱼美人》和《红楼梦》是全中国最美的舞蹈。“2012年我从艺60周年，再次请他观看《红楼梦》里我饰演的林黛玉时，他还是给了我很多肯定和勉励，说我表演的是‘活林黛玉’，鼓励我要坚持舞蹈艺术创作之路，为国、为民不断做出新贡献，他也会尽自己所能帮助我。现在想想如果没有他那时的很多帮助，也许我也不会有一直坚持下来的信念。”

和阎肃打了几十年交道的女高音歌唱家耿莲凤，把他比作“活宝儿”，在她的记忆中，阎老留下的全是欢乐：“每次阎肃都会给大家讲笑话、抖包袱，只要有他在场，气氛肯定很活跃。无论什么时候，只要一想起他，我就忍不住想笑。”

在汤非心中，阎老是那个身板硬朗、谈笑风生、人缘好到“穿越”的“可爱老头儿”。

汤非记得，阎肃的外孙女凤凤是汤非的粉丝，那年“青歌赛”（即中央电视台青年歌手电视大奖赛）结束之后，他就拿个纸和笔说，汤非，快，快，快，我们家有你一个小歌迷，给我们签个名。那样子就是个老小孩，特别幽默，有他在，就有笑声。

汤非记得，2013 年 7 月，阎老让团业务处把《当兵前的那晚上》歌词交给自己，当时内心特别激动。歌名叫《夜话》，作曲家印青建议把歌名《夜话》改成《当兵前的那晚上》，征求阎老意见时，阎老说好啊，歌词要为曲服务。

汤非记得，阎老对他说：汤非啊，你是空军人，要多唱唱空军的歌。《当兵第一天》《离开部队那一天》，当时想做一个系列，但是因为阎老生病了没有完成，这让汤非十分遗憾。

在阎老昏迷的日子里，文艺界还专门举办了一场音乐会《一片丹心向阳开——时代楷模阎肃作品音乐会》，汤非用那首《当兵前的那晚上》表达他对这位良师益友的尊敬和感激。那是一场群星闪耀的音乐会。《我爱祖国的蓝天》《说唱脸谱》《我和春天有个约会》……一首接一首，都是脍炙人口的经典作品；蒋大为、蔡国庆、张也……一位接一位，都是耳熟能详的大艺术家。而此时这些歌的作者，已经在病床上昏迷不醒，所以即使是《北京的桥》这样俏皮的旋律，也无法阻止歌者和听众都在牵挂中红了眼睛。

噩耗传到清华园，清华学子不敢相信他们心目中的“不老男神”会真的离去。还记得，在“三代人心中的‘一二·九’”清乐华章开幕音乐会上，阎肃与江姐的扮演者、歌唱家金曼一同回味歌剧《江姐》的创作过程。他语重心长地叮嘱，青年学子不能在太软的歌声中度过，而要追求信仰。也曾有人劝他，不过是一个学校的大合唱，何必凡请必到？阎肃却说：“这可是一些有家国之思的青年。未来，担当民族脊梁重任的还是他们，我有这个义务和责任来给他们加油鼓劲！”

以后我每年都会回来。

大家好，我又来了！我来了四年了，为什么老来呢？一个原因就是你们的歌唱得越来越好，我是越来越老。我想来找回我的青春，找回那逝去的岁月，找回那走过的脚印，我就在这里找着了。

“一二·九”那年，我才5岁。今年我83岁了，但是我还想再来。“我该怎样挽着你，拉着你，跑过这人生的路啊？”岁月给我个憨憨的微笑，没有回答。它不肯回答。

虽然我一辈子很遗憾没进过清华，到现在也找不到北，但是我真爱清华啊！真佩服清华人呐！不是在这里说好话，我走到天涯海角见到清华人我都想鞠躬，真的！

今年的歌声里我听到了红色、紫色和金色，今年的歌声里我听到了豪情、激情和热情。我听见了铁马冰河，我也听见了自在飞花。

我在马兰，碰到了科学家们，跟邓稼先先生是一样的，哪的？清

2010年，阎肃在重庆大学与大学生艺术团的同学们合影

华的！我在“远望”号上，“远望”号四个船，我差不多去过三个，都碰见科学家，哪的？清华的！强军，离不了新的装备，科研第一线默默无闻，哪的？清华的！清华人呐！

年年“一二·九”，清华园中走，听一晚上没听够，我真的不想走。

……

重庆南开中学的师生不会忘记，2010年9月5日，阎肃率领歌剧《江姐》剧组来渝演出，并赴母校参观访问。

听到这一喜讯，可把重庆南开中学的师生们高兴坏了，他们派出代表到机场迎接阎肃。他们手捧鲜花，打着醒目的条幅“阎肃校友，南开中学欢迎您”。当场所有人都被吸引，他们感到非常自豪。

阎肃走出通道口一看到这样的欢迎场面，惊讶地笑起来：好家伙，场面太大了吧，这个，接不住啊！

迎接的人群将他团团围住。南开中学初二年级的两位同学为他献上了鲜花。他的脸上始终挂着灿烂的笑容，精神矍铄，丝毫看不出眼前这位已步入耄耋之年的老人刚刚经历了舟车劳顿。

第二天下午，阎肃回到母校举行报告会。有一个细节让师生们难以忘怀：刚开始的时候，宋校长致欢迎辞，阎肃此时起身站到一边。众人都请他入座，但他坚持不坐，并说：“哪有校长讲话学生坐着听的？”此言一出博得满堂掌声，所有在场的同学马上起立聆听宋校长的讲话。整个致辞过程中阎肃都站得笔直，与台下的同学们一样，恭恭敬敬地听完了宋校长的致辞。

短短两天的时间里，阎肃这位优秀的大学长显得如此率真，如此平易近人，如此活泼可爱。阎肃十足的幽默感以及对母校深深的尊敬与热爱征服了大家的心。

他们不会忘记，大学长一直心系母校，关心学弟学妹。2014年，重庆大学的学生参加《职来职往》栏目，84 岁高龄的阎肃爽快答应，作为本场的校友推荐人出场，为与自己相隔一个甲子的学弟学妹助阵……

得知他们敬重的大学长驾鹤西归的消息，几百名重庆大学校友专程从重庆甚至从国外飞到北京参加阎肃的追悼会，只为送大学长最后一程。然而场地有限，最终只允许 4 名校友进入灵堂，不少校友都在灵堂外为阎老祈愿、祈福，希望大学长一路走好。为了表达重庆大学校友的哀思，冯胜利代表校友会撰写了一副挽联："歌乐山高敢问蓝天路远，嘉陵水长高唱红梅丹心。"冯胜利说，中国人习惯寄情于山水，而歌乐山和嘉陵江最能代表重庆，于是创作了这副挽联，这也是重庆大学校友对阎肃的思念和认可。他说："这个挽联在现场一打开，就被好多人围观拍照，他们一看到歌乐山和嘉陵江就知道我们是同乡，是校友。我举这个挽联就举了半个小时，不停有人过来询问。"

解放军电视宣传中心的录播室里，卫晨霞和同事们正在忙碌着，再过几天就是元宵佳节了，深受官兵喜爱的《军营大拜年》是每年的"保留节目"。

调看的资料片里有一张熟悉的面孔，近几年每年元宵佳节，节目组几乎都是和他一起度过的，而今年他缺席了，并且是永远地缺席了……

阎肃是节目组邀请的第一位嘉宾，同时他还担任艺术总监，为节目把脉，参与策划。

不过有一次，他老人家却真真地被节目组给"策划"了。

在卫晨霞心中，阎肃是那个被她"算计"过的老爷子。

卫晨霞不会忘记，2009 年春节前的一个周末，她和《解放军生活》杂志主编王南方、《人民日报》资深记者吴宗群、《解放军报》文化部的几个老友一起聊节目策划。那是他们第一次搞元宵节节目，实际上也是《军营大拜年》的颁奖晚会，首次由观众短信投票评出新人奖、最佳演唱奖等。

阎肃、唐杰忠和李文启老师三人，因对《军营大拜年》节目组的特殊贡献而获得了特别荣誉奖。节目的定位是联欢，官兵同乐、艺术家和士兵同乐。

这时，吴宗群老师说："那得让三位老爷子也表演个节目呀！"一个词作家、一个相声表演艺术家、一个导演，演什么呢？相声？朗诵？

有人提议唱《我是一个兵》，或者《我爱祖国的蓝天》。王南方主编比较诙谐，笑呵呵地说："不如干脆让三个老宝贝唱个《吉祥三宝》呗！"当时这首歌很火。

卫晨霞一拍桌子："太好了！"她脑海里已经呈现出生动的画面，乐得不行！

不过，也有人反对，阎老何许人也，80岁的泰斗级人物，唱《吉祥三宝》，行吗？他会答应吗？

最后，说服阎肃的任务自然落在卫晨霞头上。

阎肃第二天来开会，卫晨霞很是费了一番脑子，先简单介绍了节目宗旨和设想，然后便开始游说："阎老，咱别老那么高大上，咱也同乐会儿吧！再多几个反串，您看好吗？"

"这个主意好，联欢联欢嘛！你们比兵味，比人情味。让战士们乐和乐和！这叫接地气！"

卫晨霞一看有戏，赶紧接着来："现在有首歌特火，《吉祥三宝》……"说着，她就带头唱起来。阎肃闭着眼睛，打着拍子，也跟着唱起来。键盘手阿明赶紧跟着伴奏起来。唐杰忠老师和李文启老师也拿着我们事先打印好的歌词认真地边比划边唱，阎老最后干脆起身，边唱边跳起来！

看到这一幕，剧组的年轻演员们笑得前仰后合，直抹眼泪。

"成了！"卫晨霞电话里给王南方报喜，王南方也跟着乐，说："老卫，我知道你能办到，也只有你能办到！"

节目录制时，卫晨霞在台上主持，胸有成竹，一切尽在掌控之中！

按照程序，三位老师领完奖，卫晨霞便开始“发难”：“您三位表演什么节目？”台下早已埋伏好的自己人则大喊《吉祥三宝》！观众们也都跟着喊了起来。

唐杰忠老师说，我干脆扮演妈妈。阎老说，我演爸爸。李老师说，我最年轻，就演宝贝吧。就这样，在2009年的元宵晚会上，三位老师连比划带唱地演绎了老顽童版的《吉祥三宝》。

唐杰忠老师凭着说相声记词的功底一字不落、利索流畅地按歌词唱着……

轮到阎老唱时，意外发生了，他老人家忘词了！

那一瞬间大家都有点紧张，但阎老就是阎老，不愧是见过大风大浪的老艺术家，他敏捷机智地“现挂”，脱口唱出“到《军营大拜年》找卫晨霞去”一句现编的词！

这一“现挂”得到满堂会心的笑声和喝彩！卫晨霞激动得眼泪都流出来了，她心里知道，其实老爷子那是幽默，也是在捧《军营大拜年》节目组呐！

打那之后，每年元宵节，阎肃几乎都是和《军营大拜年》节目组一起度过的。他说只有在战士当中，在这个舞台上，他才觉得自己格外年轻，觉得像在自己家里一样开心、温暖！每次做节目也都立下标准：兵味、人情味，数十年不变。

卫晨霞不会忘记，2010年元宵节，他们节目组邀请了两位准军嫂，她们的未婚夫是“雪海孤岛”红山嘴边防连的士官。《军营大拜年》慰问时，节目组悄悄把她们用直升机带到了边防连。由于预报有暴风雪，和恋人短暂团聚3小时后就要被迫紧急撤离。临别的泪水挂在脸上结成了冰，两位姑娘同边防军人纯洁而忠贞的爱情故事深深感动了全场观众！

直播现场，阎肃走上台，亲自为她们戴上红围巾，动情地说：“这份情、这份爱是如此的坚贞、如此的忠贞。‘两情若是久长时，又岂在朝朝暮暮’，请接受一位 80 岁老军人衷心的祝福。”

两个女孩子激动得泪洒舞台！其中一个不久就嫁给了边防军人，成为军嫂。

卫晨霞不会忘记，饺子是阎老的最爱。熟悉阎老的人都知道，他老人家吃饭不挑剔，特好伺候，一盘饺子就能打发。2011 年，他随《军营大拜年》来到空军新兵连，开心地和战士们一起包饺子。他亲自包了个超大的“幸福吉祥饺”，开心得像个天真的孩子：“看我包的饺子怎么样？”

而在那一年的元宵晚会上，阎老出人意料地说，他的梦想是得个“新人奖”。阎老的这个梦想让所有人感慨万千。

2016 年，节目组首次推出的元宵节目《军营合家欢》，在欢声笑语中录制完成，军队的著名词曲作家羊鸣、王晓岭、印青，老前辈陶玉玲、林中华等，还有歌唱家阎维文、吕继宏等 300 余人参加了节目录制。

这是军旅文艺大家庭的一次大团圆和大聚会，但艺术总监阎肃却“请假”了，这是他第一次“请假”，却是永久的长假！

阎肃的老搭档、老战友羊鸣老师带着三代“江姐”扮演者演唱了他和阎肃创作的影响了几代人的《红梅赞》。羊鸣老师感冒失声，他站在台上打着节拍，以这样的方式向阎肃致敬！

节目录制时，阎肃还在昏迷中，没等到节目播出阎肃就离开了，片尾字幕艺术总监处依然打着阎肃的名字，节目组含着泪水给他的名字加上了黑框……

03

先生驾鹤去不还，红梅从此少知音

2 月 18 日。八宝山。风很大，很凉。

寒风中送别的队伍那样长，人那样多，好多都是阎肃不认识的人，可就像在送自己远逝的亲人……

一声声《红梅赞》犹如天籁之音萦绕在你我的心底。那红梅开在红岩上，开在灵魂深处，如水墨长卷氤氲不息，长久不凋。

如此美，如此真，如此光明磊落。

如今，那些曲折离奇的桥段或是惊心动魄的瞬间已洒落在山河岁月，只留下绵绵的歌声慰藉着寥落的浮世，仿佛一段盛世之恋，干净而单纯。2 月的北京城，天地间已然满面春风。“聚散苦匆匆，此恨无穷。今年花胜去年红，可惜明年花更好，知与谁同？”

天未亮透，冷风不时呼啸。八宝山殡仪馆外，悼念阎老的群众已开始等待。

队伍蜿蜒数百米，有数千人从全国各地自发赶来，很多人提前两三个小时站在寒风中等候。他们中有中年人，有满头银发的老者。

有人举着“阎肃老师，我们想您”的标牌，脸颊、双手冻得通红，他于头天晚上就在公墓外围等候了。

60 多岁的他从石家庄特意赶来，手持亲手写的悼文，在门口演唱着经典歌曲《红梅赞》，唱到动情时潸然泪下。

“我是唱着这首歌长大的。”68 岁的杨大稳哽咽难言，“当年我才十几岁，攒 5 分钱买下一张歌片，一边烙着饼，一边学着唱……”

“几十年来，阎老的歌陪伴了多少人的工作和生活，我们身边的‘流行曲’里，总有他的创作。”歌迷苏军是特意从贵阳赶来为阎老送行的，“他的作品永远充满正能量，充满青春的朝气。”

有一位老人手捧菊花，写了缅怀阎肃的长篇悼文：“阎老您是正能量的传播者，我是正能量的受益者，本约好今年 3 月一起去三亚我的种植基地收割我新育成的水稻，可是您却失约了……”他是阎肃 27 年的老友。

来自空军基层业余文艺演出团队的褚海辰泪流满面：“我忘不了跟阎老一起走边关、下基层，为战士们演出的日子。没有阎老，我不可能走上今天的路。”

刚到部队时，音乐学院科班出身的褚海辰面对边远的基层舞台，十分失落，是阎肃的一番话唤起了她的自信心：“丫头，我还点过汽灯、拉过大幕呢，工作不在高低，能找到自己的价值才是最好的。”

“阎老一句话，让我坚持这么多年。”褚海辰多年巡演于边防哨所、战地一线，找到了与最真实、最淳朴的战士交流的舞台，在心贴心的碰撞中，她感到了前所未有的热度和力量。

歌唱演员陈小涛至今还记得阎肃为他创作歌曲《变脸》时不厌其烦、数易其稿的经历，“我们这一代演员，是阎老看着、扶着成长起来的”。

“文工团每年的总结大会，不论奖项大小、新人旧人，只要你上台，总能看见阎老在后排，两手举过头顶，大力鼓掌，笑得那么开心。”空政文工团年轻歌手伊泓远哽咽着回忆。

“我们学校每次遇到艺术上的难题，试着求助阎老，他总是答应得那么痛快。”北京戏曲艺术职业学院音乐系副主任张晓红说。

“这么多年，我们一直给他派任务，却很少有人想到问他一句：累不累？”空政文工团团长张天宇深深地自责，“他那种奋发昂扬的工作状态，总是让人忽略：这是一位已进入耄耋之年的老人。”

“我们要来送送阎老！”来自京郊一所航材仓库的官兵胸佩白花，手持翠柏。14 年前，阎肃到仓库慰问，应官兵之请，留下一首“库歌”传唱至今。这些年来，他写了无数首军歌、团歌，甚至连歌，对基层官兵的请求，他从不推托。

“我们来送阎爷爷！”驻京某航空兵师的一群 90 后官兵列队向阎肃鞠躬。60 余年间，阎肃走遍大江南北的一座座军营。2014 年春节期间，他又一次来到江西某航空兵师，给官兵们“拜大年”。这时，他已是 84 岁高龄。

……

太阳升起来，凉意仍未消散，人也越聚越多，他们用自己的方式表达对阎肃的怀念。更多陌生的面孔是拿着阎肃签过名的歌本、修改过的手稿来送别老人的。这么多年，阎肃给无数素不相识的晚辈以数不尽的扶持和点拨。

“钢筋水泥可建广厦万千，而一捧捧泥土才是生命的源泉！”中央电视台主持人朱军忘不了阎肃喜欢说的这句话。“阎老艺术上所达到的高度，是我们要仰望的，但他做人的那份低调，却要我们俯下身来看。这一高一低、一仰一俯之间，就是阎老人生的宽度、广度和厚度。”

常宝华、陈铎、胡松华等白发苍苍的老艺术家，还有朱迅、朱军、雷佳、王为念、田连元、李丹阳、王洁实、石小杰、《星光大道》走出来的盲人歌手杨光等社会各界人士纷纷赶来为这位德艺双馨的老艺术家送行。

八宝山革命公墓一号厅外，“沉痛哀悼阎肃同志”的横幅挂在中央，庄严肃穆；两侧挂着一副挽联，“文坛泰斗满腹经纶巨笔生花花鲜秀中华；时代楷模一腔赤诚大德流芳芳馨沁人间”。大厅中央是阎肃的遗像，他手托下颏，望向前方，目光依旧那么明亮，笑容依然那么温馨。

礼堂内，《红梅赞》的音乐声萦绕耳畔，低回婉转。阎老身着空军制服，安卧在鲜花翠柏丛中。

习近平、李克强、张德江、俞正声、刘云山、王岐山、张高丽七位常委敬献的花圈摆放在灵柩两侧，这是对阎肃一生的最高褒奖。

上午 9 时许，吊唁仪式正式开始，数千人循着队伍慢慢走向礼堂，与阎肃告别。

人们含泪向遗体深鞠躬后，缓步绕阎肃遗体一周。

10 时 40 分，阎宇手捧父亲的遗像走出礼堂，身后数人抬着阎肃的遗体走向灵车。

“阎老，一路走好！”“阎老，一路走好！”……

一声声呼唤此起彼伏。

“在他洒满光辉的路上，一切都是那么通透。于他，人生不是一支短短的蜡烛，而是一支传递的火炬，哪怕蜡炬成灰，不熄的火焰将依然传递给下一代……”新华社记者张玉清笔端流淌出这样深情的文字。

其时，天地间清风徐来，云正开，雾正散，似那金玉的光阴在歌声中复苏。是啊，阎肃一生都在赞美与讴歌，阳光、天空、青草、森林，满世界浩荡的清风和永不凋谢的红梅仿佛都是他不离不弃的乐队。此刻，他唱完了一生的歌，时光已显得多余，他怀揣着尘世的温暖与初心，沿着春天起程，一路西去，渐行渐远。

灵车驶远后，仍有许多人不愿离去，不时拍照，仿佛这样就可以留住最后的时刻，仿佛要与他相知于今世，相约于来生……

阎肃的艺术是座高峰，人生则写满传奇。当所有的一切都离开，我们仍不禁要回溯时间的长河，缓缓翻阅阎肃满怀深情的人生画卷，看他在春天带来花红，在夏天带来柳绿，在秋天带走落叶，冬天的时候，他则在白雪中淘洗，安置不羁的灵魂……

而我们那一段段激情燃烧的岁月，则见证了一种旋律、一位歌者、一个时代的风采……

第二章

抉择：敢问路在何方

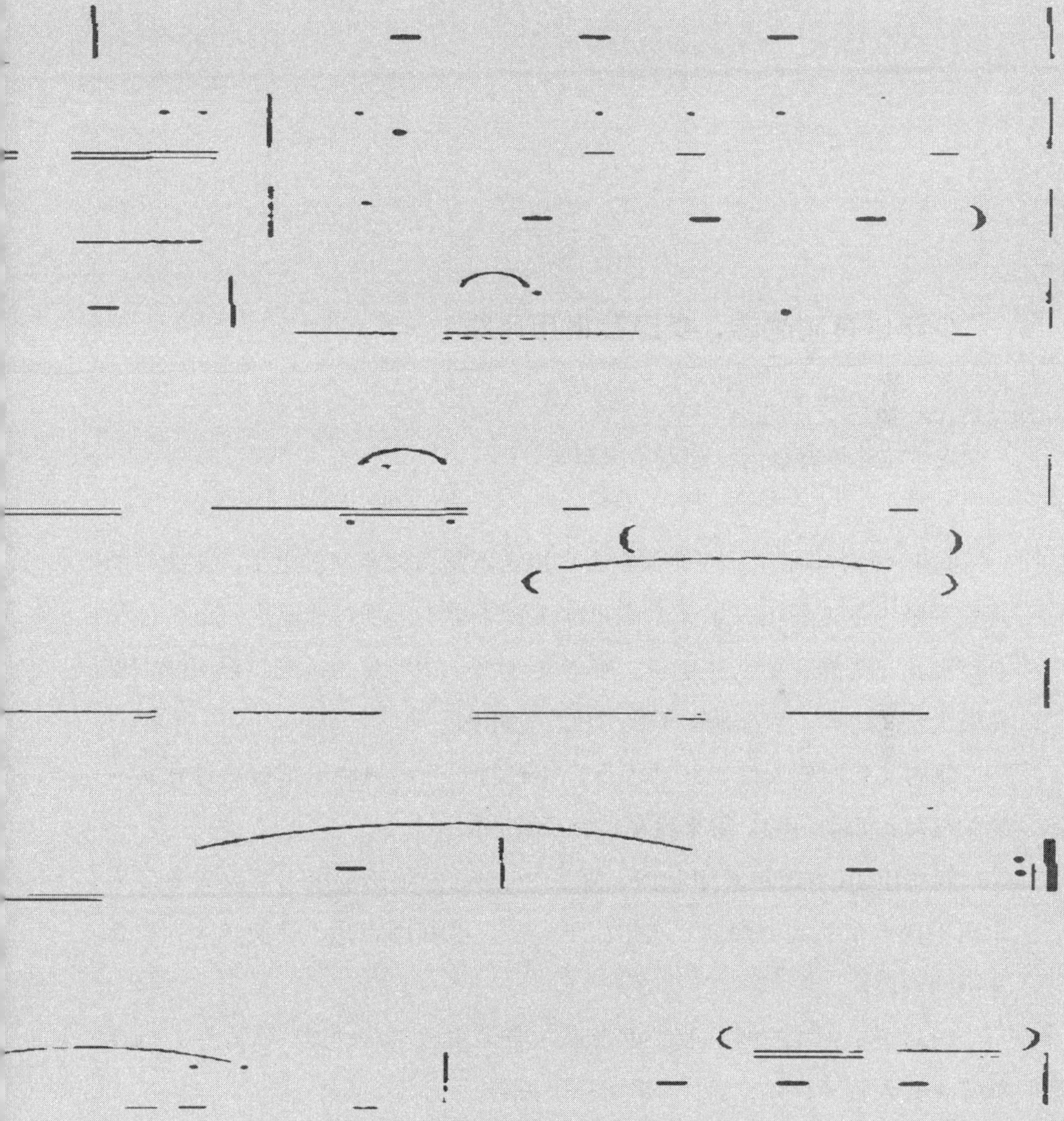

01

少年自有鸿鹄志，身逢乱世历风霜

人生旅途崎岖修远，起点站是童年。

阎肃 1930 年出生，河北保定人。自古燕赵多慷慨悲歌之士，从他写的那些军歌中不难看出，乐天派阎肃其实骨子里不乏慷慨悲歌之气概。他从小就痴迷还珠楼主的武侠小说，晚年对金庸、梁羽生、古龙热情不减，难免染上侠义之风。何况他本不缺“侠”的基因。

他的父亲叫阎襄臣，武功了得，年轻时曾骑马风驰电掣般跃过保定府的护城河，轰动一时，后来投军，官至骑兵团团长。

阎襄臣 40 岁那年解甲归田，娶了 26 岁的姑娘陈亚贤为妻。夫妻二人定居于保定东关大街经商。次年生下一子，取名阎志扬，这便是今天享誉全国的阎肃。

1934 年，4 岁的阎肃被父母带进一所天主教堂。经过“洗礼”，阎肃就算正式入教了，并有了一个教名——彼得。

小彼得成了天主教徒，要说他从此有了信仰未免言之过早，毕竟他才 4 岁，全凭父母做主，由不得他。但此后少不了要跟父母去祈祷、念经、唱诗、做礼拜。

随着年龄的慢慢增长，天主教对他幼小的心灵起着潜移默化的影响。

教堂的洋气、壁画的逼真、教徒的虔诚、仪式的庄严、唱诗班和风琴伴奏那优美的旋律，给他留下了终生难忘的记忆。

1937 年 7 月 7 日，卢沟桥事变爆发，日本发动全面侵华战争。北平、天津沦陷，战火很快烧到保定，阎肃随全家背井离乡。

阎家老少沿平汉线南下，敌机轰炸，兵痞横行，难民塞途，饿殍遍野，可谓步步惊心。

那时，他父亲正当壮年，一身好功夫，又是行伍出身，走南闯北惯了，加上从军和经商积攒了不薄的家底，一路散财免灾，总算平安抵达江城武汉。喘息未定，战火又延烧过来。他们又随难民潮溯江西上，最终落脚陪都重庆。

教会将阎家安顿在重庆近郊的一所小院里。阎肃和他的弟弟志强庆幸终于有了一个家。大人们将房屋里外打扫干净，打开捆扎结实的箱包，将那些千里迢迢搬来的物件摆放停当。全家终于不用再受颠沛流离之苦，吃了一顿饱饭，洗去一路风尘，美美睡上一觉，准备开始新的生活了。

然而，他们的美梦被凄厉的防空警报声撕裂了，这种声音他们在武汉时就已经非常熟悉。

那是一个晴朗的清晨，如此“异常”的天气对于雾都来说简直是个噩梦，必然会招来日军飞机成群结队的狂轰滥炸。军人出身的阎襄臣机敏地抱起两个孩子朝简易防空洞奔去，阎肃的母亲动作麻利地跟在后面。

这次轰炸，日军除投放炸弹外，还投放了大量燃烧弹，整个山城一片火海，数千人伤亡。

阎家老少人身安全未受损害，财产却没保住。阎襄臣半辈子的积蓄和全部家当毁于一旦。

经此劫难，阎家一贫如洗了。

令阎肃震惊的是平生第一次看到父亲哭了，他可是流血不流泪的好汉啊！父亲面对嘉陵江号啕大哭的一幕深深灼痛了他。

身处绝境的阎家又得到了教会的帮助。

嘉陵江南岸的慈母山有一所修道院，经一位教友引见，神父为阎家安排了住处，还让阎肃免费进入教会学校上学。

阎肃的母亲为报答神父的恩典，为修道院干些浆洗衣服之类的杂活。

那时阎肃的弟弟还小，无人照看，父亲就抱着弟弟每天进城去找工作，后来终于在一家旅行社谋到一份差事。干过团长、经过商的父亲很快在乱世中站稳了脚跟，逐渐发迹，由襄理、副总经理升上去，最后当上了总经理。

阎肃穿上黑色教袍开始上学了，教国文的是一位老秀才。这位老先生只会“之乎者也”，甚至不会说白话文，是饱读“四书五经”的儒学之士。阎肃深厚的古文基础就是这时候打下的，从某种意义上来说是拜这位老秀才所赐。

老秀才虽然当了神父，但教学方法还是老一套，要求学生先囫囵吞枣背会每一篇课文再说。这对聪颖的阎肃而言并非难事，老师要求背的课文他全都滚瓜烂熟、倒背如流。他尤其喜爱背诵唐诗宋词，直至晚年仍能记住海量的古诗词，这套硬功夫使他终身受益。他之所以能成为“词坛泰斗”，他创作的歌词之所以极富唐诗宋词的韵味，追根溯源，就在这儿。教会学校的课程只有三门——拉丁文、数学、国文。

那时天主教会规定念经必须用拉丁文。教会学校是培养神父的，学习拉丁文是最重要的课程。

教拉丁文的都是外国传教士。阎肃刻苦好学，加之天赋过人，拉丁文学得很好，深受那些洋人的喜爱。洋人喜欢跟他交流，于是他学会了日常的英语对话，甚至连洋人喜欢玩的桥牌他也学会了。

在修道院他是高材生彼得，放学回到家里，脱掉黑袍，他还是那个穷人家的孩子。他放下书包，背起竹篓，一溜烟奔向江边，直到暮色四合，他准能背回一篓煤渣或柴火。吃完晚饭后，他还要帮着母亲做家务，照看年幼的弟弟、妹妹。尽管生活条件极为艰苦，他却没有耽误功课。每次考试，他几乎都是满分。他在修道院学习了 5 年，其中 4 年总成绩名列第一。成绩第一的孩子可以获得上钟楼敲晨钟的光荣任务，那是教会学校奖励学员的最高荣誉。

每天清晨，彼得面对东方天际的那抹红霞，在神父庄重目光的注视下，很有节奏地一下一下拉动白色的钟绳，顿时悦耳的钟声向四野传播，教堂尖顶上的鸽群扑棱棱飞起，环绕着高高的十字架兜圈子。晨曦和露水，钟声与唱诗，万物处于宁静、和平之中，如果能永远这样，该多么美好啊!

此时的彼得小脸红扑扑的，兴奋异常，他觉得自己是离上帝最近的人。

修道院的学员们排着整齐的队列，向钟楼上投去羡慕的目光。在水井边浆洗衣服的母亲也会停下工作，欣慰地仰望长子优雅的敲钟动作，脸上洋溢着自豪。

但是，有一天清晨，当钟声响起时，彼得的母亲突然发现钟楼上那个孩子的动作不够熟练，略显笨拙，仔细一看不是彼得。一打听，原来彼得的成绩由第一名滑到了第三名，敲钟的荣誉自然旁落。

母亲回到家里伤心痛哭了一回，责骂长子不争气，辜负了大人的辛苦抚育。阎肃自料难逃父亲的责罚，等到父亲天黑回家，他主动双手捧上棍子说：“爸爸，我错了，你打我吧！”

意外的是，脾气火爆的父亲大手一挥：“算了，知道认错就好，下次考好。”

彼得为什么没有考好呢？原来他迷上了演戏。

修道院除了念经、祷告，还有一个必修的功课是唱诗。

唱诗也是用拉丁文。彼得天生喜欢唱歌，也就成了唱诗班成员，还学会了古老的拉丁四线谱。因此，在唱诗班里，他会唱的宗教歌曲最多，唱得最好。

每到复活节、圣诞节等宗教节日，他们都会排练一些节目。

彼得的创作天赋由此萌芽，他自编自导了《圣女贞德》《天使与魔鬼》等戏剧。他的演艺生涯是从演反派开始的，在他自编自导的戏里，他给自己安排的角色是“魔鬼”。

孩子都有爱玩的天性，彼得唱歌演戏的时间多了，学习的时间就少了，功课受到了影响。经过父母的那次特别教育，他又重新振作，成绩很快恢复到第一名，敲晨钟的荣誉又降临到了他的头上。

彼得在修道院学习了5年，即将毕业。这个孩子是如此出类拔萃，教会准备送他去另一所高级修道院深造，甚至有送他去罗马教廷深造的长远打算，期望将他培养成在华布道的神父，但他令教会大失所望。

这是阎肃人生的第一次抉择——脱掉修道院的黑色教袍，换上重庆南开中学的校服。这个抉择与他的家境发生变化有关。

他的父亲升职做了襄理，督建了新都旅社，生意比较红火。阎家的经济条件逐渐得到改善。寒暑假期间，父亲会请一位从美国留学回来的青年当家庭教师，辅导几个孩子学习。这位家庭教师使阎肃的视野豁然开朗，他学会了教会学校不教的许多知识，明白了宗教不能救国的道理。同时，这位教师意识到这个孩子天资聪颖，是块好料。

阎肃晚年回忆说，他父亲有一位思想进步的朋友，劝说父亲让孩子们正儿八经上个学。这位朋友是不是那位家庭教师，阎肃没有说。

教会学校是免费的，如果阎家不是经济条件好了，恐怕还得依附教会学校。他的父亲最终听从了朋友的劝说，决定全家离开修道院，搬进城里去住。

此时已是抗战后期，在中美空军的联合打击下，日军丧失了制空权，对重庆长达5年半的战略大轰炸不得不终止。市区开始重建工作，许多疏散在郊外的市民陆续返回市区，这是阎肃的父亲督建新都旅社并由此发迹的历史背景。

阎肃显然积极响应了父亲的决定，他的目标是考取当时在重庆最好的中学——南开中学。

重庆南开中学是著名爱国教育家张伯苓创办的，与天津的南开大学和南开中学均属于“南开系”。日寇侵吞东北，制造“华北事变”以后，张伯苓就预见到天津迟早会落入日寇魔爪，于是开始部署南迁。1936年，他在重庆购地800亩，创建南渝中学。七七事变后，日寇炸毁天津南开中学，部分师生南迁到重庆与南渝中学会合，于1938年正式更名为重庆南开中学。

报考重庆南开中学对阎肃来说是一个严峻挑战。

尽管他是教会学校成绩最好的学生，但只学过拉丁文、数学、国文三门课程，考中学拉丁文没用，教国文的老秀才只教过文言文，白话文没教过。至于生物、物理、化学、历史、地理压根没学过。阎肃报名参加了重庆南开中学办的暑期训练班，恶补功课。功夫不负有心人，仅一个暑期的临阵磨枪，他居然考取了。其中语文考了高分，数学也不错，总分超过了录取分数线，但偏科严重。那时高中分文理科，阎肃报考的是文科。

但转学一事颇费周折。晚年他几次向记者谈起此事。有一次他说：

> 回想起我这一辈子，真的面临很多选择。最初的选择，是我离开修道院，去南开中学读书。去向大主教辞行，被他骂了个狗血淋头。他说我那么培养你，你还要离开，你应该做上帝的仆人。在修道院学习期间，我成绩一直很好。五年期间，有四年都去敲钟，要考第一才能敲钟的，那是一种荣誉。正因为如此，大主教很舍不得我。后来看我去意已决，他挥挥手，让我走了。

还有一次他说：

父亲到了城里，别人就劝我父亲让我正儿八经念个书。兄弟姊妹中我是老大，当然还有两个妹妹先后夭折了。有一个活到3岁就死了。我说我这辈子很有可能当教父。当时我父亲就找了重庆教区的一个大头头，是个主教，中文名字叫尚可喜，告诉他，说我家这孩子不念了，想退学。那时，我毕业了，要把我送到重庆另外一个高级修道院深造。那一步要是走成了，说不定我就是主教，没准现在还是宗教的政协委员。那个主教非常生气，用法语骂了我三个钟头。他舍不得我，说什么下江人（长江下游上来的）不可靠，我们对你这么好，你却这么对我们。我们一心想把孩子培养成在中国传道的神父。但是，父亲很坚决，一定要带我走。最后结果是，他说："走吧，走吧。"

这两次回忆稍有出入，一是阎肃本人"去意已决"，一是阎肃的"父亲很坚决，一定要带我走"。前者是阎肃本人的抉择，后者是阎肃父亲的抉择，父子二人的共同抉择也许更加符合历史事实。

阎肃就这样跟被叫了十几年的彼得挥手告别了。

02

鲜衣怒马轻抛却，俗子胸襟谁识我

2010年的一天，重庆南开中学迎来了他们的杰出校友——著名艺术家阎肃。可容纳800人的大会堂座无虚席，师生们兴致勃勃地聆听一位戎装老人的精彩演讲。这年，阎肃年届八旬，仍然精神抖擞，充满活力。他风趣地说："这个舞台我可一点都不生疏，我在南开上学的时候常在这里表演，京剧、话剧、快板、相声，哈哈，我可是个文艺活跃分子。"

老人说："在南开学习的那一段日子，学校自由的空气给了我太多发展的空间。全国有不少南开学子，只要一唱校歌，就算接上了暗号。"说到这里，老人鼓动全场人员一起合唱南开校歌：

渤海之滨，白河之津，
巍巍我南开精神。
汲汲骎骎，月异日新，
发煌我前途无垠。
美哉大仁，智勇真纯，
以铸以陶，文质彬彬。
大江之滨，嘉陵之津，
巍巍我南开精神。

老人对南开一往情深，他曾写过一首特别抒情的诗《南开忆——难忘的中学时代》："我问高山，我问大海，这一生哪段时光最愉快？啊，难忘的中学时代，在重庆，在南开……"

1946 年夏天，阎肃穿上了鲜艳的南开中学校服，就像挣脱束缚的鸟儿，开始在无垠的天地间自由飞翔。

南开的师资力量非常强大。教地理的老师开口就是"我的老师竺可桢"。果然是名师出高徒，这位老师满腹经纶，课讲得既生动又形象。阎肃对各种知识的学习欲望异常强烈，到了如饥似渴、如痴如醉的地步。

他后来回忆道："我那时功课中等，不是名列前茅，数理化根本不行，底子就差。加上老师用英文讲课，我英文不行，拉丁文派不上用场，很难懂。那三年，除了演戏、闹游行，就是读书了。可以说，高中那三年，我读了很多书，加上古文底子好，这个过程我觉得对我的一生起了很大作用。”

他刚从宗教教育转到正规教育上来，没有上过小学和初中，就直接上高中，基础薄弱，尽管学习很刻苦努力，但学习成绩再也没有像在修道院那样拔尖过。

他拔尖的领域是唱歌和演戏。

他对音乐如此热爱，加上在修道院唱诗班打下的基础，理所当然进入了南开中学的合唱团，并担任四声部部长。一个刚从宗教教育中解脱出来的青少年，求知欲望非常强烈，消化吸收能力也是惊人的。除了音乐课上教的徐志摩、黄志等人的歌曲，他什么歌都喜欢学，一学就会，尤其喜欢流行歌曲。

抗战时期，上海各界人士迁到了重庆，他们把上海滩十里洋场的许多东西带到了雾都，其中就包括“靡靡之音”，如《夜上海》《如果没有你》之类的歌曲。几十年后，当港台流行歌曲涌入时，阎肃并不陌生，早在新中国成立前的重庆他就耳熟能详。

令他着迷的还有好莱坞的电影和迪斯尼的卡通片。半个世纪之后，他回忆说：“当时，校园里放许多美国大片，比如《出水芙蓉》《卡萨布兰卡》《北非谍影》等，影响很大，轰动一时，学生是观众的主体之一，那时票价比现在便宜得多。那时的翻译比现在好，名字非常讲究，比如说《六宫粉黛》，这么多年了还忘不了。”

当然，让他难忘的还有令人捧腹大笑的米老鼠和唐老鸭。

他从小就跟着父亲看戏，是个小“戏迷”，对中国传统戏曲的热情从来就没有消减过。对刚刚涌现的中国现代戏剧更是狂热追捧，郭沫若、曹禺创作的话剧，他一场不落，全部看过。

他后来回忆：“那时候是个中西、正反、先进与沉沦‘大杂烩’的时代……这个杂，有个来由，当你十几岁，渴望见到这个世界的时候，就进来许多不同品种的东西，都在我这容纳了。这有很大关系，加上我又是什么都喜欢的人。古典音乐我喜欢，京戏我熟悉极了，川剧我很多剧本都能背。川剧的剧本很讲究文学性，我写词和那有极大关系，它是文白水乳交融，非常自如，让我受益匪浅。”

他因为喜爱川剧，全套的《川剧总集》看过好几遍。

他后来回忆：“南开业余文艺活动极为繁多，什么都有，我演戏的欲望在那得到了充分满足。我记得高一、高二写了个独幕戏，被评为暑假作业的展览作品，那是我的处女作。高二我就是文艺骨干分子了，招生啊，接待啊，都是我们做的。我是学校的业余文艺活跃分子，参加了学校所有的演出，演英文剧、朗诵、说相声、打快板、演话剧，就没闲过，还有唱京戏，都干过。”

他在南开三年，学校的所有演出，场场少不了他。仅有一次例外，那是根据《红楼梦》改编的一个剧叫《玉雷》，全由女生表演。即便如此，他也热心参与了这部剧的舞美。

除了唱歌、演戏，他的另一个爱好就是读书，什么书都看。他读了很多世界名著，如泰戈尔、莫里哀、莎士比亚、马克·吐温、杰克·伦敦、大仲马、小仲马等大师的作品，尤其喜欢俄国的文学作品，如托尔斯泰、普希金、果戈理的作品。

那个时候，他还迷上了还珠楼主的武侠小说。他后来认为港台流行的新派武侠小说名家金庸、梁羽生、古龙等，无不继承了还珠楼主的衣钵。

有一次写作文，他模仿还珠楼主的风格描写打雷：“天边黑云翻滚，天际中弥漫着一种无形的压力，突然一道惊雷掠过，‘咔嚓’一声，整个天空为之一颤，好似倒挂！”结果被老师批了四个字——“何来怪词！”

那时的中国社会正面临着巨大变革，大潮汹涌，八面来风。阎肃的父亲当上了旅行社的总经理，全家住进了带花园的大洋房，跻身上流社会。阎肃的人生可以有多种选择，但他没有选择当少爷，子承父业，继承家族的事业，也没有选择当学者或教师。

阎肃后来回忆：“时代大潮到来之时，我选择了做进步青年。那是个新思潮涌动的时代，当时我可以选择死读书、读死书，当个书呆子，但我没有。”

这是他人生的第二次重大抉择，他之所以选择勇立时代潮流，做一个进步青年，与一个人有关。

语文老师赵晶片发现阎肃有文艺天赋，就有意识地安排他参加各种文艺活动，让他接触各种具有进步思想的文艺作品。他参加了一个叫“恒社”的文艺团体，在这里他听到了许多被国民党当局明令禁止播放的歌曲。

当雾都重庆的大街小巷“靡靡之音”在夜幕中飘荡，令人心生迷茫、萎靡不振之时，南开校园里却有另外一种音乐令人振奋，那是“山那边”传来的歌曲，如《山那边哟好地方》《二月里来》《兄妹开荒》《跌倒算什么》……如一股清泉注入干涸的心田，是那么解渴！阎肃很快就学会了这些歌曲，这些歌曲也在同学间悄悄传唱，很快一传十、十传百，大部分同学都会了。

他们还公开排演《黄河大合唱》，那种汹涌澎湃的激情、排山倒海的气势，令他们热血沸腾。从这些昂扬向上的歌曲中，阎肃看到了中国的希望在“山那边”。

赵晶片老师还向他们推荐中国共产党创办的《新华日报》和鲁迅、巴金等进步作家的书籍。

在赵晶片老师的引导下，阎肃的创作开始具有革命色彩，比较有名的是小话剧《张天师做“道场”》和《升官图》。这两部剧都是阎肃编的，主题是讽刺蒋介石和国民党的政治腐败。他们排练好之后，就在学校大礼堂公开演出，在师生中引起很大轰动。阎肃自编自演，角色还是反派，在《张天师做“道场”》中饰国民党特务，在《升官图》中演警察局局长。他的出场总能引起观众的哄堂大笑。

学生中有少数人是“三青团”分子，他们是国民党当局的眼线。突然有一天，赵晶片老师被警察抓走了。大家才恍然大悟，原来赵老师是中共地下党员。

这时候，内战愈演愈烈，国民党军队攻占了延安。同学们一直将解放区称为“山那边”。延安是照耀黑暗中国的明灯，延安的失陷令同学们对中国的前途和命运十分担忧。

中国人为什么要打中国人？国民党发动内战令国统区物价飞涨、民不聊生，直接影响了学生们的生活，许多家庭困难的学生吃不起饭。中共地下党组织适时领导学生发起了一场席卷全国的学潮，他们走上街头游行示威，高呼“反饥饿、反内战、反迫害”的口号。

阎肃是这次学生运动的积极分子，刷标语、办墙报，游行示威走在最前面，带头呼喊口号。

三年的中学时光，一晃而过。此时的阎肃虽然思想倾向进步，但还不是一名真正的革命者。

1949 年夏天，他从南开中学毕业，考取了重庆大学。怀抱实业救国的理想，他选择了工商管理专业。

这时候，国民党在内战中连连败北，国统区的经济更是雪上加霜，通货膨胀程度令人发指。阎肃后来回忆：“当时，物价飞涨，我们拿一麻袋钱才能买到一盒火柴，就是说，你所有资产在一夜之间就成为零。四大家族横征暴敛。那种腐败程度是难以想象的，我们自然倾向于进步思想。”

他在大学仍然是文艺骨干，是相当活跃的人物，自然引起了中共地下党组织的注意，成为重点争取的对象。当时，几乎所有大学的学生会都掌握在中共地下党组织的手里，重庆大学也不例外。就是在这个时候，他悄悄阅读了《共产党宣言》《新民主主义论》等革命书籍，终于明白了“只有中国共产党才能救中国”的道理。

夜晚，昏黄的灯光下，阎肃翻开《共产党宣言》，发黄的纸页依稀散发着淡淡墨香。他沉浸在这些阐幽发微的远见、鞭辟入里的论述里，一种高山仰止的敬意油然而生。正是这部旷世经典改写了历史，改变了世界，塑造了未来，也深深地改变了阎肃。

他参加了一系列的进步学生运动，成为中共地下党组织的外围成员。像他这样一位富家公子，在两个阶级殊死搏斗的时刻，站在了为穷人打天下的共产党一边，实属难能可贵。

国民党已经失去了大部分江山，残兵败将汇聚西南，妄图负隅顽抗。重庆处于黎明前最黑暗的时刻。中共地下党组织的任务是在“第二条战线”发动工运、农运、学运，瓦解国民党的统治，配合正面战线的解放军，迎接全国解放。

阎肃晚年接受媒体采访时说：“我不是在脸上贴金，当时历次的学生运动我都参加了，青年学子一腔热血。”

正因如此，国民党特务对阎肃的盯梢、跟踪是难免的。阎肃明知有特务尾随却不在乎，照样大摇大摆穿街走巷。特务想顺藤摸瓜，一举端掉中共地下党组织的“窝点”，可是眼睁睁地看到阎肃进了带花园的大洋房。这样人家的公子会是共党分子吗？特务们怎么也想不通。

在重庆大学校园里，中共地下党组织活动异常活跃，国民党也在学生中发展了很多特务、眼线，甚至许多特务伪装进步，混入了中共地下党组织内部。每次学运领导开会，研究，确定游行的时间、路线、口号、集会等细节，国民党很快就探知了内情。

袍哥是四川有名的帮会，重庆的大街小巷充斥着袍哥的支支脉脉。国民党特务与袍哥相互勾结，袍哥的头目往往与特务头子拜过把子称兄道弟，使袍哥成为特务镇压学生运动的帮凶。

当游行队伍浩浩荡荡在大街上行进时，突然就从某个小巷里横插进来一支吹吹打打的队伍，不是欢天喜地"迎亲"，就是哭哭啼啼"送葬"，有时"迎亲""送葬"两支队伍还无巧不成书地碰到一起了。他们声称"吉时"不能耽搁，只能由学生队伍让路了。这样，游行队伍就被腰斩数段，甚至被冲得七零八落。

学生们一眼就能看出是特务搞的鬼，可是一阻拦就起冲突，不阻拦人家照样找茬生事。什么"孝子"被撞倒了，什么"伴娘"被踩脚了，摩擦一起，马上就是一场街头混战。那些走卒从花轿或棺材里取出大棒，朝手无寸铁的男女学生身上猛抡。棒子上钉着钉子，像狼牙棒，一打血光四溅。街道两边卖馄饨、吃馄饨的也突然抄出家伙，朝学生大打出手。这时候学生们才明白是特务和袍哥事先设了埋伏。不少学生惨遭毒手，甚至丢了性命。

阎肃后来回忆："每次上街游行，我们都会遭到血洗。国民党特务对付学生可有一套……只要想治你，人家就有办法。你不知道谁是特务，谁是袍哥，他却对你一目了然，你在明处啊。所以较场口血案，我们都经历了。特务我接触过，国民党的特务，他是生怕你不知道他是特务，你要知道他是特务，他才好横行霸道，才好为所欲为，他想怎么做就怎么做。那时候，我们吃大亏了。"

那时的青年学生血气方刚，有一股前仆后继的气概，不怕流血牺牲，更不怕被抓、被关、被严刑拷打。

阎肃的父亲对儿子卷入学潮，开始并未在意，后来发觉他是学生里的骨干分子，猜到儿子八成与共产党有联系，但也没有进行干涉，而是睁一只眼闭一只眼。

中国发生了历史的巨变，中华人民共和国正式成立，蒋家王朝已经被推翻，解放军正以摧枯拉朽之势席卷大江南北。虽然蒋介石纠集残兵败将拼凑所谓西南防线，但正如秋后的蚂蚱，蹦跶不了几下。重庆的达官贵人竞相逃往台湾和香港。

阎家何去何从？阎襄臣举棋不定。他耳闻中国共产党的政策是劫富济贫，作为资本家恐怕是“革命”的对象，他颇有几分担忧。朋友帮他搞到了去台湾的船票，他因对蒋介石十分失望，发誓不去台湾。朋友劝他去香港，他想了想，觉得自己年过花甲，这件事应该由长子做主。

阎肃已经参加了共产党的外围组织，一直在暗中跟国民党做斗争，迎接解放军还来不及呢，怎么可能逃亡？他说：“你们谁爱走谁走，反正我是不走。”阎襄臣寻思他是白手起家，也没干过什么坏事，共产党不会把他怎样，于是说：“那听老大的吧，全都留下，迎接解放！”

阎肃后来回忆：“我能从宗教教育中解脱出来，进而信仰共产党，其实是一种必然。抗日战争爆发的时候，我还是一个小学生，我的童年是在‘中华民族到了最危险的时候’中度过的，民族的危亡感像低气压一样沉重地压在我们这一代中国人的心头。作为一个少年，我充满感情地阅读了自鸦片战争以来的历史典籍，心中好像压着一块石头，我们这古老的国家什么时候才能扬眉吐气啊？所以，我选择跟共产党走就是这种必然。”

03

剑胆琴心浴烽火，肯使江山付劫灰

1949 年 11 月 29 日夜晚，刘邓大军的炮声震撼了山城重庆。蒋介石从林园官邸乘汽车匆忙逃往白市驿机场，他登上“美龄”号专机，准备在飞机上过夜，待天亮再起飞。听说解放军已逼近机场，他凌晨 3 时下令起飞，匆忙逃离了重庆。

30 日上午，重庆各界群众鸣放鞭炮、挥舞彩旗欢迎解放军入城。阎肃和他的那些能歌善舞的大学同学更是欢天喜地，纵声高歌：“解放区的天是明朗的天，解放区的人民好喜欢……”他们盼望已久的时刻终于到来了，雾都重庆仿佛云开雾散，突然晴空万里。

重庆一解放，中共地下党组织开始公开活动。阎肃转为新民主主义青年团团员。他是大学里的文艺骨干，参加了青年团的各种宣传活动，异常活跃，同时受到西南团工委的关注。

1950 年 5 月，中共中央西南局在重庆开办了一个规模很大的暑期学员班，学员是来自重庆各大学和中学的学生。经过暑期培训和考试，有的人取得了赴苏联和东欧社会主义国家留学的资格，有的人取得了转学清华、北大等名校的资格。

阎肃是暑期学员班大专文艺部副主任，主任是西南团工委派来的。阎肃根据上级指示，积极组织学员开展业余文艺活动，他的才华和工作热情深受组织赏识。暑期培训即将结束时，团工委组织部正式找阎肃谈话：“你是否考虑不念书了？西南团工委要成立一个青年艺术工作队，准备下乡宣传土改。”

阎肃又一次面临人生的重大抉择，参加艺术工作队就得中断大学学业，可能还会危及尚不稳固的初恋。

当时，家里给他介绍了一门亲事，对象是重庆交通局局长的千金，官商联姻，也算门当户对。姑娘叫李效兰，才貌双全。旧社会视“戏子”为下九流，谁会放弃大学不上，去当什么“戏子”呢？确实叫人想不通。阎肃的同学不是留学，就是上了北大、清华等名校，都走了。李效兰也考取了北大。

阎肃偏偏做出了令人意外的决定。

他后来回忆：“说老实话，我还真愿意。我当时学的是工商管理，我想当厂长，想实业救国，共产党就是依靠工人干革命的。我想，干脆搞宣传也挺好。”

阎肃毫不犹豫地服从了组织的安排。组织还给他布置了一项任务，动员有文艺特长的学生，把队伍给拉起来。他毫不含糊，答应立即“招兵买马”，拉队伍。

他在大学是最活跃的文艺骨干，同学中间谁能唱、谁能演、谁能舞、谁能吹拉弹唱，他一清二楚。他把这些人召集起来，动员他们参加青年艺术工作队。他把丑话说在前头：“这是干革命，以后的日子是艰苦的……”可是谁都不怕艰苦，没有一个人退出。于是，一支文化素质较高、艺术水准也不错的队伍就拉起来了。

就这样，阎肃放弃了大学生活，放弃了实业救国梦，也放弃了初恋。

阎肃和李效兰分手后，再也没有见过面。新中国成立前阎肃兄妹有一张合影，里面有李效兰。只有通过这张照片，阎肃才能勾起对那段朦胧初恋的淡淡记忆。

阎肃能做出令常人无法理解的抉择，固然与他热爱文艺有关，更重要的是他的组织观念之强超乎常人。从 1950 年的暑期开始，他把自己完全交

李效兰（左一）与阎肃兄妹合影

给了组织，一辈子恪守这样一个信念：组织需要我干啥就干啥，小我服从大我，没什么讨价还价的。

他追随二野部队上山下乡，发动群众，建立乡村政权，进行轰轰烈烈的土地改革，这是动摇几千年封建统治根基的一次大革命，斗争异常残酷激烈。

那时国民党的残余武装、惯匪、封建会道门、地主武装等各种旧社会遗留的残渣余孽，拼死抵制土改，对其进行疯狂反扑。当时，新生的红色政权将这些残渣余孽统称为“匪”，剿匪和土改是同时进行的。不少刚参加革命的青年学生一旦落于匪手，结局一般都会非常悲惨。

阎肃参加了两期土改，因他是青年艺术工作队的骨干，被任命为土改工作队的副秘书长。

四川有很多著名的小吃，涪陵榨菜、郫县豆瓣酱之类可谓名扬天下。阎肃参加土改蹲的那个点就是郫县豆瓣村。

这是1950年下半年的事。这次深入农村搞土改，是他第一次直面中国的“三农”问题，使他对农业、农村、农民有了近距离观察的机会，着实体验了一把农村生活。许多农民形象深深刻在他脑海中，成为他日后创作农村题材、塑造农民形象的素材。

50年后，他在接受记者采访时说：“我是土改工作队的副秘书长。秘书长忙得要命，他不在，事都堆到我这了。是土改工作队，在四川，在成都郫县，后来写《刘四姐》，写农村那一套，都在这，所以说生活不欺骗你就在这。”

当阎肃在豆瓣村开展“暴风骤雨”般的土改时，朝鲜爆发了战争，战火很快烧到了鸭绿江边，中国政府做出了“抗美援朝，保家卫国”的决定。“雄赳赳，气昂昂，跨过鸭绿江……”这首志愿军战歌风靡全国。阎肃有事没事哼唱这首歌，感觉特别提气，有一种鼙鼓催征的效果。没想到，有一天他真的会唱着这首歌“跨过鸭绿江”。

这是1953年上半年的事，阎肃随西南青年艺术工作队去朝鲜慰问演出。此时，战争已经接近尾声，经过两年多的战火摧残，朝鲜满目疮痍，到处是断壁残垣，城市化为一片焦土，桥梁断裂，公路上到处是弹坑，山头上的草木像被剃过一样，光秃秃的，矗立着几根烧得乌黑的树桩，这是美军飞机轰炸的结果。这宛如人间地狱的惨况，使阎肃想起当年日军在重庆大轰炸时的情景，一股对侵略者的仇恨之火油然而生。

阎肃主动要求打前站。到了志愿军部队，他先去摸底采访，了解这支部队有哪些光辉战绩，有哪些战斗英雄，有哪些英雄壮举，然后将这些英雄人物的典型事迹编成节目。有一套现成的模板，旧瓶装新酒，曲调是一首朝鲜民歌，结尾是“嗷，嗨呀”，唱词是新编的。比如：“张东海啊，打掉了美国一个加强排啊，嗷，嗨呀……”或者“三班有个李晓明呀，打起仗来真勇敢啊，嗷，嗨呀……”

这种节目演的是本部队熟悉的人和事，因此大受欢迎。每次演出，战士们山呼海啸、欢声雷动。

还有一个舞蹈也非常受欢迎，名叫《侦察兵》，阎肃还是演反派——滑稽的美国兵，他的出场总能掀起高潮。

除在志愿军部队慰问演出，他们还经常去朝鲜人民军部队慰问演出，连带慰问驻地附近的老百姓，因此学会了很多朝鲜歌曲。艺术工作队也是走到哪编到哪，现编现演，总是“中朝人民团结紧啊……”这么几句。他的发音虽然不准，但朝鲜人能听懂。

半个世纪后，阎肃随总政代表团去朝鲜访问，故地重游，那些沉睡在记忆深处的歌曲一下子被唤醒了，一股脑全冒了出来，他走到哪儿唱到哪儿。负责接待的朝鲜人很惊讶，没料到这位中国老军人能唱这么多朝鲜歌，发音很纯正，全是金日成时代的老歌，有《游击队之歌》《人民军之歌》，还有民歌。双方距离马上拉近了许多。

阎肃第一次去朝鲜，将近3个月，经常遭遇美国飞机的轰炸。防空警报一响，他们马上往树林里钻，或趴到弹坑里，或就地卧倒。深入前线演出，条件很艰苦，伙食就是一把炒面一把雪。尤其是“三八线”一带，冒着敌军炮火的威胁，从一个阵地转移到另一个阵地，钻入坑道和“猫耳洞”，每天要演两三场。他们的慰问演出鼓舞了士气，也提升了演员们自身的勇气。

由于阎肃能说会道，极富感染力，因此成了朝鲜战场的最佳“引苦员”。“诉苦”是中国人民解放军开展政治工作的一个法宝，每逢战前动员，就要拿出这个法宝，引导战士控诉“三座大山”（帝国主义、封建主义、官

2011年，阎肃随团访问朝鲜时留影

僚资本主义）对劳动人民的残酷压迫，激发战士对阶级敌人的刻骨仇恨。他的保留节目是“瞎老妈”的故事。阎宇在《我的爸爸阎肃》一书中有一段很传神的描写：

“瞎老妈苦啊……”在听到爸爸一上来这句沉重的叹息时，本来还放松着的战士们立刻肃穆起来。爸爸接着讲：“瞎老妈原来有三个儿子，但不幸的是，在那万恶的旧社会，大儿子在抗日时被日本的炸弹炸死了，瞎老妈哭啊，哭啊，哭瞎了一只眼睛……后来，二儿子出去扛长活，回家的路上又被国民党反动派抓了壮丁，活不见人，死不见尸，瞎老妈哭啊，哭啊，两只眼睛都哭瞎了。就剩下个三儿子相依为命，可万万没想到，老三也……”每当讲到这儿，战士们也都开始痛哭流涕了，并相继高呼口号：“打倒……!”“打倒……!”爸爸完成任务了，又转到下个连排“引苦”去了。据说，爸爸是最受欢迎的“引苦员”。

战士们怀着对美帝国主义的刻骨仇恨冲上了炮火连天的战场。一仗下来，一个连往往损失一半兵力。看着一具具遗体被担架抬下来，想起昨晚他们观看演出时那一张张笑脸，阎肃心如刀绞。

战争的残酷深深刻在他的脑海中，他一辈子忘不了上甘岭上的那棵树。据守那个山头的是志愿军的两个连，美军投掷了190余万发炮弹和5000多枚航空炸弹，把山头削低了两米，土石被炮火炸松一米多深，整座山变成一片焦土。唯独那棵树劫后余生，树干只剩两米高，就像被砍了头，斫去了四肢，又经过了火刑，可是它居然没死，冬去春来，又发出了新枝绿叶。这是上甘岭上的一棵树，一个令人肃然起敬的顽强的生命！阎肃非常严肃地与它合了一张影。

阎肃第二次去朝鲜，战争已经结束，但双方仍在“三八线”两边对峙，依然能闻到硝烟味。

有一天，他们翻山越岭去部队慰问演出。当翻过一座山头后，他被眼前的景象深深震撼。只见漫山遍野全是墓碑，那种墓碑高二尺、宽尺余，上方雕刻一颗红五星，碑上刻着烈士的姓名、年龄、职务、所在部队番号，不少墓碑连名字都没有。墓碑横成行、竖成列，像一支整齐列阵准备接受检阅的部队，一律面朝祖国的方向。

阎肃在碑林前久久伫立，心中涌起一股悲壮之情，嘴里反复念叨着：“青山处处埋忠骨，何须马革裹尸还。”这些埋骨异国的有名或无名的烈士，他们为了祖国人民和朝鲜人民付出了年轻的生命，自己还有什么不能付出的呢？

回顾两次去朝鲜慰问演出的经历，阎肃坦诚地说：

说实话，这对我后来的创作有教育和启迪。比如我写《天职》，羊鸣谱曲的，“当我们呐喊着奔向战场，哪有那许多儿女情长……眼睛里飞舞的是雷、是火、是钢”，脑子里马上有抗美援朝的印象。上甘岭那树我还有照片，我去过。我写《军营男子汉》也是这个道理，这段生活不是白体验的。搞创作，主要是要有感受。后来有一次，抗美援越有可能去，但没有去，珍宝岛也没有去成。到朝鲜是对一生都有好处的一次体验。

04

血沃红旗心如铁，投身军营即为家

从朝鲜战场归国后，阎肃又面临人生的第四次抉择：他所在的青年艺术工作队，要由西南团工委转隶于西南军区，纳入军队编制，意味着他要穿军装了。

1953 年，朝气蓬勃的新中国呈现出一片欣欣向荣的景象。抗美援朝取得了伟大胜利，世界头号强国美国纠集 17 国组成的“联合国军”，被中国人民志愿军从鸭绿江边赶回到“三八线”，被迫在停战协定上签字。志愿军打出了新中国的威风，使新中国在世界的威望达到了一个新的高度，国人充满了自豪感。

这一年在阎肃的个人成长史中具有非凡的意义，他参了军，入了党，当了模范。

当再次面临人生抉择之时，他又一次毫不犹豫地选择了服从组织安排，穿上了军装，成为人民解放军的一员。穿上崭新的军装，右手握拳，面对军旗庄严宣誓。他一辈子都忘不了这个神圣时刻，也从未忘记《军人誓词》。

他后来说过“平生最爱是军装”的大实话。穿上军装，参加国宴不嫌俗，参加劳动不嫌雅，可谓雅俗共赏。这一年，他 23 岁，是一个生龙活虎的小伙子，岂料军装一穿就是整整 63 年，直到 86 岁，一身戎装躺在鲜花丛中，向人间告别。

经过土改阶级斗争和抗美援朝战争的洗礼，阎肃在政治思想上成熟了许多。他满腔热血，浑身有使不完的劲，工作积极性、主动性更强，受到广泛好评。穿上军装不久，他就光荣地加入了中国共产党。

这又是一个神圣而庄严的时刻，他用自己一生的言行举止切实履行了入党誓词。

入了党的阎肃更加严格要求自己，什么工作都抢着干。当时，上级要求每位文工团成员都要“一专、三会、八能”，除了自己最擅长的专业，还要触类旁通，掌握其他表演技能，成为多面手。这对多才多艺的阎肃不是难事。

在舞台上，他唱歌、跳舞、说相声、打快板、演反派……十八般武艺样样精通。同时，还要兼任舞台监督、拉幕布、催场等，最麻烦的是看护那几盏宝贝汽灯。

那个时代缺电，下部队巡回演出，舞台照明全靠这些娇贵的宝贝。阎肃格外小心，生怕汽灯一灭，全场一片漆黑，非演砸不可。

他后来回忆说：“当时我管照明，自己就琢磨怎么能做好。当时舞台照明用的是汽灯，里面有一个石棉的灯罩，就像从一个椭圆形的灯泡辐射出里面很强的光。这个灯罩有一个特点，油气会凝固在上面，烧一次就灰了，轻轻一碰就碎。为了节约成本，我就想让一个灯罩多用几次。我弄了一个盒子支撑着灯罩，让它四面不着地儿，把中间的口焊住，让空气流动，避免了油气附着。然后，我走到哪儿就抱着这个灯罩，像爱护眼睛一样爱护它。这样，一个灯罩在我手里可以用到七八次。”

事情不管大小，他都用心去做，开心去做，自得其乐。拉大幕，他拉得比别人讲究；跑龙套，他跑得比别人认真；点汽灯，他把汽灯当眼睛一样爱护，一年演出几百场，从没熄过一盏灯。

1953 年 6 月 2 日，阎肃获得了他参加革命以来的第一个荣誉，被评为西南军区文工团的先进模范。这一天，他胸戴大红花与全团同事合影，既兴奋又紧张。

他一生获得的荣誉有多少，自己也记不清了，但对这次“开门红”记忆犹新。他说：“这是我第一次受那么大表扬，全团八九十人啊！我一生虽然得过很多奖，但最为看重的就是军队和党组织给的奖，所以那一年我是双喜临门，既被部队评为模范，又光荣加入中国共产党。”

他是天生的乐天派，爱说、爱笑、爱闹、爱讲故事，他走到哪里，哪里就一片欢腾，因此人缘很好。当然也有人对此看不惯，于是就给他提意见：整天嘻嘻哈哈，不太严肃。

阎肃想改掉这个缺点，于是改名，不叫阎志扬了，叫阎肃，时时提醒自己要严肃。后来的事实证明，改名的效果并不佳，果真是“江山易改，本性难移”，阎肃还是“不严肃”。

阎肃的本职专业是唱歌，他嗓子好，擅长唱低音，一直担任四声部部长。1954 年，西南军区在成都举办了一个声乐训练班。阎肃参加了这个训练班，因而得到了系统正规的声乐训练，这对他日后的创作大有裨益。

除了唱歌，他还热衷于演舞台剧。在独幕话剧《他回来了》中，阎肃饰演主角石头。石头是一名被国民党军队抓去的壮丁，趁机偷跑回家，为躲避追捕，藏进自家的面柜里。柜中恰好藏着一个小偷，小偷偷了一只烧鸡，正饿肚子的石头就和小偷争抢烧鸡，你啃一口，我扯一块，搞得二人满头满脸全是面粉，极为滑稽，逗得观众捧腹大笑。

这是阎肃难得出演的正派角色，每次演出他和那个“小偷”都有烧鸡吃，这在那个物资匮乏的年代是多大的福利啊！馋得其他演员央求他们嘴下留情，别全吃完了，留点给大家打牙祭。

他最拿手的还是演反派角色，往往能抢戏，博得观众的满堂喝彩。

他晚年回忆：“我在话剧《爱国者》里演伪村长蒋三宣。蒋三宣劝一个老太太投降当汉奸，被老太太怒斥。当蒋三宣灰头土脸要走时，有一句台词是‘老太太，那我可走了’，这意思就是你等着吧！我带着诙谐、有点儿冷笑的情绪说了这句词，台下‘哗’的一声，有笑声有掌声，我当时好得意。临出门我又回头说了一句‘老太太，我可走了’，底下又一阵叫好。于是，我又绕到了窗户口冲着老太太再来一遍。一句台词说了三遍，三遍语气重心还不一样，戏里面可没这个。下了台，导演的鼻子都气歪了，说我‘胡闹’。当时的主演也不干了，说我怎么那么多话。这就是我当初年轻不懂事，好出风头犯的错误。”

1955 年 4 月，随着西南军区建制撤销，西南军区文工团也一分为二，一部分归新成立的成都军区，一部分归空军。阎肃调入了空政文工团，从山城重庆，来到了古都北京。

空政文工团有着光辉的历史，他们曾经高歌远航、引领时代；他们曾经以艺为枪、为兵服务；他们曾经誉满全国、桃李满天下。一直以来，爱兵、写兵、励兵是几代空政文工团人矢志不渝的追求。这支特殊的部队，其红色情怀、社会担当、历史价值、现实意义均毋庸置疑、无可替代。

那时的空政文工团有六百多人，下属歌剧团、歌舞团、话剧团、军乐队。阎肃还是在合唱队，担任队长助理兼四声部部长，同时任团支部书记、党支部委员。

回顾当时盛况，阎肃自豪地说："团长是黄河，政委是陆友，都是三八式老干部，副团长全是音乐家，文工团在北京盛极一时，威风八面。"

他们经常去中南海为党和国家领导人演出。阎肃第一次去中南海春耦斋，看到几位国家领导人，非常激动。为了纪念这次"不平凡"的演出，他将门口一盆万年青的叶子摘下一片，悄悄带回家。

以后去得多了，习以为常，心情平和了，也就不再偷偷摘叶子作纪念了。在空政文工团，多才多艺的阎肃尽情施展着自己的才华，除唱歌之外，说相声、自编自演街头活报剧，深受观众的欢迎和领导的赏识。

那时的空政文工团配合形势，演出任务非常繁重，在首都文艺界影响很大。阎肃非常关注时事政治，对组织上下达的宣传任务毫不含糊，领导说要配合外交斗争，他就以笔作枪，射出一梭梭子弹。

如时任美国总统的艾森豪威尔访问东京，企图重新武装日本。为配合"反对美帝侵略，坚决解放台湾，保卫世界和平"宣传周，阎肃创作了街头活报剧《瘟神东游记》。为了配合外交斗争，宣传外交政策，阎肃还创作过《要古巴，不要美国佬》《非洲的黑孩子》等作品。

阎肃创作的题材涉及面非常广泛，从外交斗争、国内政治到本单位的小事，都可被他编成节目。有一次空政领导批评有些人没有责任心，阎肃马上据此创作了一个相声《大家负责》。

有一次，阎肃到中山公园看到几个"红领巾"正在宣传爱国卫生。他上去大着嗓子干咳了半天，突然"呸"的一声，朝地上吐了一口痰。"红领巾"十分气愤："你这个同志太不文明，请你擦了！"阎肃满不在乎地说："多少钱？""红领巾"说："五毛。"阎肃掏出一元钱，拍给"红领巾"：

“给你一块！”说完仰着头，动作夸张地干咳起来，又响亮地朝地上“呸”了一口。围观的群众愤怒了，将他扭住，要送往派出所。这时阎肃的刁蛮之态转为一脸和蔼，朝地上努嘴道：“你们看，哪有痰？”大家朝地上看，才发现，有雷声，没雨点。这时，那几位“红领巾”转怒为笑：“演戏呐，演戏呐。”原来“红领巾”是空政文工团的小演员化装的。

这是阎肃自编自演的街头活报剧《不要随地吐痰》，由于演得太逼真，差点惹来麻烦。多年后他仍对这出戏津津乐道。

1958年，“大跃进”的号角吹响中华大地，报刊、广播等各种媒体都在宣传“超英赶美”“大放卫星”。军营内的阎肃看到全国形势一片大好，眼看就要“跑步进入共产主义”了，就琢磨着如何讴歌这一大好形势。

他对部队食堂一向抱有好感，这时广大农村正在大办公共食堂，于是由此及彼，有感而发，写了一首歌词《公共食堂好处多》。

这种配合形势任务而脱离实际的应景之作，当然不会有生命力。“大跃进”很快带来了大饥荒的严重后果，农村的公共食堂办不下去了，阎肃的这首歌也就唱不下去了。

这首歌还不能说完全没有真情实感，他一辈子对部队的大食堂情有独钟，几十年如一日。他曾对儿子阎宇说过：“除了我妈和你妈做的菜，其他的，甭管是什么大酒店啦，餐厅啦，我都觉得不如我们食堂的伙食好。”

“大跃进”时期，他还写过歌词《把总路线的红旗插遍全中国》、数来宝《歌唱总路线》等。这些作品显然是出于政治宣传的需要，有时代的局限性，今天看来多少有些幼稚，但在那个“左”倾文艺思潮盛行的时代，阎肃也概莫能外，这是他成长过程中绕不开的一段路。

1958年，军队开展“反教条主义”斗争，提出了“打倒奴隶思想，埋葬教条主义”的口号。阎肃根据这一形势的需要，创作了一部街头活报剧《破除迷信》，塑造了四个人物，来讽刺教条主义的四种表现。

阎肃晚年回忆说："一个叫古胜今，就像老夫子，大胡子，戴眼镜；一个叫洋越汉，就是崇洋媚外，一身西装，整个一假洋鬼子；一个叫崇权威，就是对权威唯命是从；一个叫全凭书，就是教条主义，什么时候都得翻书。这四个人就围绕考证一个东西，说来说去，都说不到一块去。最后，一个'红领巾'告诉他们，这很简单，就是水稻插秧机。这个剧的宣传效果很好，那时候中央提出就是要破除这四样，不要唯书，不要唯洋，不要唯古，不要唯权威。这个当时配合演出，不知道演了多少场，到处巡演，特别好玩，我演的是古胜今。"

这出戏情节生动、妙趣横生，在天安门、中山公园等公共场所演出，非常受欢迎。

同样在 1958 年，阎肃创作了他人生中的第一部歌剧《红色飞行员》，他既是编剧，又是导演。但这部剧没火，反响平平。

酷爱舞台艺术的阎肃，业余创作了种类如此繁多的作品，组织上发现了他的创作才能，要让他去搞专业创作。从台前走向幕后，他面临人生的第五次抉择。

阎肃内心非常纠结，他晚年多次谈到当时的矛盾。

"我那时候业余写了许多东西，只要有运动，有活动，需要宣传的，我就写，写一个表扬一个。然后，领导觉得我能写，创作组也需要人，人也挺机灵，就把我调到了创作组。我坚决不干，平时演戏虽然也没演过什么好人，演过老头，演过傻子，演反派演得最多，都是穆仁智之类的。演戏在台上也是尽撒花，基本上我都能抢戏。比如你是主角，我就能把你的戏抢了。下部队演出，我还说相声，我一说相声还老返场，六七段下不来，而且多是现编现演，挺受欢迎的，我还老受表扬，受嘉奖。所以，我就不愿意到创作组，去了，要是完不成任务，就嘉奖不了了。过去我会指责别人这写得不好，那写得不好，现在轮到别人指责我了，可不愿意了。"

“到了 1959 年，文工团领导说你别演戏，搞创作吧。我一百个不愿意，我闹情绪，我说在台上多过瘾啊。我在台上还挺受欢迎的。我业余写一个，成功一次，表扬一次，嘉奖一次。现在让我专业搞创作，我特烦恼。”

“当时，我老大的不愿意。一是因为我喜欢舞台，爱出风头，是舞台上非常棒的演员，爱演戏、爱琢磨戏，不愿意离开舞台；二是感觉专业搞创作压力大，写不好要挨板子。”

领导见他闹情绪，于是拿出“法宝”：“不干不行，这是组织决定。”阎肃没脾气了，立即表态：“党叫干啥就干啥，坚决服从组织安排！”

阎肃就这样恋恋不舍地告别了舞台，不情不愿地走上了专业创作的道路。这次抉择与前几次不一样，前几次都是组织安排与个人愿望相吻合，所以他很痛快，这一次他保留了个人意见，无条件地服从了组织安排。

这就是阎肃，一个组织观念特强的人，一个“小我”永远服从“大我”的人。

05

咬定青山不放松，任尔东南西北风

告别演员生涯的阎肃，对于如何从事专业创作一头雾水，空政文工团的领导让他先下部队去体验生活。

从 1953 年穿上军装后，阎肃经常下部队演出，也经常采访官兵，搜集素材，创作相声、数来宝之类的节目。抗美援朝时期也经常深入部队了解英雄事迹，创作鼓舞士气的节目。这也算是体验生活，但那时阎肃并未全身心融入部队，没有真正成为部队官兵中的一员。

这次下部队情况不一样了，行政、组织、供给关系全转去了。阎肃问什么时候回来，领导回答：“你安心好好当兵，我们什么时候要你再说。”阎肃心想：“这下完了，告别文工团了。”

1959年春节刚过，他就同作曲家羊鸣、姜春阳一起下到广东沙堤一个飞机场，在机务中队当起了机械师。阎肃本想3个月就能被召回北京，没想到遥遥无期。

这次当兵时间有一年多，他真正完成了从演员到合格军人的蜕变，这无疑夯实了他后来军旅创作的基础。

1960年，他回到空政文工团，组织上开始给他张罗找对象的事，团长黄河亲自当红娘，牵线搭桥。他与李文辉鸿雁传书，到1961年终于修成正果，二人结婚了。

新婚燕尔，阎肃请了20天假，除去来回路上耽搁的2天，他在涿州新娘子的宿舍闭关18天，伏在炕沿潜心创作，于是一部惊世之作诞生了，这就是后来红遍天下的歌剧《江姐》。

当时的空军司令员刘亚楼高度重视这部剧的创作，指示要精雕细琢，以期一鸣惊人。经过两年多的作曲、排练，到1964年9月4日公演，果然一炮走红，感动了无数观众，也惊动了国家领导人。阎肃因此受到毛泽东主席的接见。

那个年代受到毛主席的接见是何等荣耀！就在那次接见中，阎肃见到了江青。江青是毛主席的夫人，她是演员出身，演过话剧和电影，曾在延安鲁迅艺术学院任教，新中国成立后在中宣部负责文艺工作。

江青从1963年就开始抓“样板戏”，按她的一套理论打造“革命现代戏剧”，已经推出了京剧《红灯记》。《江姐》虽然红遍了大江南北，但并不入江青的“法眼”。

1964年12月中旬，空政文工团所属歌舞团团长牛畅被江青召到中南海。

江青传达了毛主席对《江姐》的意见，说不应该让江姐死，应该让双枪老太婆带领游击队把她救出来。

江青也谈了她本人的意见，说小说《红岩》突出的是工人阶级，而歌剧《江姐》和电影《烈火中永生》突出的是小知识分子，立意不好。

她对音乐也有意见，说《江姐》用南方的小调，缠缠绵绵，悲悲切切，能反映革命先烈的精神吗？应该用河北梆子，唱起来高亢、激昂。

最后江青让牛畅回去传达她的"指示"，终止《江姐》在南方的巡演。江青虽然对歌剧《江姐》不满意，但对阎肃的才华还是赏识的，说她准备搞一个京剧《红岩》，让阎肃担任编剧。

江青的"指示"并没有得到执行。牛畅整理了一个谈话纪要呈报上级，空军政治部副主任王静敏不满地说："南方音乐有啥不好？南方也有几亿人，难道不要了？"后来王静敏的这些话，在"文化大革命"中成为反对江青的一大罪状。好在这时候江青的政治地位还不高，她的"指示"受到了抵制，没有向下传达。正好周恩来指示空政文工团要创作"援越抗美"题材的作品，牛畅便带着几名创作人员去越南前线，采访高炮部队去了。

歌剧《江姐》继续在南方巡演，继上海、广州、深圳演出之后，于1965年3月抵达武汉。这时，毛泽东正在武汉视察，下榻武昌东湖宾馆。一天，《江姐》的女声领唱刘素媛演出刚结束，被召到东湖宾馆。

从1958年开始，刘素媛经常到中南海演出，与毛泽东很熟悉。毛泽东经常通过她了解文艺界的情况，也通过她口头传达一些看法和指示。这次在东湖，她兴奋地反映了《江姐》一路巡演，观众好评如潮、盛况空前的情况。毛泽东很高兴，再次赞扬《江姐》是一部好戏。

刘素媛从武汉传来的消息，扫除了王静敏和空政文工团领导心上的阴云。他们虽然顶住了江青下令停止《江姐》巡演的压力，但心里还是忐忑不安，毕竟她是毛主席的夫人。这下好了，毛主席本人的指示来了，就像赐了一把“尚方宝剑”。

岂料江青并不善罢甘休。究其缘由，除了《江姐》不入她的法眼之外，再就是抢了《红灯记》的风头。当时，江青抓的第一部“样板戏”《红灯记》也在南方巡演。尤其在广州时，两部戏同时上演，江青认为这是唱对台戏，跟她公开叫板。她多次打电话给空军政委吴法宪：“你们那个《江姐》该停演了！你们的风头出得够多的了，该刹车啦！”当时，空军的“一把手”是司令员兼党委书记刘亚楼，这部戏是刘亚楼亲自抓的，吴法宪不敢得罪江青，但可以推脱责任。

1965年5月，首任空军司令员刘亚楼英年早逝。吴法宪接任司令员，当了“一把手”，于是下令《江姐》停止巡演。当时剧组正准备从武汉去西安，已经打点好了行装，突然被叫停。

歌剧《江姐》不仅被禁演，还遭到了批判。因为其中有“二十年后看世界，知是谁人坐天下”的唱词，被人揪了“小辫子”，说是梦想变天、反攻倒算。

《江姐》成了“大毒草”，作为编剧的阎肃自然在劫难逃。阎肃的小弟阎志刚回忆：

> “文化大革命”初期，我去大哥家，只见满屋子都是标语，写字台、椅子、被子、枕头上全是。大哥别说睡觉了，就连坐的地方都没有，因为这些标语口号是不能有一点损坏的，否则就会被戴上“现行反革命”的帽子。看到这幅情景，我哭了。大哥倒很乐观，还安慰我说，会好的，一切都会过去的。

阎肃虽然表面上很乐观，其实心里做了最坏的打算。他已听到“发配”北大荒的风声，怕因此牵连妻子和孩子，于是向妻子李文辉提出离婚，说如果能够活着回来再复婚。但李文辉让他很感动，说：“别呀，你就是发配到北大荒，也得有人给你做饭啊！”

阎肃的人生眼看就要跌入谷底，岂料峰回路转。

有一次，空政文工团的演员在一个联欢会上见到毛泽东。毛泽东问他们最近忙些什么，他们说：“在开展‘四大’，还在批《江姐》，有人说它是大毒草。”

毛泽东沉吟片刻，说：“我看《江姐》不是大毒草。”

这话迅速传回空政文工团，一直抬不起头的阎肃顿时扬眉吐气。他也贴出一张大字报，上书：“最高指示：《江姐》不是大毒草！”算是“以其人之道，还治其人之身”。

于是，江青对阎肃的态度发生了根本改变，同时，她也看中了阎肃的才华。从 1964 年年底开始，阎肃就参与了江青改编革命现代京剧《红岩》的计划，这时候的江青权势熏天，要正式借调阎肃。

这样，阎肃穿着军装到北京京剧团报到，在“中央文革小组”的直接领导下，从事“样板戏”的创作。

阎肃被任命为北京京剧团创作组组长，创作组成员全是京剧界大师级的人物，如李少春、关肃霜、张君秋、张春华、李紫贵、郑亦秋等，不过大都被戴上了“右派”的帽子。

一天，江青交代他与著名作家汪曾祺合作创作一个剧本。阎肃表态：“我一定和汪曾祺同志好好合作。”江青立即纠正：“他不是同志，是‘右派’！”

那是个造反夺权的年代，大批打过江山的老干部被打倒，很多“文化大革命新贵”一夜间登上了高位，时人谓之“坐直升机”。阎宇在《我的爸爸阎肃》一书中写道：

能被毛主席亲切接见过几次的，能有几人呢！因此，爸爸成为炙手可热的人，也属正常。一些领导更加关心他，后来有的报刊曾报道说，爸爸在“文化大革命”中，曾帮林彪夫人叶群改过诗，等等，我想应该也确有其事吧。因为爸爸不仅是剧作家，更是一名军人，执行命令是他的天职。

“学而优则仕”是中国知识分子根深蒂固的传统思想，多少人梦想当官，多少人盼望有当官的机会。当机会降临在阎肃头上时，他该如何抉择呢？

一天，一位上级领导找阎肃谈话，传达“首长”的指示，要调他到中宣部委以重任。

阎肃思考片刻后，慎重回答：“我不是当官的料，还是搞创作更适合我。”阎肃就这样拒绝了“首长”的好意。

后来，又有一次，上级领导找他谈话，说“首长”想调他去文化部，甚至以跟不跟“首长”一条心相胁迫。这次阎肃摆出了冠冕堂皇的理由：“我舍不得脱掉这身军装。”

他在晚年接受媒体采访时说：“‘文化大革命’期间，我被借调到北京京剧团写样板戏。当时江青拉拢我，派人和我谈话，让我调到中央宣传部工作，甚至讲出了‘不去就是不跟着领导闹革命’的话。当时，我一方面觉得自己就适合搞文艺，不是当领导的材料；另一方面，也舍不得这身军装。”

事后看来，阎肃的选择是富有远见的。

阎肃在人生的重要关口，为何能做出正确的抉择？他后来回忆说：“我觉得人要活得本分，别贪。始终没有越雷池一步，什么送宝书、表忠心，我离得远远的。”

就这样，守本分、无贪念的阎肃以“我舍不得脱掉这身军装”为由，抵挡住了高官厚禄的诱惑，虽处于风口浪尖，最终安然度过了十年“文化大革命”的动乱岁月。

1976年1月8日，周恩来总理逝世，举国哀痛。“四人帮”倒行逆施，禁止国人举行悼念活动。一向本分的阎肃却干了一件“出格”的事，他在创作组的办公室设了一个灵堂，引得全京剧团的人都来祭奠。有人指责阎肃“私设灵堂，党性不强”，大家都为他捏了一把汗。

喜欢掉书袋的阎肃，搬出了“老三篇”作挡箭牌：“主席说了，‘村上的人死了，开个追悼会’。他是总理啊，怎么就不能悼念？”这是毛泽东在《为人民服务》一文中说的，原文是：

今后我们的队伍里，不管死了谁，不管是炊事员，是战士，只要他是做过一些有益的工作的，我们都要给他送葬，开追悼会。这要成为一个制度。这个方法也要介绍到老百姓那里去。村上的人死了，开个追悼会。用这样的方法，寄托我们的哀思，使整个人民团结起来。

在那个年代，几乎人人都会背诵“老三篇”，加上阎肃一向人缘很好，因此逃过一劫。令人啼笑皆非的是，随着“四人帮”被粉碎，“私设灵堂”一事被人说成是敢于抵制“四人帮”倒行逆施的义举。阎肃回忆说：“这个事后来成了我一个最大的优点。”

尽管如此，他在“文化大革命”后还是受到了冲击。一天，9岁的儿子阎宇放学回家，看到京剧团张贴了一张大字报，标题是《向阎肃同志猛击一掌》。阎宇回忆道：

后来有那么几天，爸爸难得的经常在家看书，整理些资料。后来才知道那是在接受所谓的审查。个别人想当然地认为，“文化大革命”期间爸爸那么受重用，又参与了多部样板戏的创作，肯定应该有些问题。一荣俱荣，一毁俱毁，这都快成了中华民族特有的思维习惯了。

阎肃清清白白的历史，经得起任何审查，最终组织上做出了结论：阎肃在“文化大革命”中没有问题。

不久，北京京剧团推出了现代京剧《红灯照》，这是“文化大革命”后第一部名震全国的历史剧，华国锋、叶剑英、李先念等党和国家领导人观看后给予了高度评价。这部剧是阎肃和吕瑞明联袂创作的。

此时，阎肃借调到京剧团已经11年，他又面临人生的一次重要抉择。空政文工团决定复排歌剧《江姐》，要求阎肃归队。京剧团领导舍不得放走这个难得的人才，于是找他谈话，只要他答应把关系正式调到京剧团，马上分一套四居室的房子给他居住。

阎肃回家与李文辉商量。他说：“这时，我老伴的态度发挥了很大作用，她明确表示不支持我脱军装，坚决要求我回空军。因此，我下定决心，回空军。”

阎肃又一次选择了军队，在借调地方11年后，终于归队。

他后来多次谈道：“我从参加革命以来，什么都可以放弃，但唯有这身军装最难舍弃！”

06

桑榆虽暮铺霞光，寒花晚节傲梅香

1977年，47岁的阎肃回到空政文工团，回到了火热的军营。那时有一句很流行的口号:“把‘文化大革命’失去的损失夺回来！”他离开部队11年，一旦归队，又找回了热血军人的感觉，恨不得把自己的一切都奉献出去。

这时他年富力强，精力充沛，不知疲倦。但随着岁月的流逝，他先后步入“五十知天命”，“六十耳顺”，“七十古稀”，“八九十耄耋”，而他浑然不觉，仍然觉得自己永远年轻，永远不会衰老，永远要为部队工作，因而永远不会退休。直到 85 岁，他终于累倒在工作岗位上。

2015 年 9 月 14 日晚，阎肃住进了空军总医院，直至 2016 年 2 月 12 日病逝。从他病危开始，直至离世，关于他退不退休的问题在互联网上引起过广泛争论。

1990 年，阎肃年届六十，到了退休年龄。空政文工团政委张玉娄看到别的单位将个别老专家的退休年龄延长，于是提议让阎肃暂缓退休。

对于年轻时就“一举成名天下知”的阎肃来说，早就功成名就，是颐养天年，还是继续工作？当张玉娄征求他的意见时，他还是那句老话：“服从组织安排。”

2001 年 10 月，阎肃 71 岁了，组织上专门给他下了一个“暂缓退休”的命令。此后 14 年，再也无人过问他退休的事。阎肃本人似乎也没觉得有退休的必要，仍然同年轻人一样忘我地工作着。直到生命的最后一刻，他并不知道其实退休命令已经下达了。

当阎肃处于昏迷之中时，无数忠实的粉丝纷纷为他祈福。中央电视台《艺术人生——温暖 2015》特别节目有一个环节是为阎老祈福。空政文工团领导透露：“阎老退休的命令已经下达，因为当时他正在忙‘9·3’阅兵的晚会，没有来得及举行退休仪式，因此也没有正式通知他。这也达成了老人家的心愿，直到昏迷前，他都不知道自己已经退休，还是以一个战士的心态站在岗位上。”

阎宇认为这是个好事，因为“父亲最怕休息，最怕闲着，一工作就焕发了青春”。

阎肃为什么这么拼命？

他说：“空军培养了我，这是真的。前有刘亚楼，后有许司令（许其亮）、邓政委（邓昌友），他们都尊重艺术、重视文化，培养和造就了一批人才，我是其中之一。空军领导这么重视文化，这么重视我们搞文艺工作的人，而且在用人方面这么有魄力，我80了，还没退休，还在职，在全国也找不出第二个了。组织上这么培养我，这么信任我，我有什么理由不好好干？士为知己者死！”

“士为知己者死”，这是饱读诗书的阎肃的肺腑之言。空军历任司令员、政委都非常器重阎肃，阎肃视之为知遇之恩。

2000年5月，阎肃70大寿，空军首长非常重视，一大早就登门祝寿，送去一个大花篮。当天上午空政宣传部、文化部专门召开茶话会，不少领导发言褒扬阎肃的功绩。阎肃非常感动，发言时指着阎宇说：“那是我儿子，他写过一首歌叫《彩虹》，里面有两句写得很好，‘我带来的太少，带走的太多’，正如我现在的感受。”

2010年5月，阎肃80大寿，他家更是贵客盈门。一大早，首先是空军政治部领导前来看望，对阎肃说：“您最低指标要活到100岁，力争120岁，咱这是保一争二，再写红歌20年。”

其后是空军司令员和政委登门向阎老祝寿。

首长的重视，体现了组织的关怀，阎肃甚感不安，他感慨地说：“没有部队，没有组织，就没有我的今天！我觉得我所做的一切远远不够，而组织上对我的照顾太多了。”

德艺双馨的阎肃获得了广泛赞誉，他被称为“词坛泰斗”“国宝级艺术家”。对于如此高的评价，阎肃并不认同，他说：“其实我也就是年龄大、经历多，再就是身体好、能干活、听招呼，组织上一声号令我就去冲锋陷阵了！”

80多岁的老人，仍坚持与儿孙辈们一起加班加点，经常深夜才回家，有时甚至加班到凌晨两三点。

2010年，阎肃80岁生日与家人合影（郭幸福摄）

熟悉阎肃的人都说他腿勤、手勤、眼勤、脑勤。有人问他：整天东奔西跑、起早贪黑，累不累？想没想过休息？

阎肃沉吟半晌，认真地说："首先，组织上交给的任务，我一定会尽力完成；其次，我这个人仗义，经常是抹不开情面，那么多年的老朋友了，人家请你帮忙，能不去？不管帮忙、帮闲，浑身是伤也得往前冲啊！"

他接着说："其实，他们不把我当80岁的人，都觉得我年富力强！不过，话说回来，我是能干就干，这其中也有很多乐趣。创作有快乐，更有成就感，特别是灵感乍现的那一刻，简直太美妙了……"

这就是阎肃永不退休的秘密，体现了一个战士生命不息、战斗不止的拼搏精神，体现了"士为知己者死"的悠久传统，更体现了一个共产党人为理想奋斗终生的铮铮誓言。

第三章

江姐：丹心铸就红岩魂

01

《红岩》怒放花万朵，一部《江姐》惊四座

“几度墨汁干，木凳欲坐穿。望水想川江，梦里登红岩。”这是阎肃创作歌剧《江姐》的真实写照。

重庆的西北郊，有一座歌乐山。这座山其貌不扬，没有华山之险、泰山之雄，更没有峨眉之秀，但当你走近它，撩开它神秘的面纱，便有一股气势似惊雷，如闪电，若急风暴雨，让你的灵魂深深震撼。

歌乐山，有两处闻名中外的革命遗址，那就是渣滓洞和白公馆。

渣滓洞原是一座煤窑，白公馆则是四川军阀刘湘部下白驹的郊外别墅。1938年军统霸占了这两处地方，改为监狱，关押、屠杀共产党人和革命志士。叶挺和廖承志在这里被囚禁过；张学良是从这里被转移到台湾的；杨虎城在这里被关了3年，全家遇害；罗世文、车耀先等都在这里遇害。

长篇小说《红岩》的故事就取材于这里。两位作者罗广斌、杨益言也是这里的幸运生还者。

时光不老，青春不朽。“红岩”，这一史诗般的称号，是重庆的光荣象征。

清风驱散雾霾，好雨泽被苍生，经典支撑人生的信念与梦想。刚刚度

过大饥荒的人们急需振奋精神。《红岩》小说出版后，引起轰动，被誉为20世纪中国最有影响力的书籍，被称为共产党员最生动的教科书。

历史学家称，“红岩精神”是中国共产党人精神品质最高度的概括，是革命先烈坚持真理、改造社会的伟大实践，是革命先辈为国家、为人民无私奉献的真实写照。它昂扬的英雄主义、革命的乐观主义、大无畏的献身主义哺育了一代又一代青少年，也成为我们改革开放过程中不可缺少的精神支柱。

50多年来，《红岩》被译成十几种文字，被改编为电影、电视剧、话剧、歌剧、音乐剧、舞蹈等多种艺术形式，还被改编为京剧、川剧、评剧、越剧、潮剧、鼓词、庐剧、秦剧、祁剧、吉剧、晋剧、锡剧、花灯剧、评书等。

有史家言，在共和国的文学记忆中，《红岩》是一座绕不过去的大山。

要认识阎肃，《江姐》也同样是一座绕不过去的大山。

一生爱读诗书的阎肃与《红岩》相遇是一种必然，或许也是冥冥中的一种召唤。他无疑是这本小说的忠实粉丝，他不记得读过多少遍。每一次翻开，他都仿佛回到了少年时代，那些在战火中辗转奔逃的岁月，又仿佛走进一个个狭小而阴暗的囚室，走进那一段幽暗的历史，也走进那一个个在幽暗中追逐光明的鲜活生命。

“当我们胜利的时候，在青春的歌乐山，让我们互相交换一个胜利的微笑”，“同志们，听吧！像春雷爆炸的，是人民解放军的炮声！人民解放了，人民胜利了，我们没有玷污党的荣誉，我们死而无愧”！

这不是普普通通的诗行，而是渣滓洞里那些年轻的共产党人，在生命最后一刻所发出的呐喊！

他默默地在心里吟哦着，内心的激荡却难以抑制。那仿佛地狱般的渣滓洞里发生的故事，黑牢里的革命烈士用自己的鲜血和生命书写的诗文更令他难以释怀。

夏夜里，不扑流萤，但秉孤灯，书中人如同神交已久的故人，穿过黄昏与暮色的缝隙，穿过苍茫的岁月，一一朝他走来，走在最前面的正是那个外表纤弱、内心刚强的江竹筠，战友们饱含深情地称她为江姐。

渣滓洞里，正是这双饱受摧残的手，精心绣出象征新天地的五星红旗，在暗无天日的狱中，她发出把牢底坐穿的誓言。她年轻的灵魂承受着生命不能承受的重负，却怀着一颗纯粹赤诚的心，憧憬着新中国的美好。

正是这双饱受摧残的手给亲人写下最后的绝唱："竹安弟，你别为我太难过……人总是人，总不能不为这惨痛的死亡而伤心……活人可以在活人的心里死去，死人可以在活人的心中活着。"趋利避害，人之本性，唯至勇者可舍生取义，是故勇者永存。

1949 年 11 月 27 日，重庆解放前 3 天，蒋介石下令对关押在白公馆、渣滓洞的革命志士进行惨绝人寰的集体大屠杀。除罗广斌等 34 人越狱成功脱险以外，287 名革命志士慷慨就义。

他们，肩并肩、手挽手，踏着《国际歌》的旋律，迎着罪恶的枪口，雄风凛凛，吓破行将灭亡的疯狂。

江姐和战友们没能看到，她和姐妹们绣出的五星红旗在天安门城楼上飘扬；没能听到，重庆朝天门庆祝解放那欢天喜地的鞭炮声；没能目睹，刘伯承在当时的纪功碑广场上写下的那遒劲有力的题词"重庆人民解放纪念碑"。

她和战友们倒在重庆解放之前，但是，她坚定的共产主义信念早已预知这一天的到来。她在囚牢中就仿佛听到了新中国诞生时那震天动地的欢呼声，在黑暗中就悟到了从东方喷薄而出照亮了天地的一轮朝阳，在久久企盼中就看到了获得新生的劳苦大众挂上幸福笑容的脸庞。这一切，足可慰藉她和战友们的忠魂。

她的故事，让整个国家潸然泪下。

每读一遍，阎肃的人格和灵魂都被震动，他的心灵被征服了。他一遍遍地问自己：他们为什么能够这么做？

他们不爱财，不为官，不怕死，敌人只能给他们以肉体上的折磨，却丝毫动摇不了他们的精神信仰。除了他们从小接受中华传统文化的教育，有一种“天下兴亡，匹夫有责”的士大夫精英情怀之外，还有什么力量使他们如此执着地追求一种目标理想？

他们热爱自己的生命，但他们为了更高的信念付出了自己的生命。中国历史变革时期，革命先烈们投身的革命即将胜利，但他们已经无法看到这胜利的到来。然而，革命所赋予他们改变中国的大信念激励他们超越了个人所能承受的极限，他们以钢铁般的意志承受了那些酷刑和折磨、那些引诱和圈套。

阎肃一遍遍地问自己，什么叫作信仰的力量？什么叫作对自己政治选择的绝对忠诚？什么叫作决不玷污党的荣誉？

信仰是人们灵魂最深处的追求，它虽然看不见、摸不着，但是能够释放出无穷的力量。正是信仰的力量，让这些烈士骨头硬、脊梁直；正是信仰的力量，让他们不畏艰险利诱、威胁牺牲；正是信仰的力量，让他们的生命在巍巍红岩上像红梅般绽放。他们绝美的风采镌刻在民族解放的壮丽史册上，也深深地烙在了阎肃的心里。

他感到有一种超凡的东西进入灵肉，以火焰的方式，猛烈地灼烧灵魂。思想的渣滓化为青烟散去，站在党旗下被热血和激情燃烧的誓词如此崇高、庄严，在他体内爆出拔节的声音，并且渴望开花。

阎肃一次次地在内心拷问：我们的党，我们党的每一个成员，我们的每一个革命者和所有追求进步的人们，能不能像江姐那样，像那些为我们创造辉煌历史的先烈们一样，为了正义和理想，勇于奋斗，不怕牺牲，前仆后继？

那是苍茫中悠远的追问，那是烽火中深沉的追问。当这样巨大的问号摆在面前时，他便有了一种无法挥去的沉重责任，有了一种无法遏制的创作冲动。

关于《江姐》的创作动因，少不得要从这样一个小段子开始：

1961 年，阎肃因创作《刘四姐》崭露头角，更开心的是拿到了一笔稿费。“独乐乐不如众乐乐”，这是阎肃一贯的人生态度，所以，这笔钱理所当然地成了他和同志们下馆子打牙祭的“公款”。酒酣耳热之际，同志们起哄：“咱今儿‘吃’完了‘刘四姐’，明儿呢？”阎肃一拍胸脯作答：“放心吧，这儿还有个‘姐’呐！”

大家都没太把他这话当回事，以为也就是酒桌上一乐呵，殊不知，阎肃心中这个“姐”早已让他魂牵梦萦。

秋风摇曳百木的时节，正值新婚的阎肃请了 20 天假。

新娘李文辉的工作地在涿州空军第六航空学校。陪伴阎肃上列车的除了简单的行李之外，就是一本翻得卷了边的《红岩》。

他的思绪似飞驰的列车般完全沉浸在江姐和战友们的喜怒哀乐中。

这样一群铁骨铮铮的年轻人，聚集在崇高信仰的旗帜下，把灵与肉、血与魂一并奉献，面对敌人带血的刺刀，他们高扬正义与真理。“对着死亡我放声大笑，魔鬼的宫殿在笑声中动摇……”

他们从血雨腥风中走来，在白色恐怖里周旋，于敌人严刑拷打中挺立，完成一次次情操与信仰的壮举。

组织上没有布置任务，但是阎肃无法按捺住内心的创作渴望——一定要把江姐搬上歌剧舞台。

他心中的这团火已经烧了太久。此时，仿佛奔涌的熔岩找到了爆发的山口，江姐在他的脑海中呼号、奔走，在他的灵魂深处激起千重浪，他的创作灵感像泉水一样喷涌而出。他几乎忘了此行的主要目的，和李文辉一见面就兴奋地说出了要创作《江姐》的想法。李文辉是了解他的，故意给他泼了一盆“凉水”，说：全国已经有几十个版本的《红岩》剧目了，互相之间竞争很大，这又不是你的任务，就自己搞，能行吗？

阎肃自信满满，滔滔不绝：这你可不知道，我有金刚钻啊。你想啊，重庆的生活我太熟了，我参加过学生运动、闹过学潮，与中共地下党组织的英雄们并肩战斗过，还参加过土改、清匪反霸，还去过歌乐山的“中美合作所”。重庆的革命斗争历史、乡土人情和风俗习惯，国民党的残暴统治、地下党员的英勇斗争我了如指掌，我心中对革命先辈的那种感觉太强烈了。我相信，即使是炒冷饭，我也能炒得比别人好吃。告诉你吧，这一路我都想好了，在设计上，我有许多独特的地方。在人物选择上，我不会重复他们都在塑造的英雄群像，我就突出江姐这个独一无二的人物，再选用与众不同的配角和反面人物，在细节表现上，更加细腻感人；在表现手法上，我要借鉴和运用戏曲元素，比戏剧更吸引人、更带劲。这些个东西啊统统都在我肚子里呢，人说十月怀胎，我啊，已经怀了九个月了，就差这一锤子，就瓜熟蒂落了！

李文辉见他早已胸有成竹，不禁莞尔一笑：得，快动笔吧。

白天，李文辉去上班，他伏案疾书。晚上，和爱妻不唠家常、不说绵绵情话，而是将创作的内容诵之舞之蹈之，情到深处，潸然泪下……

重庆，有一段他难忘的生活。童年逃难到山城，阎肃在重庆住了十几年。从中学到大学，他的许多老师、学长都是中共地下党员，还不满 19 岁的他也加入了党的外围组织，学唱进步歌曲、传阅进步书籍，他和学长们一起罢课、游行、闹学潮……

那正是山城最黑暗的时期。但为了那个必将到来的黎明，年轻的共产党人前仆后继，慷慨赴死，面对屠刀不后退，面对厚禄不折腰。曾给阎肃讲解《共产党宣言》的语文老师赵晶片，就这样倒在了敌人的枪下；教阎肃唱《松花江上》的师姐，也是这样血染较场口。在阎肃的印象里，他们都有着江姐的气质，那就是忠诚，那就是无畏，那就是信仰。在那个风雨飘摇的年代，他们就是民族之精魂、中华之希望。

这一切，让阎肃手中的笔无法停下。他的思绪像奔涌的泉水，像爆发的火山，从笔端、从心中倾泻而出，仅仅数天，《江姐》初稿一气呵成。朝天门码头、华蓥山上、集中营里等一幕幕场景，人物形象丰满，情节感人。那不仅仅是唱词，更是阎肃在人生路上累积的记忆和深情。

阎肃闭关18天写出新中国歌剧史上的巅峰之作，这当然与他满腹诗书、才华横溢有着密切关系，但更客观地说，实则是因为江姐早已活在他心中，他几乎就是将腹稿誊写到稿纸上。

他心中有熊熊燃烧的火焰和激情，因为他坚信，江姐和战友们用鲜血和生命凝聚的那种对党忠诚的革命意志、对共产主义信仰的精神世界，将是共产党人要永远坚持和保持的一份基本的品质。正是基于这样一份基本的品质，我们的党才能从胜利走向更大的胜利。

20天假期转瞬即逝，阎肃踏上归途。这次伴随他的，除了那本翻卷了边的《红岩》，还有一部新创作的歌剧初稿，这就是日后红遍大江南北的《江姐》。

果然，剧本一出手，空军政治部上上下下立马传开了，说阎肃又创作出一个好本子，准会火。

剧本一级级往上呈送，很快送到了一个人手上。《江姐》能打造成长盛不衰的经典之作与这个人的倾力扶持和把关是密不可分的。

他曾自豪地说："我有两支部队，一支是几十万的作战部队，一支是500人的文工团。"他还有一句广为流传的话："我一手抓文，一手抓武。

每年能打下几架敌机，演一台好戏，我的日子就好过一点了！”

他就是新中国首任空军司令员刘亚楼上将。

显然，刘亚楼把文艺工作看得特别重要。文艺兵也是战士，这是毋庸置疑的。战争年代，文工团的文艺兵们每到一处，都会受到战士们的热烈欢迎。朝鲜战场上，文艺兵深入前沿阵地，与志愿军士兵住在同一个坑道里，表演间隙帮助战士整修工事、埋设地雷、往弹匣压子弹。在上甘岭、临津江、五圣山等战斗最激烈的地方都有文艺兵的身影，有些文艺兵还突入敌阵的楔子阵地。遇到紧急敌情，文工团成员也会加入战斗。慰问演出路上，他们有时还会参与抢救伤员，为战士写家书。

当年，毛泽东曾赠丁玲“纤笔一枝谁与似，三千毛瑟精兵”，以此来形容战争中文艺兵的“战斗力”，身经百战的刘亚楼上将深以为然。

他几乎是一口气读完了《江姐》初稿，剧本又很快传回到文工团，上面多了刘亚楼批示的八个大字：精雕细做，打造精品。

此后相当长一段时间，阎肃便成了司令员家的常客。阎肃晚年回忆说：

> 打这开始刘司令员就抓住不放，都是手把手教，亲自改。插曲《我为共产主义把青春奉献》中有段唱词：“春蚕到死丝方尽，留赠他人御风寒。蜂儿酿就百花蜜，只愿香甜满人间。”刘司令反复斟酌，将首句改为“春蚕到死丝不断”，这一改，含意深厚，体现了共产党人至死不渝的坚定信念和人格力量。还有一句本来是“山中风光无限好”，他说，这不好，应该有点革命者的阳刚之气，他给改成“狂飙一曲，牛鬼蛇神全压倒”，“红旗漫天，九州人民齐欢笑”改成了“红旗漫天，五洲人民齐欢笑”。现在我又改回去了……再有罗瑞卿看后，有一句写的是：“热泪随着针线走，说不出是悲还是喜。”但他说：“热泪随着针线走，与其说是悲，不如说是喜。”他说我给你改了，这个

到现在我都没有动。他说："你说好不好？"我说好。再有一个，改得非常好，这是王静敏改的，"告诉他当好革命接班人，别把这革命的年月轻忘掉"，这个"轻"字改得好。

关于刘亚楼亲自修改《江姐》的细节数不胜数。阎宇在《阎肃人生》一书中披露：

刘司令员是一位感情丰富、爱憎分明的人，他对叛徒恨之入骨，这种感情带到戏里，就变成了对《江姐》中的叛徒甫志高怎么看怎么不顺眼。

第五场有个情节是：叛徒甫志高找到地下联络站，江姐给他倒茶，刘亚楼看到这里不高兴了，一肚子气，喊道："江姐不要给甫志高倒茶，这个动作去掉，要喝水自己倒！"

直至《江姐》公演后，刘亚楼还让秘书给我爸打电话问："第四场布置要加一条弯弯曲曲的公路伸向远方，这样劫军火的环境才更合理。过去指示过，为何现在还未改？"

我爸答道："舞美张敦仁忙大歌舞去了，暂时没人画，以后设法加上。"

据资料记载，刘亚楼有关《江姐》修改意见的批示达52次之多。

1965年，春寒料峭，刘亚楼身染沉疴，病榻之上仍有23次亲笔批示。3月18日，刘亚楼派人给空政文工团领导打电话说："我没有什么指示了，告诉同志们我身体很好，病情有所好转。"

这是阎肃听到的刘司令员最后一次捎话。

50 天后，1965 年 5 月 7 日，这位心心念念牵挂着空军文艺工作，牵挂着《江姐》的共和国将军驾鹤西去。

02

数易其稿路漫漫，梅花香自苦寒来

尽管开局一片叫好，真正完成的过程却是路漫漫其修远兮。

羊鸣、姜春阳、金砂三位作曲家担纲音乐创作。

羊鸣统管音乐总体规划和设计，并负责写江姐和沈养斋的唱腔。

姜春阳重点写甫志高和第二场的唱腔。

金砂是重庆铜梁人，1940 年考入四川国立音乐学院，熟悉四川风情和民间曲调，剧中具有四川特色的人物唱腔就非他莫属了。

三位音乐大师使出了浑身解数，不分白天黑夜连轴转，全身心地投入音乐的创作之中。

冬去秋来，整整一年，经过日夜奋战，词曲都初具雏形。

北京灯市口。文工团会议室。歌剧《江姐》第一稿剧本审查会。

由阎肃念剧本，羊鸣、姜春阳、金砂三人唱。他们边念边唱，舞之蹈之，摇头晃脑挺入戏的，还带着表情和手势，自我感觉良好。

没想到，在座的几位审查者不说话，光摇头，把不满意写在了脸上。

这几位可都是音乐领域的重量级专家。政委陆友是延安鲁迅艺术学院音乐系第二期学员，他的系主任是大名鼎鼎的吕骥。团长黄河是歌剧《董存瑞》作曲者之一，副团长牛畅是歌剧《王贵与李香香》作曲者之一，副团长刘敬贤是歌剧《王秀鸾》作曲者之一。

会议结束时，陆友宣布了结论："剧本还要修改，但音乐问题更大，既不像川剧也不像民歌，基本是个'四不像'。我的意见是：推倒重来，全部作废！"

一桶凉水从头浇到脚，阎肃和哥几个都像霜打的茄子——蔫了。羊鸣说：你那词儿还只是修改，可咱这曲儿一个音符都不能要。天哪！姜春阳和金砂也着急上火地接话，说：歌剧是要唱的，如果不唱，光照剧本念，那就叫话剧了，歌剧团岂不成了话剧团……

怎么办？真正的艺术根植于生活，他们决定深入民间，寻找创作灵感。于是，他们先后到浙江、上海、河北等地，并三次入川，学习了京剧、河北梆子、川剧、越剧、沪剧、婺剧、评剧等剧种，以及四川清音、四川扬琴、金钱板、杭州滩簧等民间说唱音乐。除了搜集音乐素材，还学习民间乐器的使用、乐队的组成，充实创作思路。

关于这段经历，阎肃晚年回忆说：

后来到江南采风，剧团走到哪他们三个跟到哪，人家以为他们是特务，有一次直接给请到县委去审查了，以为他们想干什么诸如给敌特分子找秘密空投地点，或是想炸社会主义水库之类的破坏活动。后来人家一调查，真有这三个作曲家。这一搞又搞了一年。1963年，作曲出来后，大师傅和面都哼哼，院里小孩子跳皮筋也哼哼，大受欢迎。江南的和四川的音调一糅合，文工团领导说好，底下观众说好，政治部领导说好，刘司令就喜欢上了。这好东西谁都说好。

在创作过程中，阎肃也提出他的见解，认为要把民族风格、民族语言的抑扬顿挫和表现乡土风情的韵律结合起来，加强音乐的多元性和唯美性。经过多次推敲、反复琢磨，不厌其烦地修改，后来被文艺界誉为"民族音乐的瑰宝”的《江姐》音乐创作任务终于大功告成。

曲子几经折腾，词也数易其稿。究竟多少稿阎肃自己也记不得了，但他印象最深的是那一次，剧本里叛徒甫志高劝降江姐时有段唱词：

多少年政治圈里较短长，
到头来为谁辛苦为谁忙？
看清这武装革命是空流血，
才知道共产主义太渺茫。
常言说英雄豪杰识时务，
何苦再出生入死弄刀枪？
倒不如，抛开名利锁，逃出是非乡，
醉里乾坤大，笑中岁月长。
莫管他成者王侯败者寇，
再休为他人去做嫁衣裳！

刘少奇、刘志坚、刘亚楼都说这段词美则美矣，但副作用太大。阎肃回忆说，刘司令员真跟我急眼了，说：“三个姓刘的提意见，你就是没有改。难道我们三个姓刘的还抵不过你一个姓阎的？今天我要在家里关你的禁闭！你就在我家里改，改出来我才放你走。”把我关在书房里改。我一着急，两个钟头硬给憋出来了，就改成了这模样：

你如今一叶扁舟过大江，
怎敌他风波险恶浪涛狂？
你如今身陷牢狱披枷锁，
细思量何日才能出铁窗？

常言说活着总比死了好，
何苦再宁死不屈逞刚强？
倒不如，激流猛转舵，悬崖紧勒缰，
干戈化玉帛，委屈求安康。
人逢绝路当回首，退后一步道路更宽广！

看完，刘亚楼同志点点头表示认可，只对最后两句添了几个字，改为：“人逢绝路，回首是常事，退后一步，道路会更宽广！”

又有一天，刘亚楼把阎肃叫到家里。刘司令员说，在莫斯科看歌剧《卡门》，主题歌非常好，我看《茶花女》都有主题歌，《江姐》是不是也可以写一个？“短小一点，可以流传。”这是司令员给阎肃的基本要求。

很快，阎肃的第一稿出来了，写的是：

行船长江上，
哪怕风和浪，
风急浪险也寻常，
心中自有红太阳……

作曲的三人把这首歌谱成了带有川江号子与民谣相结合、歌唱性很强的歌曲，一试唱就给刘司令员直接毙掉了：“这哪是江姐，是江姐的丈夫还可以，要写女同志！”

阎肃听到这批评也跟着乐了，心悦诚服。可不是嘛，人家刘司令员是行家，一语中的。可是怎么写才是为江姐量身订制的呢？

他秉灯熬夜苦思冥想，但终究不得要领。

情急之下，他猛然想起受上海音乐学院之邀写的《红梅组曲》，里面有三首歌，其中一首是《红梅赞》，组曲写完后，还没有交稿。这歌是否能与江姐结缘呢？

傍晚，创作小组几个人边散步边碰撞灵感，阎肃不太确定地说，我这儿有首歌，是一个朋友约写的，叫《红梅赞》，你们听听词儿："红岩上红梅开，千里冰霜脚下踩，三九严寒挡不住，一片丹心向阳开……"阎肃还没念完，稿子就被羊鸣、姜春阳、金砂三人抢走了。

四个人连夜讨论，越议越热烈，这首词的内涵也愈加清晰起来：

> 红梅的生长环境是十分险恶的，它正好象征我们革命的艰难与不易。当时抗日战争时期与解放战争初期中共中央南方局和八路军办事处的驻地就设在重庆，也就是在敌人的心脏。红梅生长在最险恶的地方，这就寓意着我们的同志像红梅一样，也是在最危险的地方与敌人展开斗争的。红梅开在最危险的地方，但同时也象征着是凝聚了党的巨大革命精神的地方。正是因为生长在特殊的环境下才使红梅具有了坚韧不拔、不畏艰险、傲雪凌霜的品质。即使是"三九严寒"和"千里冰霜"的恶劣环境，红梅也不会畏惧。这也暗示出我们党的同志不畏惧环境的艰险，与敌人斗争在第一线，早已把自己的生死置之度外，为了革命的胜利甘愿把生命献出的伟大精神。

随后，阎肃把新作的《红梅赞》歌词拿给刘亚楼审阅。用傲然怒放的红梅来暗喻江姐的英雄形象，用红梅傲然挺立的气质和坚韧不拔的品格来表现一个女共产党员的博大胸怀和视死如归的英雄气概，以及她对新中国成立的坚定信心，真是再恰当不过了。刘司令员一口气读完之后激动不已，当即拍板，说："得了，就是它了！"

词唤曲生，曲伴词行，词曲相谐。歌词这么美，立意这么新，动情的旋律仿佛自己张开了翅膀，羊鸣很自然地想起了在成都听过的四川清音和在杭州听过的丝弦弹唱，婉转动听的旋律、弹拨节奏中迸出的阳刚之气，不就是江姐的灵魂、《江姐》的音乐种子吗？

优美动听、感情深沉、形象鲜明的《红梅赞》奔泻而出，经过试唱、加工，再试唱、再加工，几个回合后，终于定稿。

这首英雄赞歌，出自真情，来自实感，发自心底，有一种实实在在的情感冲动和向往追求，蕴含着一种生命的坚守与情怀，一种精神的虚静与高逸，一种哲思的积淀与升华，其词与曲在艺术与思想上完美统一，富有层次、余韵无穷，仿佛微风中静静流淌于石上的山泉溪涧，清冷透亮而又蜿蜒回环，有不尽之意。

果然，这首歌不仅成为江姐的化身，也为歌剧《江姐》的很多唱段提供了音乐动机。熟悉这部歌剧的人都会发现，很多唱段的起始，都与《红梅赞》有着异曲同工之妙。

此曲在整部歌剧中一共演奏了四次，每一次都很恰当地根据剧情的发展和人物刻画的需要而加以变化，不拘泥于简单和一般的旋律重复，可以称得上是歌剧主题曲创作的典范。《红梅赞》旋律第一次响起是在第一场江姐要奔赴川北时，在朝天门码头与孙明霞一起唱的；第二次是在第二场中由男声伴唱唱出的，江姐正痛苦悲伤地回忆自己的丈夫彭松涛；第三次演奏是在第七场江姐刑场就义前，这时二胡独奏《红梅赞》主题曲；第四次演奏是在剧终，江姐在准备就义时昂首挺立，面带笑容，视死如归，眼里充满了对新中国成立的向往，这时雄壮的合唱又一次将《红梅赞》主题曲引出。

回忆起《红梅赞》音乐的创作过程，羊鸣说：

因为这是非常重要的主题歌，我们先后写了八个不同版本，最后一稿出来，都怕不能被传唱，改了二十多遍仍很担心，不知道这样写到底行不行。但定稿不久，空政文工团原驻地——灯市口同福夹道大院里，演员唱、孩子唱，连食堂的大师傅也边和面边唱“红岩上红梅开……”我们心里就有了底，这首歌肯定能流行！

歌剧《江姐》的唱段中，《红梅赞》与另一首《绣红旗》堪称“红梅双姝”。金砂用细腻深沉、刚柔相济的笔调，写出了这首发自肺腑的内心独白般的歌曲。这两首黎明时刻的悲壮歌曲如此动人心魄，将身陷狱中的共产党人对新中国的热爱与渴望之情抒发得淋漓尽致，仿若灵魂的倾诉，倾倒了全国歌迷，感动过数以亿计的听众。

历时两年多，剧本数易其稿，音乐反复加工，直到公演，掀起了一股“红梅热”。这无疑与当时创作上的精益求精分不开。

03

总理悄悄买戏票，主席握手暖心头

林花谢了春红，太匆匆。两年光景如白驹过隙。

《江姐》从出剧本初稿，到无数次修改、排练、试唱，再修改，再合成，其编剧、导演、音乐、布景、灯光、服装、化妆、道具……几乎是举全团之力来完成的，说一班人马脱了几层皮是毫不夸张的。

1964 年 8 月 2 日晚，刘亚楼亲自带人再次审看，试演算是相当成功。刘亚楼基本表示认可，认为再改一改就可以公演了。

夜已深，但大家欢欣鼓舞，久久不愿散去，期待着真正公演的那一天早日到来。

在这之后，边改边搞了几次内部演出，邀请相关的领导、专家来“拍砖”。

8 月 24 日，叶剑英元帅、王新亭上将观看了《江姐》。

8 月 27 日，贺龙元帅、杨成武上将、彭绍辉上将、廖汉生中将、刘志坚中将观看了《江姐》。

时任总政治部副主任的肖华上将对《江姐》更是分外关心，只要没有特殊情况，他几乎场场都到。

眼看公演一天天临近了，谁知好事多磨。

同年 9 月，团长黄河、政委陆友分别随艺术团出国访问演出。

出国前，文工团党委会决定：由副团长刘敬贤主持工作，《江姐》争取在国庆节前后公演，具体演出时间还需要空军首长来决定。

很多演员见总是不让公演，心里着急，按捺不住一趟一趟跑到刘敬贤跟前“撺掇”：“刘副团长，什么时候能让我们演呀？你去问问嘛！”“你们着急，我比你们还要急！”刘敬贤瞪着眼睛说。

有一天，刘敬贤实在拗不过演员们的怂恿，鼓足勇气，跑到空军政治部副主任王静敏的办公室，要求《江姐》公演。王静敏看着他，问道：“公演以后，你能保证主题歌流行全国吗？”王静敏知道，刘亚楼对主题歌《红梅赞》格外关注。刘敬贤也豁出去了，当即立下了军令状：“我能保证！要是这个戏不能打响，主题歌不能流行全国，你撤我的职！”王静敏沉思片刻，一锤定音：“那好，公演吧。”

终于到了媳妇见公婆的那一天。

1964 年 9 月 4 日，华灯初上。空政文工团在中国儿童剧场首场公演七幕歌剧《江姐》。

一切准备就绪。后台的气氛显得特别肃静，所有人的情绪都是兴奋之中带着紧张，走路说话都带着小心。演员们都能听得见自己怦怦的心跳声，一贯风风火火、笑声朗朗的阎肃似乎也受了感染，压低了嗓音，放轻了脚步。大家伙两年的酸甜苦辣就要见分晓了，台前台后都铆足了劲儿，生怕有分毫差池。

第三遍催场铃声响过，剧场鸦雀无声。

大幕徐徐拉开，把观众带回到那个激情燃烧的岁月——

1948 年春，人民解放军在全国范围内展开了战略反攻。国民党反动派统治下的重庆，已是一派“山雨欲来风满楼”的景象。地下党员江姐带着省委的重要指示，冲破敌人的重重封锁，告别山城，奔赴川北革命根据地。

在途中，她突然听到丈夫——华蓥山纵队政委彭松涛同志牺牲的消息，抑制住内心的悲痛，毅然直上华蓥山，见到了游击队司令员双枪老太婆，率领游击队展开了轰轰烈烈的武装斗争。国民党反动派四处通缉江姐。江姐在群众的掩护下，和同志们一道又一次拦住敌人的军车，缴获大批武器弹药，打击了反动派的嚣张气焰。

由于叛徒甫志高的出卖，江姐不幸被捕。在重庆“中美合作所”渣滓洞集中营里，面对特务头子沈养斋的威逼利诱，面对敌人的各种酷刑，江姐大义凛然，义正词严地痛斥敌人的罪行，表现出共产党员坚贞不屈的革命气节和崇高精神。

共和国成立的消息悄悄传到狱中，大家兴奋地拥抱，人人泪流满面。夜深了，大家还在议论着，毫无睡意。罗广斌提议做一面五星红旗，但他们只从报纸上得知红旗上有五颗星，却不知它们怎么排列，就猜测应该是在中央围成一圈五角星。他们拆下红被面并把上面的绣花拆下来，说是绣，其实罗广斌他们既没剪刀，也没有针线，而是用一把铁片磨成的“小刻刀”，将黄色的草纸刻成五颗五角星。没有糨糊，就用剩饭粒把星星粘到了红绸被面上……

重庆解放前夕，敌人在逃跑前，策划屠杀被捕的共产党员和革命者的阴谋。根据上级党组织的指示，为配合我军胜利进军，江姐在集中营组织和领导越狱斗争。在这生死的紧急关头，敌人要提前杀害江姐。为了不暴露越狱计划，保护同志们，江姐毅然走向刑场。

山城解放了，五星红旗在新中国的上空飘扬，它是用烈士的鲜血染红的。

台下座无虚席，观众的心很快随着剧情跌宕起伏。整部戏作词精美，曲调悠扬，演员的表演丝丝入扣，打动人心，剧情高潮不断。台上泪水涟涟，台下哭声一片，全场演员、观众的情绪完全交融在一起。

太成功了！演出结束时，观众全体起立，雷鸣般的掌声持续不停，久久不肯退场，场面之热烈，超乎想象。

以前，每逢演出，团里总会安排一些工作人员坐在观众席里，在剧情需要时，带头并引导观众鼓掌，俗称“领鼓”，这次也一样，派了几名工作人员坐在观众席上，没想到，完全用不上了，观众的掌声一次比一次热烈。这些工作人员第二个作用，就是要听取观众的意见、评论，尤其是要重视批评的声音，可这次的结果是《江姐》获得一致好评。

公演第二天，观众席上出现了两位“重量级”的观众，外交部副部长刘晓和其夫人观看了演出，对《江姐》赞不绝口。刘晓曾与周恩来一道参加过三次上海工人武装起义，彼此非常熟悉。他回去后把这部戏介绍给了周恩来：“空政文工团有一出很不错的歌剧，名叫《江姐》。”

9 月 6 日黄昏，中国儿童剧场门口熙熙攘攘，观众正在入场。

一辆红旗轿车远远地停住了，周恩来和邓颖超事先没有通知，也没带随行人员，如同普通观众一样来到售票窗口排队买票。

门厅工作人员一见周总理，扭头就往里边跑，口中直嚷："周总理看演出来啦！"

刘敬贤等团领导正在后台忙碌，听说周总理来了，又惊又喜，被弄了个措手不及，忙跑出来迎接。好在他们平时都在前排预留了四个空座位，便迎过去请周总理、邓颖超入座。副团长刘敬贤、干事顾正平一左一右坐两边，陪同观看。

演出中间，刘敬贤早已打好了腹稿，准备向周总理介绍剧情，但他见总理看得聚精会神，手随着音乐旋律，在椅子扶手上轻轻打着拍子，便意识到总理已融入剧情中，什么都不需要说了。

蒋对章这个人物是阎肃特别设计的一个剧中的笑点，每逢他一出场，观众席便响起欢乐的笑声。看到剧中蒋对章把口中烟嘴在袖口擦一擦递给沈养斋时，周总理和邓颖超也忍不住笑个不停。

幕间休息时，在休息室里，大家请周总理做指示，总理微笑着把脸转向邓颖超说："你就说说吧。"邓颖超高兴地说："你们演得很好，情节很感人，歌曲也很好听。"

周总理、邓颖超平易近人的作风使大家感到非常亲切，没有一点儿压力。

1964 年 10 月 12 日晚上，演员们结束了一天的演出，回到文工团驻地。刘敬贤正想休息，突然接到报告："毛主席明天要来看演出，地点定在人民大会堂三楼小礼堂。"

刘敬贤顿时睡意全无，心中说不清是激动还是紧张，这可是天大的喜讯！他马上打电话给王静敏副主任，王静敏要求对演员暂时保密，并特别强调："要保证安全。"

此时演员们都已上床，一个紧急通知把他们叫了起来。

刘敬贤下达了演出任务，虽然没有讲谁来看演出，大家从团领导那神秘的笑脸上，已经隐隐约约猜到了这次演出有多重要。

那时公演地点已从中国儿童剧场挪到了民族文化宫礼堂，服装、道具、灯具全搁在民族文化宫，离人民大会堂演出还不足20个小时。会一散，汽车轰鸣，大队人马直奔民族文化宫搬东西、装台。

那一夜，所有演职人员都一宿未合眼，一直忙碌到东方破晓。

任务布置了，刘敬贤却在犯嘀咕，他在琢磨王静敏说的“要保证安全”是什么意思？

那个年代，列在“安全隐患”之首的当然就是成分问题。

他不敢马虎，连夜调档，仔细排查，尤其是演女一号江姐的演员。一查“问题”还不少。

三位“江姐”谁上谁不上，刘敬贤不敢擅做主张，再次打电话请示王静敏。王静敏考虑片刻，决定：万馥香演上半场，蒋祖缋演下半场，郑惠荣做预备。

1964年10月13日晚，人民大会堂三楼小礼堂灯火辉煌。这一晚，对《江姐》剧组来说，意义非凡。毛泽东、刘少奇、周恩来、朱德等一起观看了空政文工团的歌剧《江姐》。

毛泽东看戏时很能入戏，他神情专注，看得十分认真，脸部表情随着剧情的发展而变化。当看到江姐被叛徒出卖而被捕时，他立刻板着脸，瞪着眼，嘴唇紧闭，一副生气的模样；当看到蒋对章和警察局局长沈养斋的一段戏时，他又忍不住哈哈大笑。

演出结束后，毛泽东等领导人走上舞台和演员握手合影，次日《人民日报》头版刊登了合影照片。

毛泽东专门召见了空政文工团的领导和有关演员，并做出高度评价，说：“你们的剧情催人泪下，主题歌《红梅赞》唱得人心潮澎湃。我看你们的歌剧打响了，可以走遍全国嘛，到处演出了。”

当他得知编剧是阎肃时，夸奖道：“这个人懂得古语喽！”随后又惋惜江姐的牺牲，说：“那么好一个同志，为什么让她死了呢？是否可以不要江姐死，要把沈养斋抓住。就让双枪老太婆带兵把沈养斋包围。”

毛主席这一动感情可真叫阎肃为难了。无论是烈士原型，还是《红岩》小说，江姐最后都是英勇就义了，这要在歌剧里让她活着，观众能接受吗？怎么改得了啊！

这天晚上，刘亚楼正在南京主持一个会议。他守候在电话机旁，掐着演出结束的时间拨通了长途，急切地说：找阎肃。阎肃拿起电话，一五一十地告诉司令员，毛主席笑了，毛主席流泪了……汇报了半天，最后一句话是，报告司令员，演出相当成功！

这可把刘亚楼高兴坏了，当即做了一个非常大手笔的决定：第二天派专机把《江姐》剧组的全体人员接到南京，高规格宴请。

晚宴上，南京军区空军领导给刘亚楼敬酒，刘亚楼不喝，叫他们给文工团的同志敬酒。

刘亚楼高兴地说：“知道他们是谁吗？昨天毛主席看了他们演的《江姐》！我代表空军党委——一级党委啊！向大家敬酒，要把戏搞得更好，不要翘尾巴……”

因为毛主席要江姐活着，结尾就必须修改，这可不是小事。阎肃只有请刘司令员支招。刘亚楼提了一个方案：江姐挺立在红岩上，工人、农民、解放军、少先队员面向江姐而立，满天红霞，《红梅赞》歌声起……大幕徐徐拉上。

刘亚楼设计的这个方案是一个模糊方式，回避了江姐是生是死的难题，全剧结构无须大动，观众可以接受，同时也贯彻了毛主席指示的精神，可谓两全之策。

1977 年上演的《江姐》结尾则改成解放军部队在千钧一发之际救出了江姐。

1978 年，歌剧《江姐》被上海电影制片厂搬上银幕之前，阎肃和剧组再次为江姐要不要"复活"而犯难。他们最后找到了一个折中的办法：虽然也安排解放军和游击队打进渣滓洞，活捉沈养斋，但不安排他们与江姐见面，而让江姐立于梅花丛中，由《红梅赞》歌声相伴而剧终。江姐究竟是生是死，没有交代。

直到 1984 年，歌剧《江姐》才彻底恢复了原貌。

1964 年 11 月的一天，《江姐》仍在热演。

那天晚上，阎肃到文工团大院街对面的一个小剧场，看红旗越剧团排演《红楼梦》。因当时大院门口正在修路，弄得阎肃一腿一脚的石灰，他也没当个事儿。看了一会儿，感到胃有些不舒服，阎肃就一个人从剧场出来，准备回宿舍歇会儿。

刚走到团门口，突然，一辆吉普车在身边停下，车上人喊道："阎肃，你在这儿啊？找你半天了，快上车，有紧急任务！"

阎肃一愣，心想，这么晚了还有什么任务，看着政治部的同志，随口说："什么任务啊？我可没穿军装。"

阎肃那天身上只裹了件又破又旧的黑棉袄，老棉裤上沾满了石灰，围着条大围脖，几天没刮胡子。来人看了一下，也显出无奈的样子，但还是催道："快上车吧，来不及了！"阎肃赶紧上了车。

车在拐过几条街后，直接开进了中南海。进入中南海后，经过几道岗哨询问，司机答："是阎肃。"哨兵立刻放行。

到这时，阎肃才知道，是毛主席看过《江姐》后深为感动。那天，是毛主席想要见见写这部歌剧的年轻人。

车子在一幢小楼前停下，当阎肃随工作人员走进一个小会客厅时，毛主席已经在那里了。

阎肃见到毛主席，激动紧张得一时不知该如何是好，按说应该行军礼，可又没有穿军服，而且觉得自己当时的那身打扮，尤其是满腿的石灰、满脸的胡子也实在是过于狼狈，只好傻傻地站在那儿。

这时，毛主席笑着向阎肃走过来。

阎肃有一段生动的回忆：

> 到毛主席跟前，主席很高大、魁梧，一看真是伟人，我鞠了个大躬，“毛主席我来晚了”。主席和在场的人都笑了，毛主席拉着我的手，他的手很大，五根手指跟小胡萝卜似的，非常有力。他声音很洪亮，但一口湖南话，夸了我半天，我基本上没听明白。这不像他们写书，把我写得太不堪了，说我当时浑身哆嗦，我哪哆嗦了。我不太懂，我明白他在夸我《江姐》写得好，我很难回答，我说好吧，骄傲了，我说不好吧，他都说好了，你还说不好。我只好说，主席，我一定继续努力。这也是我当时的一种真实心态。主席说：“好，我送你四本书。”就是一套《毛泽东选集》，我一直珍藏着呢。

04

朝成暮遍受热捧，谁人不为江姐颂

1964 年的上海影剧院，精彩纷呈，每天正常演出的剧团有三四十个，上海人的欣赏水平和艺术素养一向是很高的。

《江姐》剧组抵沪之时正值岁末。为迎接1965年元旦，上海各大剧团也相继推出了至今依然闻名遐迩的剧目，如《智取威虎山》《红灯记》《芦荡火种》（京剧《沙家浜》的前身）等。

璀璨的跑马灯、木质的旋转门、古朴的橱窗、老式的柜台……这些老上海独有的建筑装饰和标志性艺术品，无一不流露着当年的情怀。《江姐》剧组在惊艳其繁华、摩登的同时，心里也多了一份忐忑，在大上海，《江姐》会受到欢迎吗？

后来的事实证明，他们的担心是多余的，观众的掌声可以说明一切。

《江姐》如同一席饕餮盛宴，让品位独特的上海人大呼过瘾，争相热议。演出43场，场场爆满，观众达71800多人次。

从1965年1月1日开始，南京军区空军政治部文工团、上海越剧院、出新越剧院、上海市人民沪剧团、上海实验歌剧院先后在沪上演了《江姐》。前后6家剧团在同一城市同演一个剧目，时间约有两个月，形成了中国戏剧界罕见的文化景观。

演出期间，有几天下着小雨，但观众热情不减，买票的队伍绵延长达1000米。

据《上海人民广播电台1965年1月汇编》称，歌剧《江姐》演出达到了震撼人心、轰动全城的艺术效果。

上海电视台打破历史最高纪录，一个月内连续五次播放歌剧《江姐》实况录像。

与此同时，上海电台以转播、教唱、选播、音乐编辑等方式播放《江姐》多达29次、近35小时。虽然盛况空前，但仍远远不能满足观众的需求，数百封来自民众的点播信，代表成千上万的观众和听众，要求回放歌剧《江姐》。

上海人民美术出版社拍摄出版了《江姐》的摄影图片集。中国唱片社灌制了《红梅赞》《绣红旗》等精彩唱段。《文汇报》用整整一页的篇幅刊登了《江姐》的歌词选辑。该报在编后记中对剧本评论道："好的剧本，离不开好的语言。《江姐》的语言写得非常好，特别是它的歌词，句句抓人，语语珠玑。看起来，引人入胜；读起来，朗朗上口；唱起来，铿锵入耳。把这些歌词当成独立的篇章来看，可颂可读，是文学性很强的诗词创作……这些歌词又是通俗易懂的。它运用了旧诗词，但谁也不觉得晦涩难懂，明白如话，而意味无穷……"

鲜为人知的是，这不是组织下达的创作任务，而是阎肃对国家前途、党的命运深深思索后的主动作为。

此后，武汉等地的剧团闻讯从外地专程赶来上海，纷纷登门取经，并迅速调集精兵强将，购置服装、道具，开始学习或移植歌剧《江姐》。据《文汇报》的统计数字，在上海向空政文工团取经的剧团，先后有 32 家。

剧组受邀南下，移师广州。1965 年 1 月 17 日起，在广州最好的戏院——南方戏院，先后为广州市驻军及中南局，省、市党政机关演出 4 场，观众有 4000 多人。1 月 21 日开始正式公演，再次轰动全城。

1 月 23 日，北京京剧团一团在广州市东乐戏院公演京剧《红灯记》，广州人民广播电台对《江姐》和《红灯记》均进行了转播，广州戏剧界更是将两部剧放在一起，召开座谈会，讨论如何向《江姐》剧组学习，搞好戏剧改革。

1 月 29 日，著名粤剧名伶红线女在《羊城晚报》上发表长篇文章《为什么我们没有〈江姐〉这样的戏——歌剧〈江姐〉观后自省》。她写道："《江姐》我一连看了两遍，还嫌不够……《江姐》是个好戏，是个使我深深激动的好戏。但是，它使我激动的，显然还不仅是它本身的成就，而是因为这些成就促使我想起了我自己，想起了我们粤剧院、粤剧界。希望粤剧界的同志们把《江姐》的编演当作一面明镜，照照我们自己，改变现状，急起直追！”

一时间,《江姐》的影响力和知名度超过了《红灯记》《沙家浜》等京剧“样板戏”而独占鳌头。

那时还没有发达的网络等传播手段，但所有纸媒对《江姐》的报道铺天盖地，好评如潮。

《人民日报》1964 年 9 月 12 日第 5 版发表叶林的《把革命英雄形象搬上新歌剧的舞台——看空政文工团演出歌剧〈江姐〉》，《光明日报》1964 年 9 月 15 日第 4 版发表韦明的《一片丹心向阳开——赞歌剧〈江姐〉》，《光明日报》1964 年 9 月 21 日第 2 版发表宁干的《革命英雄的颂歌——看空政文工团演出歌剧〈江姐〉》，等等。

1965 年 2 月底，歌剧《江姐》还到了香港，公演六天，同样引起轰动，场场爆满，连加演的夜场票都销售一空。

各种研讨会上，许多同行、专家伸出拇指，同样的题材，还是阎肃写得好。

《江姐》描写的狱中生活不是低沉压抑、残忍血腥的，反而充满了与敌人斗智斗勇的欢乐、昂扬的情绪、鲜亮的色调。这种带有革命英雄主义和革命浪漫主义色彩的描写显示了信仰的力量、意志的力量、智慧的力量，迥然不同于一般格调压抑的刑狱文学作品。整个剧的编排，以江姐为主线，成功塑造了一个临危不惧、视死如归、大义凛然的英雄形象。《江姐》成为历演不衰的民族歌剧精品，被誉为中国歌剧的三座里程碑之一。

1965 年 5 月，郭沫若为《江姐》题词：

江姐天下传，华蓥分外雄。胡兰惊再世，一曼吐长虹。

碧血梅花颂，红旗烈士风。凭教渣滓洞，万古玉玲珑。

《江姐》受到热捧，阎肃当领头功，但阎宇在书中这样写道：

……剧中最后一场有一段唱词，《五洲人民齐欢笑》，其中有一句，原来写的是：“告诉他胜利得来不容易，别把这战斗的岁月全忘掉。”

当时空军政治部王静敏副主任看过后，跟爸爸建议说：“改成‘轻忘掉’，好不好啊？”爸爸一听，觉得的确好，就改为了“别把这战斗的岁月轻忘掉”。

提起这位“一字之师”王副主任，我爸说他真是难得的非常厚道的人。

王静敏，河南洛阳人，1918年出生，原名王永谷，当时在空政主管文化工作，为人正直，敢想敢为，敢作敢当，曾针对当时“毫不利己，专门利人”的提法提出疑问……后来因为这句话，这位长辈在“文化大革命”中没少挨批斗。

《江姐》的创作可谓集中了一批非常有才华的精英。该剧由三位著名的作曲家金砂先生、姜春阳叔叔、羊鸣叔叔完成全剧的谱曲，陈沙先生导演。陈沙先生已经去世了，在导演戏剧方面很有两下子。他常说：“用程式，但不要见程式。”他对歌剧《江姐》是有很大贡献的。黄寿康任副导演，同时又兼饰演剧中的大反派沈养斋。他在舞台上的一个手势、一个眼神都是那么精彩，对人物的刻画有着过人、独到之处，有很多神来之笔。

还有饰演江姐的万馥香，饰演双枪老太婆的孙维敏，饰演反派甫志高的刘痕，饰演蒋对章的杨星辉，饰演唐贵山的李燕平等，都表演得非常贴切到位。可以说，他们中的大多数，一生大部分时光都比较平凡，但在歌剧《江姐》的表演中，都迸发出了炫目的光彩，像是把一生的才华、精力都集中于这一点爆发了。我想他们真可算得上是为歌剧《江姐》而生吧。

生而不有，为而不恃，功成而弗居。可以看出，阎宇的真诚、大气、感恩颇得其父之风，亦与父亲心意相通。

05

半世经典梅不凋，五代“江姐”敬肃老

一部经典，犹如老酒，入口醇香、回味悠长，超越地域、超越时代。

什么是经典？常念为经，常数为典，经典经得起反复推敲，常被人想起，不会被忘记。

中国自古就有“杀身成仁”“舍生取义”“富贵不能淫，贫贱不能移，威武不能屈”“人生自古谁无死，留取丹心照汗青”等精神传统，正是有了这种精神，中国才能在不同的历史时期焕发出活力和能量；正是有了这种精神，中国文化才具有如此强的凝聚力和生命力。当一些人在高喊历史的终结时，我们要说，历史没有终结，精神没有终结。而《江姐》所传递的红岩精神不仅仅是社会主义时期倡导的精神，也与中国几千年传统文化的优良品质一脉相承。

江姐和战友们为人民的幸福牺牲自己、为信仰而献身的精神以及不屈的意志铸就了红岩魂。

《江姐》无疑是一部红色经典。在进入宽频时代的今天，围绕红色经典展开的讨论一直不绝于耳。

中国社会科学院副院长张江曾在接受访谈时，这样谈及红色经典在当下的状态：作为一种特殊的历史文化资源，红色经典并没有随着时代的发展而成为被封存的历史，可以说，红色经典既是历史的，又是当下的。这

体现在红色经典原作还在被不断阅读、观看、欣赏。同时，它也成为当下文艺创作的一种资源，被反复改编、重拍、翻唱。就此而言，我们对红色经典的讨论，事实上就具备了历史与当下双重观照的意义。红色经典之所以在当下还有受众，是因为它提供了另外一种精神力量。这种精神力量是挫折面前的顽强不屈，是追求真理的视死如归，是集体主义的责任担当。以此为精神内涵，红色经典建立起了一种进取、阳刚、开阔的美学风格。而这种精神力量和美学风格，正是今天这个时代需要的和稀缺的。

当趋利避害成为有些人的绝对价值观，当有些人只关心自己的钱包时，《江姐》精神是我们需要的精神力量，是我们今天进行人文精神建设的重要资源。任何藐视这种精神的人，都是短视和愚昧的。

如何将红色经典里"高大全"式的英雄人物还原成有血有肉、有爱有恨的普通人，避免曾经的脸谱化和程式化，又忠实于原著的精神气质，是我们今天改编红色经典必须注意的问题。

与阎肃长期合作的中央电视台副总编朱彤说，阎肃作品中体现出的深厚的民族文化精神，是出于他的自觉追求，是在深入研究和长期思考之后外化出来的一种风格。他的作品是民族文化与时代精神的叠加。

歌声，记录一个时代，影响一个时代，也推动一个时代。2008 年，影响了几代人的《江姐》作为国家大剧院落成后的首演剧目被隆重推出。穿越时空，《江姐》这颗璀璨的明星丝毫没有褪色。新一代的《江姐》，一样场场爆满，一样掌声如雷，一样台上台下泪光相映、歌声相和。

但有很多观众并不清楚，这是《江姐》第五次复排。

作为第五代"江姐"，空政文工团演员、全国人大代表王莉和前面四代"江姐"一样，对阎肃的感情格外深厚。在她心中，阎肃是个内心有情怀、胸中有境界、思想有活水、笔下有风云的艺术家。

阎肃在文工团排练厅与第五代“江姐”王莉探讨表演艺术（郭幸福摄）

在她学音乐之时，就听说歌剧《江姐》是一部经典之作，过于年轻的她当时还很难深刻理解经典之作的意义。一吟一唱中，她仿佛穿过岁月的时空，蹚过历史的长河，感受那闪烁着诗意的光辉。《江姐》是她青春岁月里一段深深浅浅的品味的旅程，但能成为第五代“江姐”，则是她想都不敢想的奢望。

谁能成为第五代“江姐”，这自然也是万众瞩目的。经过阎肃等老艺术家层层筛选，王莉成为扮演江姐的三名演员之一。她深知《江姐》在中国歌剧史上的地位，加上前四代“江姐”都塑造得光彩照人、深入人心，面对的挑战可想而知。她那时还不满 27 岁，又觉得自己长着一张胖乎乎的“娃娃脸”，外形跟前四代“江姐”差距很大，对自己这个美声演员演好民族歌剧也不是太有信心。

看出王莉的不自信，阎肃专门开了一个单子给她，让她认真阅读《红岩》《烈火中永生》等书籍，观看相关影视作品和前四次排演《江姐》的录像。阎肃鼓励她："你的外形跟江姐原型最像。你要下功夫超越自己，用美声和民族相融合的唱法，塑造一个全新版本的江姐。"在阎肃的建议下，剧组到重庆参观历史展览馆，到渣滓洞体验狱中生活。

紧张的排练正式开始了。那段日子，大家排练一天筋疲力尽地回家后，还要加班加点看资料，每天凌晨一两点才睡觉，第二天又接着排练，累得靠在墙上都能睡着。

阎肃每天准时赶到排练厅，一坐就是一天，一字一句讲解全剧台词，一遍一遍纠正演员们把握不准的地方。

这个剧的第二场，是江姐看到丈夫的人头被敌人挂在城墙上痛哭的戏，唱腔、情感和舞台动作起伏很大，排练时王莉扑倒在地的动作太猛，摔得身上青一块紫一块，痛得直抹眼泪。阎肃一边安慰一边逗她："真笨！摔都不会摔，来，看我给你示范一个。"王莉破涕为笑，忙拦住："得嘞老爷子，您这老胳膊老腿的，就别示范了。"

阎肃乐了："看看，笑比哭好吧，你见江姐哭过吗？你现在不是王莉，你就是江姐，你就得从里到外把自己当江姐。"

排练中，阎肃可不都是这样和风细雨。

一天，排练《红梅赞》，王莉觉得不管是唱腔还是表演，都把握得很到位，特别是那句"三九严寒何所惧，一片丹心向阳开"，处理得更是婉转优美。可是，坐在台下的阎肃脸却越拉越长，没等她唱完，就走到台前，大声说："你觉得唱得美、演得美就是江姐吗？想想当时的年代，共产党人像你演的这样，能为祖国抛头颅、洒热血吗？你唱的不是红梅，是英雄风骨！你不是在演戏，你是江姐！"阎肃亲自示范，唱到动情处，老人家眼睛里闪着泪花，他的歌声不算专业，但唱出了一名老共产党员对英雄的理解、对祖国的深情、对党的忠诚。

那一刻，王莉似乎突然悟到了。再唱时，渣滓洞的情景在她脑海中一一再现。她忘掉了唱法，忘掉了技巧，只用心歌唱。唱完后，全场都静悄悄的，阎肃带头为她鼓掌。王莉和阎肃眼神交融的那一刻，她感觉走进了阎肃的精神世界，找到了江姐的崇高灵魂。

在后来的排练中，阎肃多次一字一句地指导她，让她懂得，只要站在舞台上就要立刻进入角色，演出时要投入，感情、动作、眼神等都要到位，演出有交流，才能够感染观众。唱“红岩上红梅开……”时，眼神要向远处看，仿佛自己真的看到了红岩上的红梅，眼睛里要有内容，“三九严寒何所惧，一片丹心向阳开”这一句要唱出江姐坚贞不屈、一心向党的决心；在狱中，江姐没有屈服于惨无人道的威逼和酷刑，而是以无畏的气概和激越的人格给末路中的反动派以有力的回击。唱“红梅花儿开……香飘云天外”这几句要有看到希望的感觉，要表现出江姐慷慨高歌、从容就义的性格。最后两句要表现革命精神唤醒更多的人民起来，前仆后继，迎接新春的到来和革命的成功，在音调上更加高昂，节奏上更加明快，对未来充满希望……这些教诲，让王莉受益终身。

为符合现代观众欣赏习惯，要对戏做大的删减。搞艺术创作的人都知道，删一个人的心血之作是非常难的，可为了艺术效果，阎肃和主创人员字斟句酌，精心修改 265 处，硬是删掉了 2430 字，相当于半个多小时的戏。那些天，王莉听到阎肃私下说：“这几天天冷，我胃疼；删戏，我心疼啊！”

就这样，全团艰苦排练 3 个多月，从导演到演员，从乐队到舞美，不分白天晚上，没有周末假期，生了病也咬牙坚持，体重平均减轻了五斤，王莉一下瘦了十多斤。无论遇到什么困难，阎肃这位 77 岁的老人，一天不落地与剧组在一起，被大伙称为“定海神针”。

阎肃和第五代“江姐”讨论剧情（自左至右：曲丹、王莉、伊泓远）（郭幸福摄）

终于，《江姐》在国家大剧院如期上演，王莉被确定作为江姐A角出场。

首演那天，金碧辉煌的演出大厅，席卷起不可阻挡的红色旋风。久违的红色经典，为民族、为理想献身的英雄们，冲击着观众的心。从开演到结束，全场掌声不断。

剧终，当王莉扮演的江姐在红梅簇拥下被推上舞台时，观众全体起立，眼含热泪，热烈鼓掌……

那是对英雄的致敬，对经典的致敬！

王莉感动得泪流不止，打心眼里觉得，能塑造江姐这个英雄人物，是她一生的骄傲！

那天，演员连续谢幕四次，观众还不愿离去。那一刻，阎肃却默默地站在台下，看着他们欣慰地笑着，就像一个不起眼的慈祥老人。

从那时起，《江姐》剧组每年都要赴全国各地巡演一二十场。

2014年，《江姐》剧组下部队巡演，阎肃已是84岁高龄，他坚持和剧组一起深入一线慰问官兵。为方便下部队演出，剧组录了伴奏带，阎肃丝毫不马虎，临行前，听了一遍又一遍，他总是说："创作一个作品，就要穷尽自己的力量，即便成不了精品，也不要留下遗憾。"

王莉记得，2015年9月24日，她去医院看望阎老时，他刚做完肠胃镜，还是和她谈笑风生地聊了半个多小时。王莉告诉他《江姐》巡演"每场都有新感悟"，阎肃很开心，说："要探索尝试，但好的东西必须固定下来。"

这个冬日，天府之国暖流涌动，第五代"江姐"们开始新一轮巡演。以江姐为代表的老一辈共产党员形象，不仅没有被人们遗忘，反而成为紧迫的现实呼唤。

就在阎肃病重昏迷期间，王莉随《江姐》剧组在蓉城完成了第5次复排后的第150场演出。

王莉说，他们每一场演出都格外认真、格外投入，大家都从心里唱出每一个音符、每一句歌词，想唤醒他们敬重的阎老，每个人都憋着一股劲：要对得起他老人家精益求精打造的红色经典！

10月7日，王莉从外地演出回来又赶到医院，阎肃已经陷入昏迷。头发花白的阎肃，戴着呼吸机，浑身插满管子，静静地躺在重症监护室里。看着这一切，她的眼泪不禁流下来，想起5月9日她们几代"江姐"去阎老家给他过85岁生日，大家一起吃蛋糕、唱《红梅赞》的情景。她多想阎老像以前一样，精神矍铄地跟他们一起去巡演，打着拍子和观众一起唱《红梅赞》；多想他像以前巡演回来一样，眉飞色舞地让他们谈体会、谈收获。

王莉不会忘记，为了帮助年轻人尽快成长，阎老总是无私地鼓励、点拨和提携。铁金是第四代"江姐"，当年复排《江姐》时，铁金和王莉一样，

2015年5月9日，四位“江姐”为阎老庆贺85岁生日（郭幸福摄）

也只有27岁。排练时，她觉得把握不住人物精髓，很着急，很困惑。阎老耐心辅导她：“江姐是知识女性，要把柔中带刚、刚中带柔的感觉演出来。”一句话，铁金豁然开朗，让江姐活生生地立在了舞台上。

“不要看你演了多少，而要看你留下了多少；不要看你留下了多少，而要看别人记住了多少。”这是阎肃对艺术的追求，也是他对人生的追求。

王莉看到阎老的嘴角似乎动了一下。王莉轻声说：“老爷子，我知道你要说什么，你一定还在想着我们琢磨了一年多的大事——把《江姐》拍成歌剧电影，让更多到不了剧场的观众欣赏到这部红色经典！老爷子，你安心睡，我给你唱几句《红梅赞》吧……”

无疑，“江姐”，成了一个时代的精神符号，而《红梅赞》是其中的点睛之笔。

在那个激情燃烧的岁月里，广播电台教唱的是《红梅赞》，小孩儿背心儿上印的是红梅，跳猴皮筋儿时唱的是《红梅赞》，火车车厢里播放的是《红梅赞》，商店卖的手帕印的是《红梅赞》，暖瓶上有江姐的造型，理发店大门上也写着“本店专理江姐发式”。

一时间，江姐发型、江姐服装、《江姐》主题歌曲在全国流传，蓝旗袍、红毛衣、白围巾成为时尚流行服装。

江姐是传奇，《江姐》亦是传奇——作为一个时代的高昂音符，这部作品堪称新中国历史上影响最广、拥趸最多、传唱最久的民族歌剧，成为广大人民心中抹不去的“文艺符号”。《红梅赞》《绣红旗》《春蚕到死丝不断》等经典唱段更是凭借流光溢彩的歌词和荡气回肠的旋律广为流传，使江姐这一美丽而不朽的人物成为中国百姓家喻户晓、钦敬爱戴的偶像。

2001 年是中国共产党成立 80 周年，团里决定创作一部舞剧《红梅赞》作为献礼。团长挂帅，阎肃和羊鸣、张士燮等老艺术家作为艺术顾问，导演杨威，艺术总监仇非，舞美孙天卫，作曲吴小二。

当创作紧锣密鼓地开始后，导演杨威想请阎肃写一段歌词穿插到舞剧中，让舞剧更具感染力。

杨威给阎肃简单讲了讲想法，阎肃回去一路思考，到家给杨威回了一个电话，问到底要写什么样的歌。杨威说：“应该就像‘我眷恋这片土地，我用鲜血捍卫了我的信仰，我的血和我的祖国融在了一起，我们微笑着离去……’这样的感觉。”阎肃说：“明白了。”

很快，一首《昨天今天明天》新鲜出炉。

杨威高兴坏了：“简直太好了！比预想的还要好！”

歌中表述了另外一种意义，但把这首歌放在当初设想的位置肯定不行了。于是，杨威用了一个晚上思考，最后决定把它放在舞剧的最后。杨威说：“当时整个剧的结构已经定了，整个曲谱也已经写好，如果进行结构调整非常麻烦。但考虑到整体效果，还是重新进行了调整。”

在《红梅赞》参选国家舞台艺术精品剧目的时候，有的评委认为整个舞剧很好，但尾曲有点多余，想把这首歌去掉。当时，阎肃在全团的大会上力求保留这首歌曲，甚至和个别评委沟通。

当然，他并不是出于私心想保留他所作的歌曲，而是那种对艺术的坚定。阎老认定这个东西是好东西，认为歌曲是《红梅赞》的一部分，他的信念非常坚定。

后来，他和团里的领导交换了意见，最终还是保留了这首歌。

事实证明，这首歌保留下来后，得到了大家的认可。他对艺术的审美具有非常独到的见解，只要他认定的就决不会让步。

等到创作完成，2001 年开始排练的时候，70 多岁的阎肃深入一线，蹲在礼堂，还兼任录制画外音。

当时，杨威准备在剧中放两段诗，并请一个人来朗诵。在选人时，杨威需要的是一个不刻意做作的人，而且这个人不需要有专业的水准。在杨威看来，只有这样一个人，才能赋予诗以生命，同时也能给舞剧再次带来生命。

一次，杨威和阎肃一起开会，偶然听到了阎肃非常爽朗的笑声，当时她就想，阎肃的声音浑厚，特别适合朗诵诗。于是就和阎肃说：“阎肃老师，你的声音非常浑厚。你从来都是用文字让大家认识你，你也应该用声音让大家认识你啊！”

阎肃一听剧情需要，二话没说就答应了。

在幕启之前有黑牢诗篇的叙述，“墙这么高……枪和刺刀构成密密的网……”阎肃站在话筒前一遍又一遍地练习。

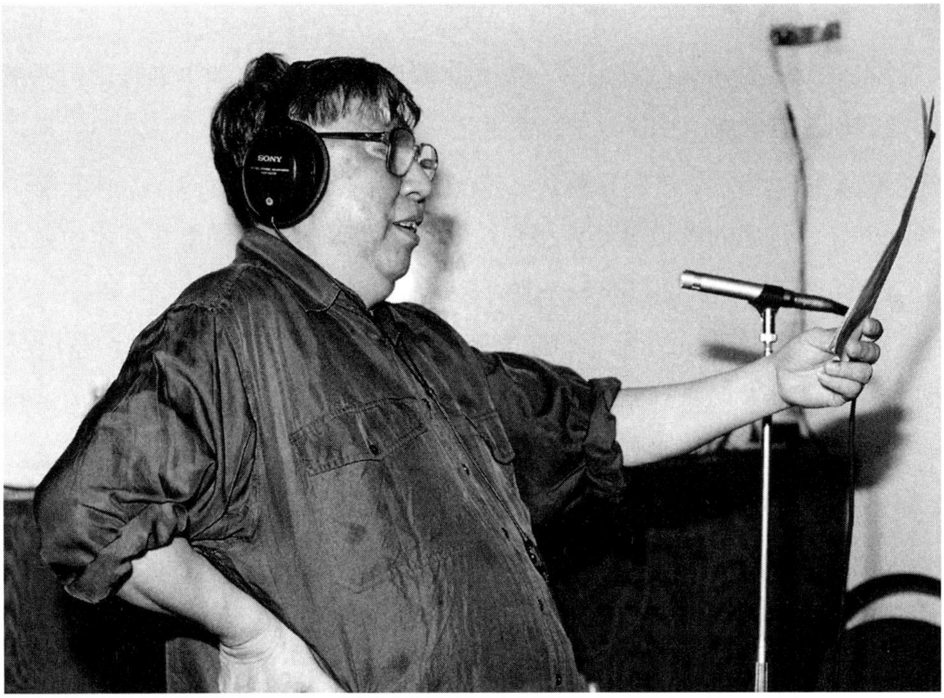

阎肃为舞剧《红梅赞》配音

当时，仇非是舞剧《红梅赞》的艺术总监，负责给阎老录音。仇非说，阎老当时就住在文工团院内5号楼，吃过晚饭六点多钟，穿个裤衩拿个扇子，溜达着到了礼堂。录音开始，一个沧桑的声音娓娓道来。录完收尾一听，还不够。仇非说阎老，还得麻烦您再录一下，他说好。录完之后，仇非又说阎老您听一听，他自己说声音有点虚，好像不适合，自己开玩笑说假模假式，感觉声音不够瓷实，再录一遍。最后，礼堂里只有阎老、仇非和录音师三个人，反复录。直到全部结束，还觉得需要调整某个小地方，又继续补录了三次才通过。仇非说，阎老谢谢您啊，他说没事，拿着扇子回去了。“他的声音有一种浑厚和沧桑，就像一只手，一下把观众拉到了跟前，融入舞剧中，让大家听进去，但不觉得烦。”现在他们回想起来，还记得非常清楚。

虽然这是一件小事，但从中看到了一个艺术家对待艺术的执着，对待艺术作品的投入，更是对后辈的一种支持。在创作《红梅赞》的过程中，阎肃也传下了良好的艺德师风。

半个世纪后，很多年轻人虽没看过歌剧《江姐》，却知道阎肃。在今天的文艺舞台上，歌剧算是“小众”，阎肃却很“大众”。他太出名了，上至 80 岁的老头老太太，下到十几岁的青葱少年，都是他的忠实粉丝。

无疑，阎肃的名字，与《江姐》紧紧相连；不了解《江姐》，就走不进阎肃的内心世界。

像呵护孩子一样，阎肃毕生呵护着歌剧《江姐》，把它培育得枝繁叶茂。人们都说，阎肃塑造了江姐，更是《江姐》注解了阎肃，它艺术地再现了阎肃一生对党的满腔赤诚。

阎肃已 84 岁高龄还随空军“心贴心·蓝天情”文化服务分队送戏到基层，在福州《江姐》演出结束时，他走上舞台，意气风发地带领全场观众齐声高唱《红梅赞》，官兵们情绪激昂，全场为之轰动。

《江姐》复排 5 次，演出 1000 多场，创造了中国民族歌剧史上的奇迹。其优美跌宕的旋律、饱含深情的歌声、生动逼真的舞美、气势恢宏的交响乐，艺术地谱写了“中国歌剧史上最经典的革命浪漫主义英雄史诗”，创造了一个几代人向往的精神高地，是艺术舞台上一朵永不凋零的红梅，成为一抹美丽的红色风景。它所产生的影响，已远远超出一部歌剧所能带给人们的审美体验和心灵震撼。那株红梅一改曲径通幽、风花雪月、浅吟低唱的

阎肃随《江姐》剧组赴福州部队巡演（郭幸福摄）

审美视角，在我们眼前铺展开一幅忠贞不渝、傲雪怒放、万梅报春、生动写意的画作，刻画出心灵的力量，描绘出千万人对美好的向往和追求。

几代中国人被一个人的故事深深打动，在为她的命运流下悲伤泪水的同时，又被她的精神深深鼓舞。以江姐为代表的一大批中国共产党人在生与死、血与火的斗争中锤炼出的红岩精神，已经成为民族精神的一部分，鼓舞着一代又一代人。

精品的背后是精神。阎肃打磨作品，也在打磨着人生；他全身心投入作品中，投入的是生命。

一部《江姐》，拉开了阎肃红色创作的序幕。50 多年来，一部又一部红色剧作在阎肃笔下喷涌而出。剧中所咏唱的，都是像江姐那样“一片丹心向阳开”的红色英雄。

这是属于中国的红色记忆，这是时代永恒的主题，把这最珍贵的精神宝藏化作最优美的华章，就是阎肃人生的主旋律。

第四章

戏剧人生：大巧大拙大文章

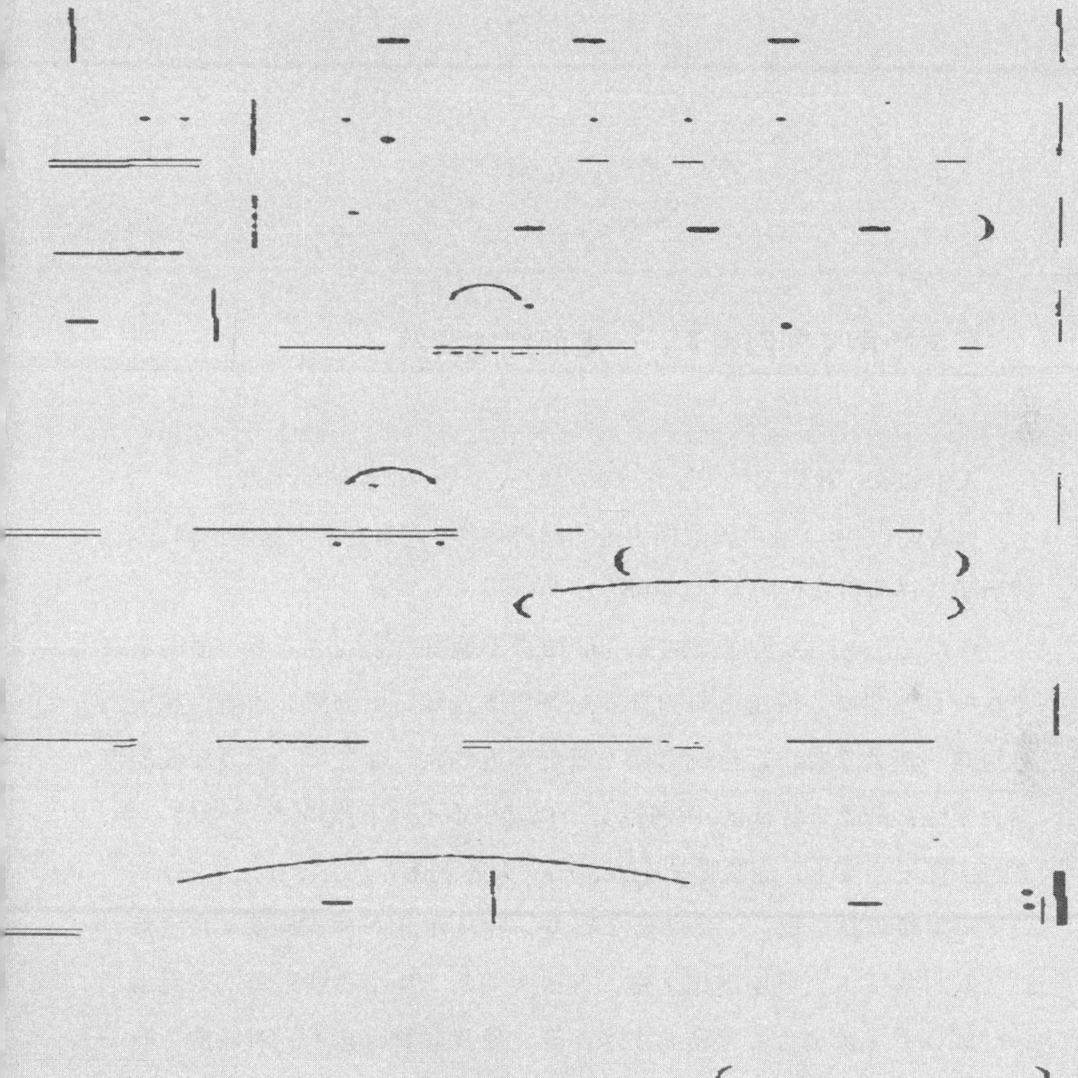

01

初试啼声《刘四姐》，一炮而红才斐然

人生如戏，戏如人生，剧作家阎肃的人生是一部精彩的大戏。

有人说《江姐》是中国歌剧史上的巅峰之作，阎肃在攀上这座巅峰之前，经历了怎样曲折坎坷的人生之旅呢？

阎肃是怎么与戏剧结缘的呢？最初缘于他有一个戏迷老爹。他的父亲是铁杆京剧票友。保定城原为直隶总督府所在地，后为河北省府，在民国时也是一座繁华都市，丝竹之盛不亚于邻近的京、津二都，名震江湖的名角大腕经常来此登台献艺，阎襄臣父子也就少不了台下捧场。每当锣鼓一响，阎襄臣怀里的孩子，连吆喝带比划，比大人还入迷。

阎肃晚年回忆说："父亲是个票友，我从四五岁时就跟着父亲看戏，这与我日后（走上戏剧创作之路）有很大关系。从小我就跟着父亲看戏，那时候就看《黄金台》《马前泼水》等，使我对舞台艺术、对戏曲，有一种爱好。"

阎肃 7 岁时，保定沦陷于日寇之手。他随家人逃难，辗转到陪都重庆，寄身于慈母山修道院。在这里，他的演艺生涯和戏剧创作生涯几乎同时起步。"在修道院我也搞一些戏剧，尽管是学员。每年节假日，我也组织学员演

一些故事。由于对戏剧的爱好，每天排点戏，自己往往就是编剧这个角色，比如演过《圣女贞德》《天使与魔鬼》等。”

阎肃尽管演的是“魔鬼”之类的反派角色，却开始积累演艺经验，尤其是执笔编写剧情，琢磨台词，构思场景，设置矛盾冲突，塑造人物性格……这种历练使他很早就悟出了“剧本、剧本，一剧之本”的道理。

随着阎襄臣在陪都的发迹，阎家父子又重拾在保定城的嗜好。战时的重庆，汇聚了天下的名角大师和戏迷票友，京剧在此盛极一时。阎家父子尤其对“厉家五虎”的表演着迷。阎宇在《我的爸爸阎肃》中说：

> 爷爷比较喜欢看京戏，常会带着爸爸和二叔去当时的厉家班看戏。二叔没有多大兴趣，但爸爸很喜欢，凡有好戏就去看，迷得不得了。后来不仅是看，还在课余时间和同学一起演戏玩儿，“家伙”“行头”都置办上了，这就如同现在学校里的小哥儿几个组织了个“花儿乐队”一样。有一年，学校开校庆晚会，爸爸还专门写了个独幕剧《完璧归赵》，和同学自导自演，效果不错，演出后还得到了奖励。再后来，不只喜欢学唱京戏，其他如川剧、越剧、清音等，爸爸都喜欢学着玩儿。

这时候，一位叫赵晶片的语文老师为他打开了另一扇门，让他看到了“山那边”的戏剧，如《兄妹开荒》等，这是“革命现代戏剧”。阎肃在参加学生运动的同时，为配合“反饥饿、反内战、反迫害”斗争，他自编自演活报剧《升官图》《张天师做“道场”》等。这是一个明显的进步，与孩提时代的自娱自乐不同，阎肃开始赋予戏剧以政治功能。

在重庆南开中学和重庆大学的学运实践中，他参加了中共地下党的外围组织，是示威游行和街头宣传的骨干分子，亲身体验了街头喋血的斗争。

在与国民党特务明争暗斗和虚与委蛇中，他学会了接头、对暗号、踩点、望风、蹲守、反盯梢、传情报等地下斗争艺术。因为不断有同志被捕和英勇就义，他也逐渐探知了对手的内情，摸清了歌乐山渣滓洞、白公馆等国民党特务机关的黑幕。加上他本身在重庆生活多年，熟悉那里的地理环境和风土人情，这为他日后创作歌剧《江姐》打下了基础。

重庆解放后，阎肃中止学业，正式参加革命，成为青年艺术工作队的骨干。

阎肃晚年回忆说："工作队成立以后，我们以慰问演出、街头演出等多种形式宣传党的政策，如土改等。后来，上级下发文件，将青年艺术工作队改名为西南青年文工团。我们深入群众开展文艺演出，排演了许多当时影响较大，甚至引起轰动的剧目，因此西南青年文工团的名气也随之越来越大。"

西南青年文工团当年到底排演了哪些"影响较大，甚至引起轰动的剧目"呢？阎肃没有具体说明。随着岁月的流逝，如今已经很难考证清楚。作为西南青年文工团的骨干，阎肃在这些戏剧的创作和演出中无疑发挥了重要作用，他本人也肯定从中得到了历练。这与学生时代他创作的那些讽刺国民党的活报剧相比，无疑又上了一个台阶。

1953 年，阎肃穿过朝鲜战场的硝烟回到重庆。不久，西南青年文工团转隶于西南军区，他穿上了梦寐以求的军装。

1955 年，西南军区文工团建制撤销，阎肃被调到空政文工团。那时，他的本职专业一直是歌唱演员，是合唱队四分部部长。但多才多艺的阎肃，除了唱歌，还十分热衷于戏剧创作和表演。

1958 年，阎肃编剧的独幕活报剧《破除迷信》在《剧本》月刊上发表了。从孩提时代在修道院创作《圣女贞德》和《天使与魔鬼》开始，他已经有十几年的戏剧创作经历，但剧本在报刊上公开发表，还是盘古开天地——头一回。

阎肃备受鼓舞，接着又创作了《不要随地吐痰》《瘟神东游记》《要古巴，不要美国佬》《非洲的黑孩子》等活报剧。这些剧排练演出后，都获得了极大成功。那时候，他每创作一部戏，上级就给他一个嘉奖，观众欢迎、领导高兴、同事羡慕，他的劲头也就更足了。

从学生时代创作《张天师做“道场”》和《升官图》开始，创作活报剧十年有余，阎肃已经不满足于现状，他瞄准了新的高度。他想创作一部大戏，可是出师不利，接连两炮都是“哑炮”。

1959 年，为备战全军文艺会演，阎肃参与创作三幕歌剧《牡丹江畔》。剧情是描写 1945 年冬季筹建东北老航校的经过。由于人物形象不鲜明，戏剧矛盾不突出，唱词和音乐缺乏韵味，演出后反响平平。该剧的作曲羊鸣回忆说：“这部歌剧演完后，我们这个难受啊，不要说赞扬，连批评都没有，就像你费好大劲搬了一块大石头，扔进水里却连响声都没有。”

空政文工团一直视之为滑铁卢，上下都铆足了劲，想打一个翻身仗。阎肃看到兄弟单位搞出了有影响的大戏而扬眉吐气，本单位则一直在这一领域难以突破，也心急如焚。他在强烈的集体荣誉感的刺激下，早就摩拳擦掌、跃跃欲试了。这时他又参与创作了一部剧——《红色飞行员》，可又没有成功。

失败是成功之母。阎肃放了两个“哑炮”之后，终于一炮打响了。

阎肃晚年回忆说：“一开始写了个《牡丹江畔》，老航校的，参加全军文艺会演没有获奖。我演了国民党特务，词、戏一般，现在看起来，没写好。后来搞了个《红色飞行员》，也没有响，都是‘哑炮’。再后来写了个独幕小歌剧《刘四姐》，讲游击队的故事。女游击队长和一个土匪头子斗争的故事，每次下去演出都大受欢迎。那时演《刘四姐》《三月三》两台戏就是一台晚会，走到哪里都受欢迎。”

1960 年，有一部独幕话剧《活捉罗根元》引起了阎肃的极大兴趣。这是根据开国少将段焕竞的夫人李发姑的真实故事改编的。

李发姑原名李珊，江西安福人，是土地革命战争时期闻名湘赣苏区的一位女英雄，她的故事流传至今，并铭刻在安福县城文化公园主题墙的石碑上。活捉罗根元的故事发生在 1935 年夏，那是三年游击战争时期，湘赣苏区笼罩在白色恐怖之下。罗根元是国民党保安团的特务头子，他经常带领四五名杀手潜入红军游击队的活动区域，先后暗杀了几十名共产党员和农会、妇女会骨干，手段极为残忍。他还四处侦探红军游击队的行踪，多次率保安团偷袭、伏击、截击游击队。除掉罗根元、为烈士报仇的任务就落到了女英雄李发姑的身上。

李发姑时任中共萍（乡）宜（春）安（福）中心县委常委兼妇女部部长。一个黄昏，她化装成大商人陈盛记家的小姐，另一名女红军化装成丫鬟，二人悄然下山。很快，她俩就探到罗根元的家，假装路过，去讨口水喝。罗根元不在家，只有他的老娘一人在家。李发姑决定守株待兔，等罗根元回家。“丫鬟”突然肚子剧痛，无法上路，“小姐”给罗根元的老娘一块银元，要求在罗家暂时歇息。半夜三更，罗根元终于回家，这个特务头子警觉性很高，再三探问家中的两名女客，“小姐”“丫鬟”对答如流，毫无破绽，于是他放松了警惕，正在这时两名女客突然亮出了家伙。

李发姑活捉罗根元的故事，20 多年后被南京军区前线话剧团改编成独幕话剧《两个女红军》，轰动一时。那个时代没有版权一说，全国有不少剧团改编排演过该剧，其中改编较成功的有徐子权创作的昆剧《活捉罗根元》。

阎肃看到的话剧《活捉罗根元》剧情有很大变化，时间由土地革命战争时期改到了抗日战争时期，地点从江西的武功山区改到了山东的胶东地区，主角由李发姑改成了刘四姐，反派罗根元名字没变，但身份由保安队长变成了土匪头子。这出独幕话剧激发了阎肃的创作灵感，他决定将其改编成独幕歌剧。

1960年，阎肃创作的歌剧《刘四姐》的剧本获得了空政文工团领导的高度重视，立即指令作曲家羊鸣、姜春阳作曲。

歌剧《刘四姐》较之话剧《活捉罗根元》的剧情又有较大变化，土匪头子罗根元变成了伪救国军司令肖子章，女游击队队长刘四姐为营救被捕的张书记，冒险下山，深入虎穴，乔装打扮混进卧牛镇肖子章的家中，与敌人斗智斗勇，最后活捉肖子章，成功营救出张书记。情节惊险，悬念丛生，唱词精致，人物刻画入木三分，曲调用的是阎肃熟悉的四川民乐，旋律优美，韵味十足。

当年由空政文工团排练演出，果然一举成功，先后在北京、福建、江西等地巡回演出，受到观众的热烈欢迎和行家的一致好评，成为空政文工团的保留节目，长演不衰。后来全国不少剧团又将歌剧《刘四姐》移植过去。

这是阎肃独立编剧的第一部歌剧，没想到竟获得了全国性的影响。阎宇在《我的爸爸阎肃》一书中说：

爸爸对这部戏一直很喜欢，说是“文武带打”的，很是热闹。直到现在，有时高兴了，还会在家里哼唱两句剧中反派“肖司令”的唱段：

卧牛镇上称霸王，

谁人不知我肖子章；

“救国军”里当司令，

全凭这腰中两支枪。

1961年，歌剧《刘四姐》发表在山东的《剧本》月刊上，不久山东人民出版社公开出版发行《刘四姐》的单行本，阎肃等人因此得了300元稿费。阎肃、羊鸣、姜春阳和导演陈沙等人一合计，稿费不分了，干脆邀上《刘四姐》一剧的所有演员，去王府井的老字号“东来顺”吃了一顿涮羊肉。

02

戏里戏外皆样板，风口浪尖戏如天

阎肃凭借歌剧《江姐》登上了他戏剧人生的巅峰后，江青决定要按自己的意志改编一个堪称样板的京剧《红岩》，指定由阎肃和汪曾祺二人担任编剧。

汪曾祺是被“控制使用”的“右派分子”，“样板戏”《沙家浜》正是出自他的手笔。

汪曾祺在《江青与我的“解放”》一文中说：“一九六四年冬，某日，党委书记薛恩厚带我和阎肃到中南海去参加关于《红岩》改编的座谈会，地点在颐年堂。这是我第一次见江青。在座的有《红岩》小说作者罗广斌和杨益言、林默涵，好像还有袁水拍。他们对《红岩》改编方案已经研究过，我是半路插进来的，对他们的谈话摸不着头脑，一句也插不上嘴，只是坐在沙发里听着，心里有些惶恐。江青说了些什么，我也全无印象，只因为觉得奇怪才记住了她最后跟罗广斌说：‘将来剧本写成了，小说也可以按照戏来改。’”

阎肃后来对《南方周末》记者陈明祥说：“1964 年年底，于中南海，确有‘召见’，但无罗广斌、杨益言，而有林默涵，似还有当时北京京剧团党委书记薛恩厚及汪曾祺。但我不记得有毛主席走来打招呼。”

根据阎肃和汪曾祺的上述回忆，江青正式向北京京剧团下达改编《红岩》的任务，时间是 1964 年年底，地点是中南海。

不久，江青又专门主持了一个改编《红岩》的研讨会。小说《红岩》的作者之一杨益言在《红岩逸闻》一书中说：

> 1965 年 1 月中旬的一个夜晚，我们被接到人民大会堂，参加京剧改编本《红岩》讨论会。进了会场，才知道这个剧本是江青叫人写的，这次讨论会也由她主持……会场上已有好几位与会者在沙发上落座，江青要我和罗广斌坐在她旁边的沙发上。刘白羽同志戴着个白纱布口罩，咳嗽着从门外走进来，江青抬眼看见了他，就像生怕会传染给她什么病菌似的，向他挥了挥手，刘白羽就回头走了，再也没进来。

会上，江青要求新的剧本不能让江姐牺牲，要让双枪老太婆率领华蓥山游击队将她营救出狱。林默涵不以为然，说：“现在把她写活了，群众恐怕不会接受……”江青拍着茶几，厉声喝道：“你要允许我试验！允许我失败！”林默涵满脸通红，再也不敢多嘴。

江青让小说作者杨益言、罗广斌发言。杨、罗二人说，渣滓洞原为“中美合作所”，如电刑等是美国顾问传授的，因此要注意揭露美帝国主义的残暴，另外应该将江姐的性格写得更丰满。

江青说“十年磨一剑”，计划用十年时间完成京剧《红岩》的改编，同时还要将歌剧《江姐》改好，另拍一部彩色电影故事片《红岩》。

会后，阎肃、汪曾祺和两位小说作者被安排在北京东交民巷的六国饭店，开始执笔创作京剧《红岩》的剧本。不久，搬到环境幽静的颐和园的藻鉴堂。那时，颐和园的昆明湖还结着厚厚的冰。

那年春节过后，江青突发奇想，要让编剧和京剧团的演员都去重庆体验生活，“坐坐牢”，感受一下狱中斗争的滋味。

1965年2月27日，中宣部致函重庆市委宣传部，说北京京剧团正在改编京剧《红岩》，该团党委书记薛恩厚将率编剧、导演、演员等43人前往重庆参观访问。

罗广斌、杨益言是渣滓洞监狱的幸存者，新中国成立前他俩是重庆地下党成员，后被捕入狱，坚持狱中斗争。新中国成立后，他们和刘德彬将这段经历写成革命回忆录《烈火中永生》，发表在《星火燎原》上。后来，罗广斌、杨益言以此为素材创作了长篇小说《红岩》。他们对狱中斗争的历史非常熟悉，于是江青让他们负责组织这次“体验生活”活动。

当时罗广斌患高血压，杨益言按照江青的要求，每次活动都要录音，送往北京，呈江青审查，因此想走过场或敷衍了事是不可能的。

十几名主创人员被关进渣滓洞监狱达一个星期之久，不准抽烟，不准说话，晚上睡在稻草上，每人每天两个窝窝头和一碗白开水，人人戴上手铐脚镣。

阎肃最惨，他的手被反铐在背后，吃饭要人喂，睡觉无法翻身。沉重的脚镣把踝骨磨破了，走起路来钻心地疼。他还真实体验了一把受刑，坐老虎凳，加到第3块砖时，疼得浑身直冒汗。

一天，薛恩厚和杨毓珉被拉出去“枪毙”。真的听到两声枪响，阎肃他们就一面高呼“共产党万岁”，一面痛哭流涕。然后是给两名英勇就义的“烈士”开追悼会。扮演许云峰的马长礼致悼词，最后，他说：“同志们，唱《国际歌》！”可是大家唱的是《国歌》。这时，被“枪毙”的两名“烈士”已经躺在招待所睡大觉，庆幸自己可以提前出狱。

那个星期，观众还可以照常参观，只是他们疑惑不解，关在监狱里的不是蜡像，而是真人。

阎肃他们“出狱”后，又与全体演员一起到华蓥山参加“扯红”（暴动）。那是一个雨夜，伸手不见五指，后面的人抓住前面人的衣服，一个接一个，沿着羊肠小径在山间行军。天一亮，大家吓坏了，旁边全是万丈深渊。在如此危险的山路上，他们居然走了一个晚上，稍有不慎，后果不堪设想。

汪曾祺回忆：“我们随剧团大队，浩浩荡荡到四川‘体验生活’。在渣滓洞坐了牢（当然是假的），大雨之夜上华蓥山演习了‘扯红’（暴动）。这种‘体验生活’实在如同儿戏，只有在江青直接控制下的剧团才干得出来。”

转眼到了1966年1月，《红岩》的初稿即将完成。阎肃和汪曾祺准备突击一下，完稿后好回家去过年。但又因江青临时变卦，这部初稿最终夭折了，阎肃和汪曾祺的劳动成果便付诸东流。

阎肃有一段时间被借调到中央芭蕾舞剧团，去修改“革命现代芭蕾舞剧”《红色娘子军》。几年后，当他谈起这段经历时，才上小学的儿子阎宇问：“你也不会跳舞，怎么还能写舞剧呢？舞剧需要写吗？”阎肃解释说：“舞剧也是戏剧啊，剧情啊，故事啊，都要写啊，包括一些舞蹈的动作名称都是要重新起名字的。”

阎肃完成修改芭蕾舞剧《红色娘子军》的任务之后，又接到将这部芭蕾舞剧改编成京剧的任务。为此，他和主创人员到海南岛采访、体验生活达数月之久。在那个“以阶级斗争为纲”的年代，唱词讲究一个“恨”，表达对阶级敌人的刻骨仇恨，行内称之为“恨词”。在这部戏里，每场都有“恨词”。1972年，北京京剧团排演的京剧《红色娘子军》被拍成了电影。

那个年代反对个人英雄主义，讲究集体创作，如京剧《红岩》《红色娘子军》《草原兄妹》等都没有署编剧个人的名字，而是署名集体创作。

“文化大革命”中有不少人攀龙附凤，走上了仕途，甚至蹿至高位，时人谓之“坐直升机”。阎肃的才华连毛泽东主席都赏识，如果他想“坐直升机”并非难事。阎宇在《我的爸爸阎肃》一书中说：

> 他从不害人，严于律己，更不向组织提任何要求；一生正派，从不阿谀奉承，溜须拍马。“文化大革命”中，从某种意义上讲，他可算得上是浪尖上的人，在如此靠近上层的人当中，只有他，没给“中央文化大革命”首长写过效忠信，更没写过立功检举信。

阎肃没有“坐直升机”，却避免了“爬得高，摔得重”的悲剧。

“文化大革命”结束后，阎肃被组织审查，好在他的历史清清白白，经得起任何审查，组织上很快对他做出了结论。

于是，阎肃和吕瑞明开始投入京剧《红灯照》的创作。北京京剧团在“文化大革命”前就启动了这个项目，起因是1964年毛泽东在接见《红灯记》剧组时，联想到义和团运动中有一个叫“红灯照”的妇女组织，于是说：“你们以后可以演一演‘红灯照’啊，那个故事也是很感人的嘛。”

“文化大革命”开始后，江青一门心思推行“革命现代京剧”，题材全是中国共产党领导的革命斗争史，“红灯照”不符合她的路数，被束之高阁。随着江青集团的覆灭，被尘封的传统戏剧再次复苏。在这一历史背景下，北京京剧团决定重启《红灯照》的创作。

为此，阎肃和吕瑞明前往天津和河北武清县，采访了几十位健在的义和团团员，年龄都在 90 岁以上，获取了大量第一手素材。然后，他们向京津两地的清史专家请教，吃透了那段历史。天津市委对两位“大笔杆子”非常重视，为他们提供了优越的创作条件。他们住的地方，正是当年毛泽东视察天津时下榻之所。

1977 年 10 月，京剧《红灯照》正式公演，果然引起轰动，这是“文化大革命”结束后第一出具有全国影响的大戏。当时的中央领导人悉数观看了演出，并给予了高度评价。华国锋、叶剑英、李先念等接见了演出人员，并合影留念，阎肃站在华国锋身后。当年毛泽东等中央领导人与《江姐》剧组合影时，阎肃站在毛泽东身后。对比两张照片，阎肃所站位置一模一样。

这是阎肃写的最后一部京剧，他不辱使命，为他在北京京剧团十几年的工作画上了圆满的句号。

03

临场救火承殊渥，华章流传必绝伦

1977 年，空政文工团复排歌剧《江姐》，借调十几年的阎肃又回到了军营。这次复排，剧本改动并不大，阎肃将主要精力投入到一部新歌剧《忆娘》（又名《华侨姑娘》）的创作中。

这年夏天，阎肃和王剑冰两位编剧住到香山密林中的一处道观，潜心创作。阎肃想起当年刘亚楼力主为《江姐》写主题歌的往事，剧本完稿前就先写了一首主题歌：

明月照故乡，皎皎万里霜。
琴声儿悠扬，心潮儿激荡。
啊，祖国，我的故乡，
银纱朦胧，花树芬芳，
想念你，祖国，我的亲娘。

这部戏由羊鸣、朱正本谱曲，排练好后却没有公演。原因是那时还没有全面否定“文化大革命”，直到“实践是检验真理的唯一标准”大讨论之后，“两个凡是”不得人心，《忆娘》才得以公开演出。

1979 年，国庆 30 周年之际，《红灯照》和《忆娘》均获文化部颁发的创作一等奖，可谓双喜临门。

歌剧《胶东三菊》是根据长篇小说《山菊花》改编的。

为了体验生活和搜集素材，阎肃和两位老搭档姜春阳、羊鸣一起，到小说作者冯德英的老家——山东乳山采风，连带把整个胶东半岛都跑遍了。

阎肃完成的《胶东三菊》发表在《剧本》月刊 1984 年第 10 期上。因某种原因，没有谱曲，这部戏也就夭折了。

不久，阎肃又创作了一部历史题材的歌剧《汨罗江》，剧本发表在《北京文艺》上，空政歌舞团进行了排练和公演，但反响平平。

空军培养了不少优秀女飞行员，却缺乏女飞行员题材的优秀作品，阎肃想突破一下。为此，他专门到第二航空预备学校体验生活 3 个月，跟踪采访在训的中国第五批女飞行员。据此写出了歌剧《我爱祖国的蓝天》（又名《飞姑娘》）。排练演出后，还是反响平平。

这是阎肃戏剧创作的低潮期。他坦言："我成功的例子很多很多，不成功的例子也是一个接一个。"究其原因，他说："我发现写戏成功不成功，一个很重要的原因，就是生活。"虽然到第二航空预备学校采访了3个月，但3个月只是飞行员成长过程中的一个片断，管中窥豹，未见全貌，因此对女飞行员的生活缺乏全面、深入、细致的了解。

使阎肃走出低潮，再次引起轰动的是歌剧《党的女儿》。这是总政歌剧团的一台大戏，原拟于1991年七一隆重推出，作为献给建党70周年的一份厚礼。可是，这年的七一过了，八一又过了，眼看十一来临了，戏还在难产阶段。原因是剧本已经写了11稿，通通被"枪毙"了。没"一剧之本"，也就没戏。

这部戏被列入了全军乃至全国纪念建党70周年重大宣传计划，多少人盯着呢！这可急坏了总政领导。于是他们想起了61岁的阎老爷子。

阎肃接到命令，前往总政歌剧团"救场"。按理，一个大型歌剧，剧本创作至少得半年，谱曲也得半年，还要排练。这似乎是一个无法完成的任务，但阎老爷子硬是创造了奇迹，仅用18天时间，就打造了又一部惊世之作，把那个眼看就要演砸的场子给救活了。

歌剧《党的女儿》是根据1958年长春电影制片厂拍摄的同名电影改编的，而这部电影又源于王愿坚的短篇小说《党费》。阎肃对小说和电影的主要情节烂熟于心，对江西革命老区的风土人情也非常熟悉，因此，他没有查阅任何资料，提笔就进入了创作状态。

前车之覆，后车之鉴。此前的11稿为什么屡遭"枪毙"？阎肃认为一个通病就是："人物和剧情冲突偏离了历史基础和生活逻辑，红军时代，一个偏僻乡村的女党员怎么可能文武双全、神通广大呢？一部戏如果不可信就失去了价值。”

阎肃也有过此类教训。

1964年，《江姐》红遍神州，刘亚楼鼓励他再接再厉，创作一个反映空军现实题材的作品。阎肃为此飞到最寒冷的漠河，但没有找到灵感，于是下决心到最艰苦的西藏去体验生活。

路上走了18天，经受了零下45度的严寒，他还想写一个“姐”。空军在西藏只有气象站有女兵，他走访了很多气象站，大多位于海拔四五千米的雪山之上。

回京后，他创作了一部歌剧《风雨前哨》（后改名《雪域风云》），女主角是一位气象站站长（尽管现实中空军在西藏的气象站站长全是男性）。为了拔高人物，将这位女站长置于西藏平叛的旋涡中心，强力左右平叛进程。这超出了一个女站长的能力，很难令观众信服。

排演时，“立舞台上一看，哪儿哪儿都不对劲，就忙着给它‘打补丁’，费了很大劲，结果穿着华丽的服装走上台，却满身‘补丁’。”阎肃说。

虽说“艺术来源于生活，高于生活”，但这个“高”不是无限拔高，必须掌握好度，否则就脱离了历史的真实。阎肃重新塑造人物的性格特征、合理设置矛盾冲突，既在意料之外，又在情理之中。事后，他说：“我当时的想法很简单，就是把故事讲圆了，还有要把握准人物的心理，这样老百姓准爱看。”经过修改，这部戏总算成功了。

阎肃讲述了这样一个故事：

1935年，红军长征后，江西苏区杜鹃坡陷于白色恐怖之中。

女共产党员田玉梅从刑场死里逃生，擦干血迹，决心斗争到底。

她找到原区委书记马家辉，报告老支书临刑前说党内有叛徒。不料想叛徒就是马家辉。田玉梅险遭暗算。

马家辉和白军团长设计埋下重兵，妄图一举消灭游击队。

在这危急关头，田玉梅一片赤诚化解了七叔公对她的疑虑。

她再入虎穴，点燃桂英心中熄灭的革命之火，揭穿了马家辉的叛徒嘴脸。

田玉梅、七叔公和桂英连夜上山去找游击队报告敌情，可游击队已经转移。在与党组织失去联系的情况下，三人成立了党小组。

游击队得到七叔公的情报，成功伏击了敌军。

田玉梅和桂英在筹盐时，与马家辉相遇。她们勇除叛徒。桂英因掩护田玉梅而牺牲。

枪声引来了白军，田玉梅为了拖住敌人，保护游击队交通员小程，被白军抓住。

田玉梅视死如归，慷慨赴义。她那不朽的精神化作满山盛开的杜鹃花。

每部历史剧都有其现实意义，提炼升华后的主题就是作品的灵魂。高举信仰的火炬正是歌剧《党的女儿》的时代主题。其时，西方国家对中国实施制裁。东欧剧变，苏联解体，国际共产主义面临严重危机。在这种严重困难的局面下，不少人动摇了共产主义的远大理想，动摇了马克思主义的信仰。《党的女儿》的历史背景也是革命处于低潮时，一群普通党员对党的信念毫不动摇，不惜牺牲生命捍卫自己的入党誓词，其现实意义不言而喻。

阎肃三天写一场戏，六幕歌剧，18 天完稿。他放下笔时，感叹说：“幸不辱使命，总算松了一口气。”

他想《江姐》的主题歌是《红梅赞》，而江西苏区漫山遍野都是杜鹃花，于是又一首讴歌花的主题歌诞生了：

杜鹃花呀杜鹃花，
花开满坡满山洼。
心似火焰红彤彤，
身似白玉玉无瑕。
杜鹃花呀杜鹃花，
默默无言吐春芽。
风风雨雨压不倒，
清香万里送天涯。

由于时间刻不容缓，《党的女儿》的创作实行流水作业。阎肃写完一幕，作曲家就立即拿去谱曲，导演和演员就立即排演。阎肃优质高效地完成了编剧任务，作曲家王祖皆、张卓娅、王锡仁、印青、季承、方天行等为该剧作曲。王祖皆对阎肃的拼命精神十分感动："18 天要完成，又处在这种情况下，他到底是个老人啊！如果没有这种政治热情和坚定的理想信念，是完不成的。这是歌剧创作史上的奇迹。"

尽管创作时间非常短暂，但无论是阎肃的文学本，还是王祖皆等人的作曲，以及彭丽媛等人的演唱，都达到了极高的水准，这都是厚积薄发的结果。

在民族歌剧史上，涌现了《白毛女》《江姐》等一大批影响深远的精品力作。王祖皆说："当时我们被民族歌剧包围着，如何突围成了最大的问题。"

在作曲问题上，怎样才能有所突破、有所超越？这令阎肃想起当年《江姐》作曲几经波折的往事。三位作曲家“辛辛苦苦干了一年多，一个音符不留，全部‘枪毙’，理由就是不好听，三个作曲家又重新到全国采风，重新创作音乐，经历一年多时间，终于把《江姐》打造成了经典”。直到《江姐》公演后，关于音乐方面的争论仍未平息，有人认为江姐的唱段用南方音乐过于柔美，不够刚强，主张改成河北梆子那样高亢激昂的曲调。

现在时间如此紧迫，不可能再去全国采风。阎肃的宝贵经验为大家提供了思路。最后，大家确定了一个音乐创作原则——“坐北朝南”，即以北方戏剧的板腔体为主调，适当采用江西当地的民歌、民谣为素材。

主调音乐为何采用板腔体呢？王祖皆回忆说：“有一天我和张卓娅看电视，正在播出的是陕西蒲剧《苏三起解》，我们一下子就被迷住了。”王祖皆、张卓娅夫妇是音乐界的“神雕侠侣”，二人灵感乍现，当即决定田玉梅的唱段就用蒲剧板腔体的主旋律，风格刚健粗犷、遒劲豪放，正好符合女一号的性格特征。而剧中女二号桂英性格柔弱善良，就采用江西兴国山歌的旋律。

最初，几位作曲家开始“试笔”，交相关领导审听。每份谱子和录音小样都是匿名送审的。王祖皆回忆说：“当时，前面几份他们都觉得不太满意，最后看到了我和张卓娅的，但不知为什么就我俩的没有录音小样，于是彭丽媛跟着钢琴伴奏和了一遍，大家觉得挺不错，就最后敲定了。”

阎肃写文学稿，几位作曲家谱曲，然后是排练。写完一场戏，接着是作曲、排练，流水作业，一环套一环，环环相扣。事隔多年，回忆当时紧张排练的情景，导演张海伦仍觉得有些“气喘吁吁”：“明天要排第二场戏了，今晚才拿到剧本和谱子，真的是边写边排，流水作业。当时确实觉得很紧张、很累，但大家热情很高。”

排练现场，西洋音乐与民族音乐交相辉映，二胡、笛子、琵琶与钢琴、提琴、电子琴混合成宏大的交响乐；合唱队里，美声唱法与民族唱法浑然一体，大家戏称美声唱法演员为“美女”，民族唱法演员为“民女”，“美女”“民女”同台竞技、引吭高歌，好不热闹。“不过，这样的玩笑仅仅是排练中调剂情绪的小花絮；更多的时候，整个创作队伍都是绷紧了弦的。”

大家在倒计时的读秒声中紧张创作和排练，预定公演的日子十一国庆节日益临近，总政领导沉不住气了，要来审看节目，可当时六场戏只排练了一、四、六这三场，二、三、五还没来得及排练，领导要审看，不连贯咋办？这可急坏了总政歌剧团的领导，还是阎老爷子有办法，又救了一回场。阎宇在《我的爸爸阎肃》一书中说：

由于时间很紧，在总政首长来审查时，全剧六场戏只排练出第一、四、六场，为了使首长能连贯地了解剧情，就在演完第一场后由我爸给大家讲第二、三场；讲完，接着演第四场；然后再由爸爸讲第五场，最后演第六场结束。老爸说，他当时就像个“说书先生”似的，听得大家都鼓掌叫好。

后来等全剧排练好了，领导又来审查，看过之后，对我爸说：“老阎，那几场后来排出来的，没有你讲得精彩啊。”

爸爸开玩笑说：“那是因为我讲的都是精彩的地方，不精彩的没有讲。”

歌剧《党的女儿》最终如期上演。

“你看那天边有颗闪亮的星星，关山飞越一路撒下光明，咱们就跟着她的脚步走啊，哪管它道路平不平……”这是阎肃写下的主题唱段，朴实的文字背后分明是一颗炽热的心。

主演彭丽媛完全融入其中，以同样的炽热之情演绎得震撼人心，歌声一下子就征服了全场观众，女共产党员田玉梅的光辉形象在舞台上栩栩如生。剧终，田玉梅的一腔热血染红了漫山遍野的杜鹃花，观众含泪起立致意，掌声经久不息。

阎肃边听边点头，欣慰地对羊鸣说："成了！丽媛这火候把握得太好了！"在阎肃眼中，彭丽媛的嗓音、唱功、为人都十分大方端庄，在舞台上严肃、认真、投入、一丝不苟，不愧是我们部队我们党培养起来的一位文艺健将。

这是彭丽媛出演的第二部歌剧，第一部是《白毛女》，她凭借喜儿一角成为梅花奖最年轻的得主。

"两部歌剧成功的演出，使她成为这一历史时期最令人瞩目的歌剧表演艺术家。"时任中国歌剧舞剧院院长的乔羽这样评价。

和《江姐》一样，《党的女儿》引起极大轰动。阎肃无疑当推首功，作曲家同样功不可没，同时也离不开演员们深厚的表演实力。正如导演张海伦所言："三天一场戏，在这么紧张的时间里，演员要背谱，要想动作，要考虑表演上的各种调度，真的很不容易。"阎肃则说："当时，我的脑子里没想别的，就想告诉人们什么叫共产党、共产党在哪儿、共产党员什么样。"

在第二届文华奖评选中，《党的女儿》大获成功，获得了歌剧类大奖，同时获得编剧、作曲、表演等多个单项奖。其中扮演田玉梅的彭丽媛、扮演桂英的孙丽英、扮演七叔公的杨洪基获得了表演奖。

扮演反派的秦鲁锋虽然没有获得文华奖，后来却意外获得另外一个大奖。他说："马家辉是个大坏蛋，不过我得感谢他，因为他成就了我的梅花奖。"

阎肃凭借京剧《红灯照》曾获第一届文华奖，这次凭借歌剧《党的女儿》再获殊荣。

1991年10月，江泽民等党和国家领导人集体观看了大型民族歌剧《党的女儿》。演出结束后，江泽民等领导人接见演职人员，并合影留念。阎肃又一次位于第二排中央，站在江泽民身后。

多年后，阎宇翻看家里的老照片，比对三张合影，对父亲说，三位国家领导人分别看了您的三部大戏，合影时您还都是站在同一个位置，这也算得上一项世界纪录了吧。阎肃听后哈哈大笑。

《党的女儿》成了中国歌剧史上的又一部经典。1999年国庆50周年庆典，文化部选定三部戏剧作品登上群众游行的彩车，其中有两部作品出自阎肃之手，这就是歌剧《江姐》和《党的女儿》。

2008年，中国歌剧高峰论坛发行了一套纪念邮票，精选出中国歌剧80年的8部代表作品，《江姐》和《党的女儿》是其中的两部。

《党的女儿》作为一部红色经典，多年来被反复排练演出，其思想张力和艺术魅力历久弥新。

2001年，为纪念建党80周年，总政歌剧团前往广西柳州演出，歌剧《党的女儿》在当地引起极大轰动。这是一个人口不足百万的地区，普通党员和群众争相观看此剧。1500个座位的剧场连续演出18场，场场爆满。中共柳州市委视《党的女儿》为党剧，把观剧作为一堂生动形象的党课，号召全体党员都要去观看。据统计，有两万四千多名党员观看了党剧，上了党课，接受了理想信念教育。

演员杨洪基回忆说："我们在一个能容纳1500人的剧场里演出，原计划演出 10 场，不过观众们太热情了，最后就加场、加场……一直加到了 18 场，场场爆满，创造了歌剧在一个剧场连续演出的最高纪录。”演员们都是上午场、下午场、晚上场，一日演三场，连轴转，被戏称为“三场演员”。杨洪基说：“是阎老创造了这么优秀的作品，第一次我出演《党的女儿》时，50 岁，希望等到 80 岁时我还能演，献给建党 100 周年……”

这次柳州之行，是《党的女儿》首次公演 10 年后的事，其盛况堪比当年《江姐》的南方巡演，可见红色经典的永恒魅力。

这部剧将阎肃的戏剧创作推向了一个新的高度，树立了他在中国戏剧界的权威形象，为其日后获得“中国戏剧终身成就奖”的殊荣奠定了基础。

第五章

军歌嘹亮：平生最爱着戎装

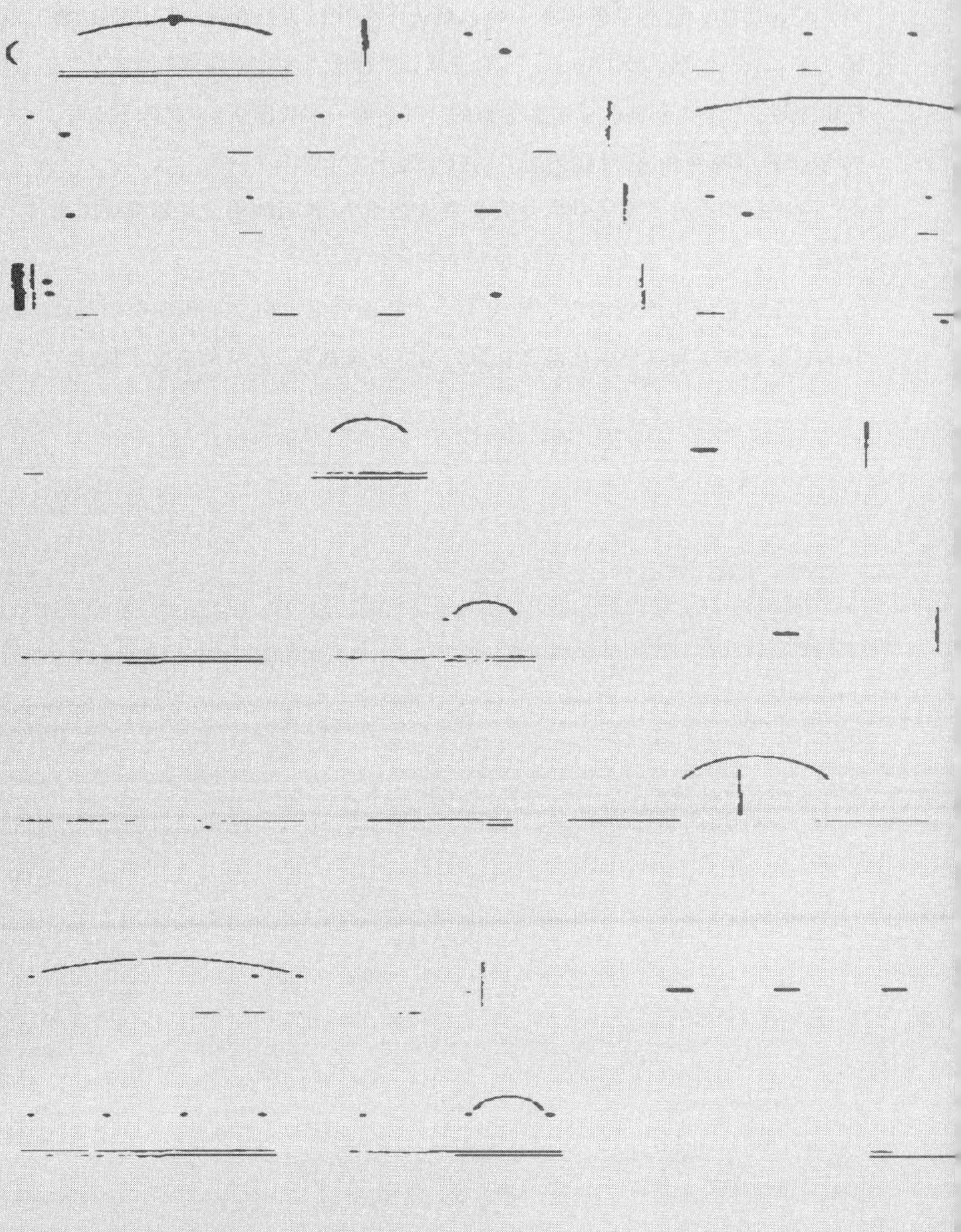

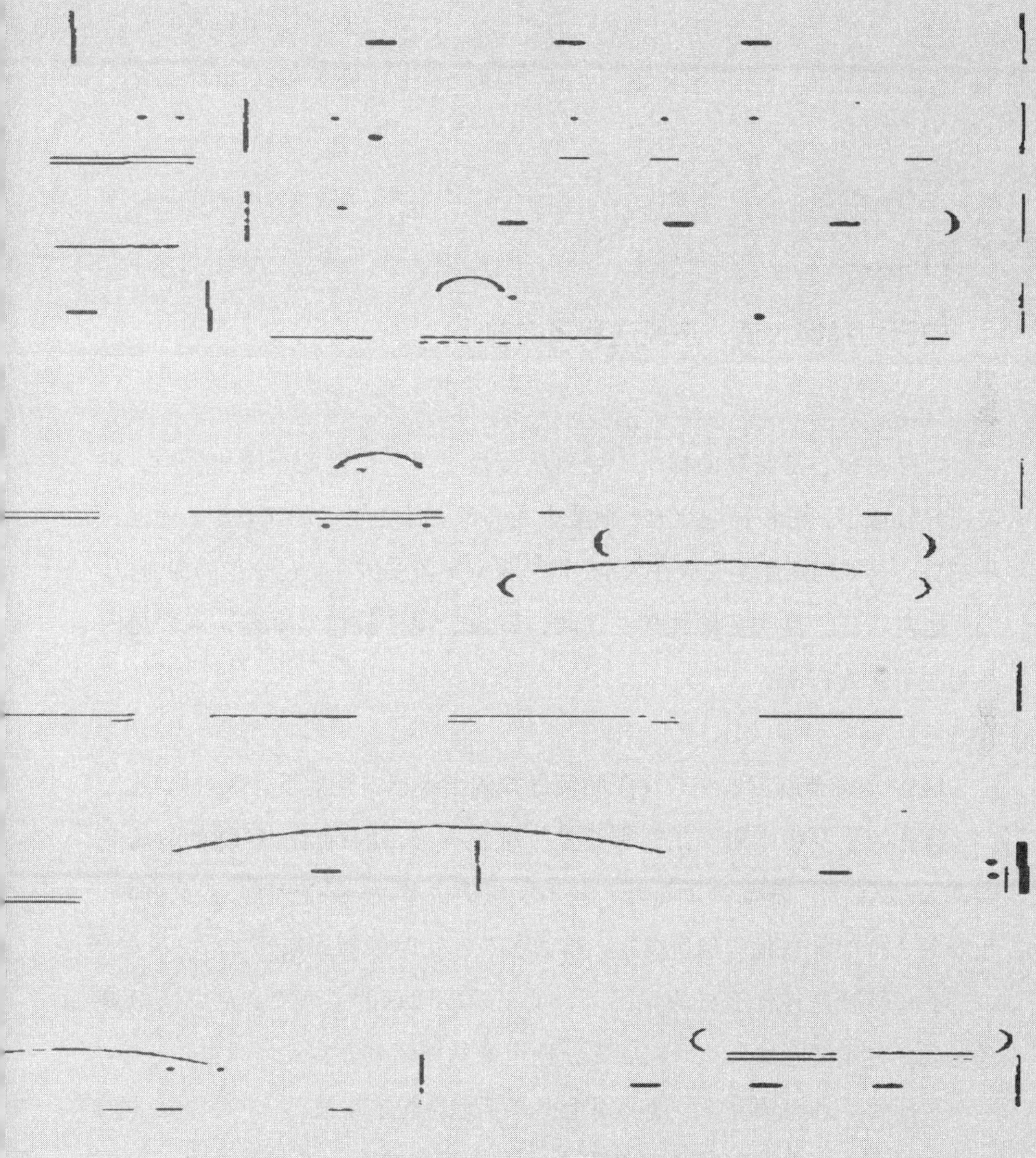

01

白云为我铺大道，东风送我飞向前

如果一颗心是花草的样子，她自然会找到属于自己的土壤和气候，把自己轻轻放下，再轻轻地绽放，把整个人间都安放在自己的花香里。而他，则把自己全部的热爱都安放在天空，把一身空军蓝安放在自己全部的深情里。

他喜欢蓝，喜欢蓝的纯粹、辽阔，就像天空，就像空军蓝，就像是一种与生俱来的宿命。

1959年春节刚过，空政文工团领导找阎肃谈话，让他下连队去当兵。

碧蓝的长空中七彩交织，那该是一种怎样夺目的绚烂？呼啸的战鹰叱咤九天，那该是一种怎样的雄壮？阎肃没想那么多，一听挺兴奋，当兵好啊，正好到飞行部队去找点创作灵感，得去多久？啥时候能回来？

不知当时是在什么样的氛围下，反正领导回话的语气有点硬，大概意思是说，你不要考虑什么时候回来，要考虑到部队老老实实当兵去。

这是回不来的意思吗？他心里七上八下地打起了小鼓。

起程那天，他背着简单的铺盖卷，天空飘着细雨，被阴霾笼罩，一如阎肃的心情。多年后回想起来，他感觉当时的自己多少是带了点“风萧萧兮易水寒，壮士一去兮不复还”的悲情上路的。

风尘仆仆奔波数千公里，头一天，阎肃就出了洋相。

到部队当晚，他辗转反侧，想到自己有可能再也回不到文工团了，前途茫茫，心里有些沮丧。好不容易入眠，突然被一阵急促的号声惊醒，他半天没反应过来，以为还在梦里，直到被人狠狠捅了一下：“快快快，紧急集合了！”他这才着急忙慌地跳下床，打了个大面包似的背包背着就往外跑。队伍已经开拔了，他赶紧跟上队尾，谁都不认识，就看着前面一个大个子有点像白天连里集合时的班副，但不能确认。他也顾不了许多了，跟着跑吧，总比掉队强。

天渐渐有了熹微之光，他这才知道自己跑错连队了。他本是五连的，却跟着三连跑了大半夜，最后被人家一声吼：“跑错队伍了，你的连队在山那头！”

后来为了避免再次出现紧急集合时措手不及，阎肃就玩了点“小聪明”，专门准备了两套被子，一个照常睡觉时用，一个永远打成背包，放在床下待命。

在战鹰呼啸的飞行部队，从北京大文工团来了他这么个舞文弄墨的文艺兵，连长、指导员并没有特别优待他。连队出操他跟着出操，连队种菜他跟着种菜，日子过得让他有种有劲无处使的不痛快。

一时间，阎肃在连队的生活完全处于一种前所未有的被动状态。

晨起整理内务、出操，然后平地、施肥、买菜籽、播种。刚开始下地干活儿，他都是捏着鼻子。劳累一天，晚上回去他倒头便睡，和谁也不交流。

播下的菜籽长出菜秧，育秧间苗，担水浇水，浇粪施肥，捉虫除草……累了，坐在地头歇歇，头顶的阳光直射下来，照耀着脚下的土地，却照不进他的心田。

夜晚，望着天上的星星，密密麻麻的，仿佛嵌入了彼此的命运，其实每一颗都遥远而冷漠。他叹了口气，信笔在纸上写下："蹉跎，蹉跎，三十一了，哥哥！"

生命中，总有一些雨水溅进灵魂里。返潮的心情，湿漉漉的思绪，这是命运中的第几场雨？岁月的窖藏，是为了等待生活的酒香；自己的蛰伏又是为了什么呢？他满心茫然。

有一天，阎肃无意中看见了一棵老树，枝干疏朗，开着数朵花，姿色极好，仿佛世间万物争与不争都与其无涉。一花惊醒梦中人，他又想起上甘岭上那一株饱经战火摧残却生命力异常顽强的老树，他甩甩头问自己："嘿，偏航了！这算什么呀？这有什么呀！该干吗还得干吗呀！"

阎肃很快校正了自己的航向。

他总结出了一条人生箴言：阅历即财富，主动便自由。如果总想着领导让我来当兵，我是来熬的，自己就会处处被动；如果换个思维，我是想来当兵的、我愿意当兵，那么我就会主动投入生活，一切就会变得美好。

思维变，天地宽。思想通了的他，整天热情高涨、兴高采烈，干什么都斗志昂扬、游刃自如，就连种菜也满面阳光。

他又找回了那个属于他阎肃的"励志哥"。

阎肃这才知道自己有太多的东西需要补课，心里着急地琢磨着，怎么把被动变成主动？他主动迎上去，主动亲近连队战友，主动和他们交朋友，主动在连队当好普通一兵。

他开始了解，把战鹰托上高高的蓝天的，正是这支专业的地勤人员队伍，虽然他们不能驾机作战，但他们早已与自己维护的战机融为一体，与战机一起飞翔、鏖战于九天之上。

他们告诉阎肃，在飞机维护与修理过程中，一丝疏漏就可能造成价值几百万甚至上千万的战鹰坠毁，一次差错就可能导致“用金子铸成的”飞行员血洒长空。有时候，机务维护工作具体细致到一颗螺丝钉、一根保险丝……他们像爱护自己的眼睛一样精心，坚持能看到的看到，能听到的听到，能摸到的摸到，能嗅到的嗅到，对一滴油渍、一声异响、一丝漆层裂纹都绝不放过。

他开始跟着老兵学当机械兵，擦飞机、充氧、充冷、充气、加油、分解轮胎、钻飞机进气道。时间长了，他跟机械师、机械员、特设师、无线电员全都交上了朋友，连飞行员也都熟悉了。

他和机务人员一样，擦飞机时拿个小刷子沾上油，就在那个缝里刷。机翼位置站着太高，蹲着够不着，只能半蹲着，一会儿腰就痛了，最不起眼的活，但最累。擦飞机，擦得腰酸背痛。

闲暇时，阎肃就和他们聊天，变魔术，演节目，让劳累在欢笑声中烟消云散。

就这样，到了年底，阎肃和连队战友的感情越来越融洽了，对战鹰也有了一份挥之不去的深情。

静静的跑道可以见证阎肃和地勤官兵们一丝不苟的认真和仔细；酷暑的烈日可以见证他们一身身汗水湿透了的军衣；严冬的寒风可以见证他们年轻的脸庞变得粗糙而黝黑；夜空的星星可以见证他们经常连夜排故，奋力抢修，一个个黎明的朝霞映红他们疲惫的身影。为了把战鹰平安地托上高高的蓝天，他们日晒雨淋，披星戴月，在常人难以想象的恶劣环境中，每天工作十多个小时。离弦的战鹰可以见证他们“宁可自己辛苦千百遍，也决不让飞行人员担风险”的精神和品格，战鹰上的每一个螺帽可以见证他们的艰辛和劳累、无私和忠诚，他们默默地、悄悄地把圣洁的心灵和全部的生命献给战鹰，心甘情愿在太阳面前藏起自己，默默地注视着心爱的战鹰带着他们执着的梦想和信念呼啸着翱翔在广袤的蓝天……

当兵一年后，阎肃代理中队副指导员，指导员休假了，由他在机务中队负责工作。

有一天，他带队跟班进场飞行，中队放飞的一架飞机升空后，飞行员发现起落架收不起来。听到塔台传来这个消息，他当时一下子就慌了，心提到了嗓子眼儿，这个“四好连队”可不能在自己手上搞砸了啊。后来，飞机返场检查没有问题，原来是这名新飞行员操作不当造成的。阎肃全身发凉，这件事让他真正知道了什么叫责任，一名军人应该担当什么样的责任。

当兵一年多，阎肃终于融进了连队，读懂了军人，恋上了空军，爱上了蓝天。虽然也很辛苦，但心里高兴，干起来就很带劲。这个阶段，他写出了反映种菜生活的《热火朝天》、反映机务维护官兵作风的《一颗螺丝钉》等作品。

心气儿顺了，时间过得就快。转眼春节到了，阎肃和一起在基层当兵的姜春阳、羊鸣等留下值班，没有回家。部队发给他们每人十几块糖和十根香烟，阎肃忽然玩心大发，他建议玩游戏，正好可以拿糖和烟当“彩头”，大家都同意了。于是阎肃就教他们玩“梭哈”，一种纸牌游戏，估计是他小时候学来的。结果，不到一小时，所有的糖和香烟都到阎肃的兜里了。

有一个周末，上级通知有慰问演出，大家都很高兴。阎肃代表连队去迎接，一看，来的竟然是空政文工团的老战友们，而且演的剧目就是他写的《刘四姐》。阎肃乐得开怀大笑，觉得没有比这更好玩儿的了。他还上台代表连队致欢迎词，这可好，他说一句，底下就可劲儿鼓掌哄笑。后来阎肃什么时候想到那场景都乐个不停。

阎肃也就是那个时候动了一份心思，他想，一定要写出一首飞行员之歌。

据他了解，世界空军能真正传唱开的歌曲并不多，苏联的空军能够流传下来的歌曲只有两首，一首是这样写的："我们的伙伴们都是飞鸟，生活中只有一桩不好，要是你在地面上没有结婚，天空中妻子就没法找。因为我们是飞行员，天空是我们最亲爱的家，我们最重要的事情就是飞行，那么姑娘哪就以后再说吧。"

一天，阎肃正在外场保障飞行。傍晚，训练的飞机一架接一架返场落地了，而阎肃他们机组的一架飞机还没回来。夕阳西下，漫天晚霞，机械师，不，是整个机组的人都仰望着长空，眼睛一眨不眨。那神情分明是在焦急地期盼着自己的亲人平安归来，耀眼的光芒映照着他们的背影……

阎肃被这动人心魄的一幕深深打动了。遥远的地平线上，他目送着心爱的战鹰离弦而去，每时每刻他的牵挂就会如影相随。我中有你，你中有我，心与心相约，深深的爱同属于飞翔，属于搏击，属于风云激荡的这片蓝天。

当天晚上，阎肃直抒胸中的一股豪情，将当兵这一年的积累全都付诸笔端，《我爱祖国的蓝天》歌词很快就出来了。

歌词修改好以后，姜春阳、羊鸣、李光看后都觉得好。姜春阳拿过去就谱曲了，也很快就写出来了，三拍子的，但试唱后，反响平平。羊鸣不甘心，说我再写一个试试。写完后，先在连队教唱，感觉不错，才将词曲寄回团里。

后来，团里下部队演出就唱这首歌，一下子就火了。电台的《每周一歌》也教了。就这样，歌曲不胫而走。甚至许多年轻人，就是因为听了这首歌才穿上了"空军蓝"。

《我爱祖国的蓝天》斩获了第三届中国人民解放军文艺会演创作优秀奖，许多著名歌唱家都演唱过这首歌曲。

这首歌为什么能受欢迎？阎肃豪迈地说："唱起来很潇洒，很悠扬，有飞一般的感觉。"

的确，这首歌不但飞行员爱唱，机务官兵也爱唱，与空军有关的几乎所有重要场合都要演唱这首歌。2009 年国庆大阅兵中，空中梯队受阅时的伴奏曲就是《我爱祖国的蓝天》。同年，我国举办了“空军和平与发展国际论坛”，邀请 34 国空军代表团和 150 多国驻华大使参加，并观看了空政文工团的文艺演出。席间，一些外国友人说，中国军队的歌曲十分棒，他们喜欢《我爱祖国的蓝天》，而且还会唱。不经意的言语，却让在场的所有人感动了。

我爱祖国的蓝天，
晴空万里阳光灿烂，
白云为我铺大道，
东风送我飞向前。
金色的彩霞在我身边飞舞，
脚下是一片锦绣河山。
啊，啊，水兵爱大海，骑兵爱草原，
要问飞行员爱什么？
我爱祖国的蓝天。

我爱祖国的蓝天，
云海茫茫一望无边，
春雷为我敲战鼓，
红日照我把敌歼。
美丽的长虹搭起彩门，
迎接着战鹰胜利凯旋。

啊，啊，水兵爱大海，骑兵爱草原，

要问飞行员爱什么？

我爱祖国的蓝天。

壮丽的歌词，写尽了飞行员的英姿与潇洒，写尽了空军指战员的信念与豪情。优美的旋律，回荡蓝天半个多世纪。天空辽阔、唯美、永恒的特性，已经融入了空军人的精神层面，成为空军气质的构成部分。50多年来，一代代空军官兵人人会唱由阎肃作词、羊鸣作曲的《我爱祖国的蓝天》。这首歌是长翅膀的，家喻户晓，一直传唱了50多年；这首歌是有生命的，它激励一代代华夏儿女放飞梦想，伴随一代代空军官兵保卫祖国的万里长空。今天，这首歌仍然是强大的中国空军的象征。

02

愿将此身长报国，战地黄花分外香

2005年，电视剧《亮剑》播出后，男主角李云龙迅速红遍大江南北，成为“国民男神”。一位女大学生甚至说出“如果世上真的没有乔峰，我嫁给李云龙也可以”这样热辣的告白。

这句话的背后，是和平年代民众对英雄的呼唤。而军人，承载了当代中国人更多的英雄情结。

从“一人当兵，全家光荣”到“谁是最可爱的人”，身穿军装行于闹市，身后追随着敬仰和信任的目光。

战争年代的中国军人，用血肉之躯谱写了铮铮铁骨男儿的英雄形象；和平年代虽远离战火硝烟，但在抗洪抢险、抗震救灾、抗击冰雪灾害中，民众又一次次看到，正是不怕牺牲的人民子弟兵一次次冲在最前面，中国军人从没有令人失望过。

然而，同样的英雄情结，却在社会转型期遭遇到了来自市场经济的冲击，“一切向钱看”，军人成了人们眼中的“傻大兵”。

1987年，阎肃和姜春阳一起参加了空政文化部组织的笔会。文化部部长孟繁锦率全空军的词曲创作者一起到大连某飞行师体验生活，进行文艺创作。到了部队后，他们和文艺骨干进行了座谈。

座谈会上，官兵们七嘴八舌地对来自大机关的“大首长”们掏出了心里话：“我们怎么傻了？也许比起一掷千金的大款来，我们永远囊中羞涩。但有了钱就有了一切吗？金钱能买到报效祖国、忠于人民的坚定信念和顶天立地、视死如归的一身傲然正气吗？军人的价值又岂能用金钱来衡量！”一席话让阎肃大受震动，他一拍桌子道：“真来气！燕雀安知鸿鹄之志！”

自古以来，军人头顶边关月，情系天下安。“醉卧沙场君莫笑，古来征战几人回”“黄沙百战穿金甲，不破楼兰终不还”，这些军旅古诗是阎肃心中的最爱，军人这个称谓，对他来说是一种至高的尊严，他绝不允许军人的形象被如此践踏。

会后，他对姜春阳说：“这不行，官兵耳中的杂音、脑中的杂念，必须得到清除，必须为官兵树立一种正确的导向。我得写一首歌，为战友们撑撑腰、壮壮气。”姜春阳回应道：“好啊！你写词，我谱曲。”

那晚，他闭门不出，连夜创作，以一名战士内心独白的视角，娓娓阐述了从军光荣、当兵不悔的思想认识——

我来到这个世界上，没有想去打仗。
只是因为时代的需要，我才扛起了枪，
失掉不少发财的机会，丢掉许多梦想。
噢！扔掉一堆时髦的打扮，
换来这套军装。
欧，欧，军营男子汉！

我本来可能成为明星，到处鲜花鼓掌。
也许能当经理和厂长，谁知跑来站岗。
但是我可绝不会后悔，心里非常明亮。
哦！倘若国家没有了我们，
那才不可想象。
欧，欧，军营男子汉！

真正的标准男子汉，大多军营成长。
不信你看世界的名人，好多穿过军装。
天高地广经受些风浪，我们百炼成钢。
嗨！因为人民理解啊我们，心头充满阳光。
欧，欧，军营男子汉！

当阎肃写完了歌词，已经是凌晨 1 点钟。心潮未平的阎肃敲开了作曲家姜春阳的房门："春阳，你快看看，行不行？"姜春阳一看稿纸上的题目——《军营男子汉》，睡意立刻就没了，兴奋地说："光看这名字就很有劲！"

看完歌词，姜春阳说："我看行！第一段定了，你把第二段、第三段的词再修一修，我现在就谱曲。"

当天，阎肃把改好的歌词拿给姜春阳后，一首完整的歌曲就出来了。

那时，他们还给部队写了一首师歌，正在组织文艺骨干学唱。官兵们学会后，姜春阳就利用剩余时间，把新鲜出炉的《军营男子汉》掏出来，自己先试唱了一遍，官兵一听就说喜欢，一个个都要求学唱。师里领导听说了，觉得非常好，决定组织部队学唱。

后来相当长的一段时间里，部队进行拉歌比赛，只唱师歌和《军营男子汉》。

多年后，姜春阳回忆起当时的情景仍历历在目："那时，总政《解放军歌曲》编辑部派了一名编辑到部队了解笔会情况，看了《军营男子汉》后，马上就喜欢上了，给北京打电话。虽然才七八月份，但刊物排版已经到了十月份，北京方面看到这首歌这么好，就临时决定把十月份刊物的第一首歌撤掉，把《军营男子汉》放上去。紧接着，这首歌在《解放军报》发表了，就连从来没有发表过歌曲的《人民日报》也发表了，《解放军歌曲》也发表了，在全军进行推广，要求所有部队都唱，而且这首歌还被拍成了 MTV（音乐电视），出了盒带。"

这首歌真诚、质朴，深受战士喜爱。听者觉得人性化，唱者充满了自豪感。阎肃的前卫思想得到了大家的认可。姜春阳说："一般情况下，一首歌中有一两句能够叫响，让大家记住，就是非常成功的。这首歌的名字很响亮、很阳光，所以大家非常喜欢。歌中本来没有'军营男子汉'几个字，后来我感觉没有这几个字就没有气魄，少了味道，于是我就给加上去了。"

阎肃的前卫思想有时就表现在几个字上面。姜春阳说："歌中有段词叫'失掉不少发财的机会'，有的机关同志听了后不同意，把'发财'改成了‘致富’。但是，经过一段时间后，大家还是感觉‘发财’好，又把‘致富’改成了‘发财’。”短短两个字却反映了时代的转变，人的思维的转变。后来《解放军歌曲》就因为这两个字的变动，又重新发表。

《军营男子汉》没多久就传遍了全军。空军蓝，海军白，陆军绿，有军营的地方就有《军营男子汉》。官兵们唱得腰杆笔挺，唱得扬眉吐气，唱响了那个时期的军旅主旋律。

《军营男子汉》在部队传唱开来后，总政再次组织词曲作家下到福建部队去体验生活，阎肃和老搭档姜春阳再次并肩前行。

阎肃晚年回忆说：

> 福建省九个设区市我都去过，真正算走遍了八闽。但我最难忘的还是福州，因为我来福建的第一站就是福州。1958 年，我到福州空军场站当兵，当时我们的飞机不入库，停在跑道上待命。由于福州时常下雨，我当时做的是飞机地勤工作，平时就在机翼下休息，时间久了就得了关节炎，现在每逢下雨天身体就会有反应，比天气预报都准，你说我对福州的感情有多深。50 多年来，我到福州的次数已数不清了，认识了陈侣白、吴少雄、孙砾等老中青三代音乐圈的朋友。

临行前，总政领导找到他们，希望通过这次机会，再写一个《军营男子汉》的姊妹篇，于是歌曲《军营春秋》应运而生，但是这首歌并没有像《军营男子汉》那样在军中传唱开来。

这让阎肃颇为遗憾和不甘，他一直和姜春阳念叨：这首歌和《军营男子汉》是“姐俩”啊！

几十年的相知相惜，姜春阳怎能不了解阎肃的心情？每一首歌都是自家辛辛苦苦孕育的孩子，哪能不心疼呢？他在电话里说：“好，你不要管了，我去制作一张光盘，也算是个念想。”然后姜春阳就真的自己出资，重新编排曲子，录制了这首《军营春秋》。

他把录好的光盘第一时间叫人送给了阎肃，心想他一准会高兴，就一直等着阎肃打电话来。他都能想象得到，电话拿起来肯定先传来一阵爽朗的大笑，那笑声可有感染力了！姜春阳边想着边露出笑意……可是他左等右等音讯全无，他心下奇怪，这不是阎肃的风格啊！正要打电话过去，却得到了阎肃病重入院的消息。

放下电话，姜春阳拄着拐杖就往医院赶。一路上磕磕绊绊来到了空军总医院东楼。东楼的医护人员告诉他，阎肃现在转到急诊室的重症监护室了。来到急诊室后，姜老找到医生询问阎肃在哪个病房，医生告诉他在 14 楼，但是不能进去看望。姜春阳说：“我是阎肃的老战友，我一定要进去看看。”医生也是阎肃的歌迷，听说他是阎肃的老搭档姜春阳，就同意让他进去看望阎肃。

姜春阳进了病房，看着昔日活泼开朗的老战友带着呼吸机躺在病床上，姜春阳动情地说：“‘人世间有谁能像我们乐观又豪迈，敢和那死神去握手’！老伙计，你能写出这样豪气的词，我不信你醒不过来！老伙计，你要像军营男子汉，要挺住，要加油！”说完，阎肃腿动了一下，他用自己仅能做的动作告诉姜春阳，他一定会像军营男子汉一样坚强。姜春阳走的时候，一再叮嘱阎宇，一定要放《军营春秋》这首歌给阎老听，希望这首承载着他们深情厚谊的歌曲可以唤醒他的兄弟。

军队给了阎肃最真实的生活体验。他总说：“生活不会欺骗你，深入生活，就有好作品；浮光掠影，作品就有缺陷。没有领导安排我去当兵锻炼、代职，体验生活，就不会有《我爱祖国的蓝天》，也不会有《军营男子汉》。”

一词一句为军吟。阎肃说："创作军歌，我是被时代推着，被责任推着，也是被感情推着。"阎肃在抗美援朝的战场上找到了人民军队之魂，在风雪边关里找到了热血军人之魂，在祖国蓝天上找到了铿锵军歌之魂。

哪有那许多相思眼泪，
哪有那许多离别柔肠，
当我们勇敢地踏上战场，战场，
胸膛里喷涌的是雷，
是火，是钢！
……
哪有那许多哀怨惆怅，
哪有那许多痛苦忧伤，
当我们呐喊着冲上阵地，阵地，
眼睛里飞舞的是旗，
是血，是枪！
……

阎肃创作的这首《天职》充满阳刚之气，饱含着军人的血性。

雷、火、钢，旗、血、枪，若非对军旅生活有切身体会，若非对军人有深层理解，绝不会生发出如此磅礴大气的英雄气象。

阎肃满腹诗书，是化用古典诗词的高手，他用摇曳多姿的各种赋体去拥抱各种题材，形成了雄浑典雅、丰赡明朗的独特风格，夸张和想象在阎肃的歌词里比比皆是。《我就是天空》中"我挟着雷，驾着风，披朝霞，舞彩虹，把蓝天写满我忠诚"，充满诗意和想象力，突破一般歌词的俗套，堪与大诗人李贺的《梦天》波谲云诡的想象力相比："遥望齐州九点烟，一泓海水杯中泻。"

阎肃深深悟出这个道理，如果你低下了头颅，草尖和露水将立即为你打开袭人的馨香和微小的璀璨，许多相关的美好事物也会铺开。生活从来不缺少艺术的泉眼，缺少的只是发现和探索的慧眼。

阎肃曾去大漠边关采风，到了嘉峪关、敦煌。伴着大漠冷月荒城，晚上久久无法入眠。半夜起床想写点什么，却不知该怎样落笔，写情怀，写寂寞，写艰苦？都觉得差了点什么，他就搁置了这个主题。

两年后，总政晚会决定要创作一首关于长城的歌曲，寓意军队像牢不可破的万里长城一样保卫祖国。词曲作者已经确定了，是阎肃、孟庆云。

孟庆云对阎肃说："阎老，这个长城可难写，写得雄壮虽然容易，但是群众不那么容易接受啊。要是还像以前那样，大喊大叫'啊，长城多么雄伟'恐怕不成，不如咱们改变一下，把歌曲写得更人性化。"

孟庆云的建议让阎肃非常感兴趣："好，你说说怎么人性化呢？"

孟庆云也没多想，随口说："大家都说长城长，你知道有多长啊？"

阎肃一听这话，灵感来了，当即告诉孟庆云："你别说了，明天我就出歌词！"

《长城长》的歌词如同火山爆发般喷涌而出，一幕幕往事在他脑海里挥之不去：1952 年，他随部队到朝鲜慰问参战部队，山岗上的墓碑一座连着一座，一片接着一片，所有的墓碑都朝着祖国的方向；1964 年冬天，他到西藏去体验生活，在青藏公路上一走就是 18 天。他后来回忆说：

那个过程，就像炼狱一样，脸上晒出了蝴蝶斑，眼睛都快得了雪盲症，高原反应很严重，成天都喘不过气来。到兵站里休息，那个时候没有高压锅、没有火，蒸的馒头外面是糨子，里面是面粉。晚上睡觉，我穿着绒衣绒裤，底下垫了五床被褥，上面盖了四床被子，还觉得自己像光着身子躺在雪地里一样，哆嗦了一整晚。第二天早上兵站里一个四川的小兵，脸红扑扑的，给我打来一盆还带着冰碴子的水，让我洗把脸。我问他在这里待了多久，他说两年。我当即给他敬了个礼，我说："你是英雄！"他就在那样一个恶劣、艰苦的环境里甘之如饴。出门是雪山，关门还是雪山，连个草都没有，我问他："这两年你是怎么过来的？"他说："我很好，每天都有不少的同志路过，还有首长们，为你们服务就很好。"他是快乐的。这个经历，让我觉得贴近基层，内心更加充满了真情，才能体会到真实的生活。

这些经历都变成骨与血，一个字一个字地嵌入了《长城长》里——

都说长城两边是故乡，
你知道长城有多长？
它一头挑起大漠边关的冷月，
它一头连着华夏儿女的心房。
太阳照长城长，
长城啊雄风万古扬。
太阳照长城长，
长城啊雄风万古扬。
你要问长城在哪里？
就看那一身身一身身绿军装。
都说长城内外百花香，
你知道几经风雪霜？

凝聚了千万英雄志士的血肉，
托出万里山河一轮红太阳。
太阳照长城长，
长城啊雄风万古扬。
太阳照长城长，
长城啊雄风万古扬。
你要问长城在哪里？
就在咱老百姓的心坎上，心坎上。

该词开篇点题，反复渲染，以问答的大赋方式构成：一问：“你知道长城有多长？”二问：“你知道几经风雪霜？”三问：“你要问长城在哪里？”不仅勾勒出长城深入无限空间和时间的伟岸形象，而且映照出长城深入比时空更广阔的心灵世界的光辉形象，从而烘托出钢铁长城那顶天立地受人民爱戴的英雄气概。

从词与词、句与句到节与节，阎肃追求着骈比的整饬；同时阎肃有意识在对仗中打破一些平衡，或增删字数，或更改结构，比如“凝聚了千万英雄志士的血肉，托出万里山河一轮红太阳”，没有采用上一节同一位置“它一头挑起大漠边关的冷月，它一头连着华夏儿女的心房”的严谨对仗手法，把后一句写成“托出万里山河一轮红太阳”。而全词的反复手法，消解了豪壮词语的生硬感，极富感染力。

同为著名词作家的王晓岭在《博大精深阎肃词》中这样评价阎肃：“除了极少数柔婉的‘抒情小赋’外，阎肃的词作呈现出阳刚之美。他以题材和知识面的广博，以大手笔、大气象，以结构精妙、语言精湛和意境深邃，以典雅绚丽的词语、雍容华贵的气度，挥动如椽大笔，饱蘸时代精神，书写出婀娜多姿的辞赋，弘扬出新时期的主旋律。”

这首气壮山河、荡气回肠的《长城长》获得了20世纪90年代“战士最喜爱歌曲”特别奖。

正好央视要播放有关军民关系的12集专题片《磐石》，请阎肃写主题歌，他便把这首《长城长》给他们了。结果这首歌火了，并登上了央视春晚舞台，走进了千家万户。

1995年5月9日，由中国音乐文学学会、《词刊》编辑部、空政文化部、空政文工团联合召开了阎肃歌词作品研讨会。

研讨会由《词刊》主编晓光主持。会议刚刚开始，歌唱家李双江就让人送来了一个大花篮，接着佟铁鑫、郑莉又捧来一个精致的礼盒，研讨会开得红红火火。总政文化部部长，还有乔羽、时乐濛、徐沛东、王晓岭、姚明、姜春阳、孟庆云、石顺义、丁家岐等40多位词曲界的大师们作了专题和即兴发言。

下午，导演武志荣等人又送来花篮。

黄一鹤更是从世界乒乓球锦标赛现场发来贺电，写道：“喜闻阎公作品研讨会隆重举行，遥致深深祝贺！岂能忘那无数长夜，君我对坐，寒茶一盏，聆听教诲之情景，公乃吾兄长师长也。遥立津门，翘首京都，再次祝贺公之研讨会圆满成功！”

参加研讨会的人都被那天会场的气氛深深打动了。

老领导说：“我们真为阎肃自豪。”作曲家王立平在慕尼黑表示：“要向阎肃同志学习。”阎肃那天很开心，以后常把那次研讨会说成是他过65岁生日。

军队生活始终是阎肃创作的主题。有一次，一位空军首长问阎肃有什么要求。阎肃说："空军建设中的一些重要环节，要让我们搞艺术的知道。光知道班排那点事不行，写不出高屋建瓴的东西。"首长表示赞同。

从此以后，阎肃下部队体验生活的范围发生了变化。原来，他主要在班排活动，最高到团一级机关。现在，航空兵师的作战室阎肃去过，沙盘上如何进行战斗部署阎肃明白，他登上预警机跟随执行训练任务，在演兵场、指挥室感受了紧张的作战氛围。这都带给阎肃新的震撼，也为他带来了新的创作灵感。

2009年，阎肃到大漠深处的卫星发射基地体验生活。他一路上都在提问。在烈士陵园，他问为什么别的松树松枝都是向上长的，这里的松枝却是向下长的呢？当听说这里的林木也对这块土地有感情时，他深受感动，于是创作出了《梦在长天》："若无梦，何来展翅飞行，何来倚天抽剑，何来跨越彩虹。"这首《梦在长天》有着深邃的意境，抒发了新一代空军人的大国空天情怀。

战士们爱听阎肃的歌，曾询问他："为什么你的歌里面总有那么多我们没听过的新词？"阎肃乐了，他透露，自己的创作能够不断出新，除了靠知识的积累，还得熟悉生活，接地气，和老百姓心意相通。"我看我们的前辈都是这样做的。没有人民群众，没有火热蓬勃的生活，自己坐在屋子里瞎编是没有用的，是编不出来的。"

中国音乐文学学会副主席、词作家宋小明说："他有深厚的文学基础、戏曲基础，《我爱祖国的蓝天》是站在一个飞行员的角度写的，充满了浪漫情怀，充满了英雄气概，甚至有幸福感。《军营男子汉》是站在一个战士的角度写的，所以语言更为通晓，更为直白，有一种号召力。《长城长》不光是给军队写的，也是给全民写的，用长城这个意象去写，所以充满了浪漫。"

“从《长城长》《马兰谣》《风花雪月》中，可以真切地感受到阎老作品的古风古韵。”词作家王晓岭重点分析了阎肃的歌词格局及其成因，“中国古典诗词艺术的高峰是《诗经》和唐诗宋词，当今词家的学习借鉴往往以此为重，可阎肃把目光投向了元曲。元曲是中国曲艺的开端，除了内容的叙事性，语言构成上也打破了《诗经》的四言和唐诗五言七言句式，比宋词的长短句少了束缚、多了舒展，叙述方式更为口语化。阎肃的歌词深得此中真义，因此，形成了气象万千的大格局。”

03

铁马冰河唱大风，安得壮士挽天河

2014 年 10 月，文艺界发生了一件举世瞩目的大事。

1942 年，党中央成功召开了有历史意义的延安文艺座谈会，由此确立了文艺的工农兵方向。

2014 年 10 月 15 日，习近平总书记在人民大会堂主持召开文艺工作座谈会。72 位受邀者与会，共商我国文艺繁荣发展大计。

阎肃作为军队代表发言。会前，阎肃说：“我今天不念稿子。”大家甚是疑惑，这么重要的会议发言不念稿子，会不会有些离谱？

会上，阎肃直陈时弊，语惊四座。

人常说“道德文章”，屈原、李白、范仲淹、鲁迅，他们毫无例外地演绎过相似而又不同的传奇。

作为党和军队培养起来的艺术家，阎肃没有让作品一味地停留在个人的小情小调上，逃避揭示现实的责任、回避一切严峻而真实的命题，恰恰相反，他身上那种强烈的侠义精神与人文情怀，无论在作品中还是生活中，都一一展现。

> 我称得上是中国人民解放军文艺战线的一名老兵……到现在依然在心里经常哼唱着“追上去追上去不让敌人喘气”……我们也有风花雪月，但那风是“铁马秋风”、花是“战地黄花”、雪是“楼船夜雪”、月是“边关冷月”。就是这种肝胆、这种魂魄教会我跟着走、往前行，我愿意为兵服务一辈子！

这一段话后来被人广泛引用。这是阎肃在座谈会上的发言。习近平总书记听后幽默地说：“我赞同阎肃同志的风花雪月。”全场响起会心的笑声。习近平总书记接着说：“这是强军的风花雪月，我们的军旅文艺工作者，应该主要围绕强军目标做自己该做的事情。我特别赞同。”

阎肃的“风花雪月”发自内心深处。

2007 年 7 月，在文工团办公楼排练厅，阎肃首次穿上 07 式空军军礼服，看到镜子里的自己，阎肃爽朗地笑着，并连声说：“太帅啦！太帅啦！是不是？”坐在旁边的词曲作家石顺义、羊鸣、孟庆云拍手叫好：“帅！真叫一个帅！”

每次参加社会活动，阎肃都身着戎装，挺直胸膛，一露面，人们就啧啧称叹：“那个老头是空军的啊！”

军装一穿 60 多年，阎肃有道不完的情、说不尽的爱。

在一次文艺会演中，一位评委看了空政文工团排演的一个节目后，随口点评了一句：“空军不行嘛！”阎肃听了非常生气，但碍于当时人多，就没吱声。回到评委们住宿的宾馆，阎肃和那位评委同乘电梯时，就质问他："空军怎么不行？"

人家莫名其妙："我啥时候说空军不行了……嘿，我是说，空军有几个词写得不太好。"

"你说词不行可以，但你怎么说空军不行呢？你可以说我阎肃不行，但我绝不允许你说空军不行！空军怎么就不行……"电梯从1楼升到7楼，阎肃一直在讨说法。

熟悉阎肃的人都知道，他为人谦虚和善，绝不是个爱争论、好抬杠的人。可是这次，他怎么就一反常态了呢？还是空政文工团政委杜文彪一语道破"天机"：阎肃对人民军队爱之深、惜之切，绝不允许任何人贬低、亵渎。哪怕只是口误，他也不能容忍。

总政宣传部艺术局原局长秦威评价道："国家意识、军队意识、空军意识，在阎老的脑海中是根深蒂固的。军队的活动，他有令就到、随传随到。"

秦威回忆说，在组织第七届、第八届、第九届全军文艺会演的过程中，他都和阎老在一起。当全军文艺会演的评委是很辛苦的，前期要奔走全军各单位审查节目，舟车劳顿，耗神费力。即便如此，年事已高的阎老也从不迟到早退，总是以饱满的精神投入工作。每次在全军走一圈，都要好几个月。在此期间，许多单位花重金请他写歌，他都婉言谢绝了。因为在他心中有杆秤，知道孰轻孰重。

在阎肃心里的那杆秤中，军队永远最重，官兵永远最重。在超过一个甲子的军旅生涯里，他以笔为枪，用一个士兵的激情，战斗在自己的岗位上。即使在年过花甲之后，他仍坚持经常下部队演出和体验生活，足迹遍及高山、海岛、机场和边防一线。

随着阎肃名气越来越大，上门求歌的人也越来越多。曾有一家公司出价50万元请阎肃写一首歌，阎肃回绝："最近实在很忙。"商家不甘心："50万元不够，您尽管加价。"阎肃摇摇头："不是因为钱，真的没时间。"

他的时间去哪儿了？曾有人盘点阎肃一生写了1000多部（首）作品，三分之二都是军旅题材。这还不算他写的无数首团歌、师歌、军歌——基层官兵的请求，他从不推托。

2002年，阎肃到一个航材仓库慰问，跟大伙儿越聊越热乎，官兵们拉着他的手，请他写首"库歌"。

阎肃慨然应允："没有你们深山里的坚守，战鹰翅膀接不上、航油喝不饱，哪有展翅？怎能凯旋？"

"金山的风，吹拂着我们美丽营院巍巍的雪松；青潭的月，照耀着我们亲手建设绿色的军营……"

这也许是阎肃作品中"传播面"最小的一首歌曲了，却已在这所小小的仓库里传唱了14年。战士们说："没想到我们这么小的单位，竟请得动阎老这样的'大腕'。"

在阎肃眼中，创作只有题材不同，没有分量轻重。再小的螺丝钉，也是战斗堡垒中不可或缺的一环。

一次部队夜间训练，有位飞行员的妻子随口说了一句："夜航，你们看不见的，我能听见。"

飞行员的家属被称为"望天族"，只要丈夫起飞，她们的心就悬在天上。然而，"爱他，就要爱他向往的蓝天"，当战鹰叱咤九天的时候，她们用无边的柔情与天上的丈夫心心相印。

2012年，空政文工团创排试飞员题材的歌剧《守望长空》，阎肃积极参与策划，还创作了主题曲《蓝天行》。

2013年国庆节前夕，由总政举办的"强军战歌"演唱会在中国剧院举行。这台充满战斗激情的演唱会，展现出全军广大官兵牢记强军目标、坚定强军信心、献身强军实践的豪情壮志。其中，83 岁的阎肃和作曲家印青共同创作完成的歌曲《当兵前的那晚上》旋律优美，节奏明快，铿锵有力，歌词质朴亲切，情绪饱满，催人奋进，成为演唱会的一个亮点。

“参军入伍把兵当，当兵为打仗。打仗就要打胜仗，打胜才荣光。过硬本领靠苦练，越练人越强。莫要害怕苦和累，洪炉出好钢……”这首歌取材于新战士入伍前父亲对儿子的殷殷寄语，既是一首充满朝气、具有战斗气息的军旅歌曲，又是一首召唤青年从军报国的青春励志歌曲，鼓舞着年轻一代励志向上、勇于拼搏、投身军营，也激励着广大官兵献身国防、报效国家。

“军队文艺作品要有兵味战味，绝不能变了味！”阎肃是这样说的，也一直是这样做的。他创作的军歌总能说出战士的心里话，写出战士的真感情，让战士发自内心地去传唱，从而使他们在冲锋陷阵时有无穷的力量，在军旅生活中有前进的动力，在成长历程中有精神的港湾。与此同时，火热的军营生活也给了阎肃绵绵不断的创作动力，使他在创作上拥有取之不尽、用之不竭的艺术灵感，从而一步步成为词坛巨匠、艺界泰斗。

“我已经是一名老兵了，廉颇老矣，壮心犹在。只要我还有一口气，就要拼命为实现强军目标服务好。”这是阎肃发自肺腑的深情告白。

“他是老党员、老军人，始终保持着高度的政治敏感性，对党、国家、军队的重大决策和重大事件，无不知晓，从不脱离时代，但同时又拥有一颗童心。”与阎肃合作 20 多年的印青这样评价他。

2014 年，空军政治部组织所有专业力量投入“空天之歌”的创作，阎肃一个人就写了五六首。就在突发大面积脑梗、转入重症监护室的前一天，阎肃还在为文工团的年轻创作员修改作品，还记挂着歌剧《守望长空》的首演。

他的笔下有机务兵、导弹兵、雷达兵、空降兵……几乎遍及空军各个兵种。他说，每个岗位都有独特的光彩，都有常人看不见的厚重情怀。

阎肃走进空军八一飞行表演队，了解日常飞行训练，参观飞行员驾驶舱，被蓝天骄子感动着，在机务官兵的迷彩帽上，在飞行员头盔上，一一认真地写下真情祝福。他坐在飞行牵引车上，和八一飞行表演队的飞行员们一起唱起了大家喜爱的经典歌曲《我爱祖国的蓝天》。临行之际，阎肃即兴写下了一副对联赠送部队："真情浇铸强军路，爱心涌动励兵泉。"

2010 年的春节前，空军某通信总站要举办迎新春文艺晚会，总站政委抱着试试看的想法向阎肃发出了邀请，没想到阎肃当即就答应了。后来记者向阎肃提起这件事，他说："一些专业场合我们可以推，但基层官兵的心不能冷。"

晚会当天是腊月二十六，下着雪，京郊的路很滑。阎肃穿上大衣，揣着水杯就出发了。晚会上，他还登台朗诵了自己写的诗《昨天今天明天》：

问一问，
人的一生有几天？
算一算，
人的一生不过三天。
跑过去的是昨天，
奔过来的是明天，
正在走的是今天。
不要忘记昨天，
认真计划明天，

好好把握今天。

……

晚会后，他还与官兵们谈自己的成长经历、谈理想、谈人生，给战士们上了一堂生动的励志课。他喜欢和官兵聊天，家长里短、时尚话题，他都聊得妙趣横生、眉飞色舞，战士们听得津津有味。每当这时，阎肃两眼一眯，得意地炫耀："瞧，他们是真喜欢我！"

2014 年春节期间，他又一次来到了江西某航空兵师，给官兵们"拜大年"。这时，他已 84 岁高龄。

央视《军营大拜年》节目制片人卫晨霞见证："阎老一到军营就激情燃烧，一见士兵就变老顽童。"

阎肃不止一次说过，文艺创作要俯下身子"接地气"，说百姓听得懂、喜欢听的"大实话"。他说："我们这代人有个造化，由不得你愿意不愿意，打一开始就被掐着脖子摁到水里头，久而久之，你就如鱼得水，离不开生活了。"艺术的根和魂，只有深深地扎进军营这片沃土，扎进老百姓的喜怒哀乐，才能写出真情、唱出大爱。

写军歌、唱军歌是阎肃坚守一生的艺术"制高点"，他的创作主题大多是"蓝天与飞行、军营和英雄"。从 20 多岁创作第一首空军题材歌曲《只因为我的银燕是祖国造》，到《我就是天空》《送我们的英雄上蓝天》《云中漫步》《梦在长天》……这些源自蓝天的作品，在空军部队和人民群众中经久传唱，激励、鼓舞了几代人。

阎肃和团里的老搭档羊鸣等人一起，应邀为空军部队谱写了数十首军歌、师歌、团歌，还为一些院校谱写了校歌、院歌。阎肃认为，这一切源于自己对空军长达半个世纪的深厚情感，作为一名空军的文艺工作者，有责任挖掘和提炼基层部队长期形成的文化传统和精神内核，写出更多健康向上、高昂奋进的空军歌曲，这也是为兵服务的一种形式。

王树增至今难忘2010年那次和阎肃一起参加全军会演，一天要跑两个地方、看三场演出，连轴转的工作，生怕阎老吃不消，但37场演出，阎老只有西藏那一场没有去。在成都的时候，为他体检的医生坚决不允许他进藏，他很不情愿，但也没有办法。大家从西藏下来后，他认真询问西藏部队的文艺作品，说："不上高原，对不起坚守高原的指战员们，我得好好检讨一下自己的骄娇二气！"他这话说得非常恳切，绝不是故作姿态，让大家既感动又汗颜。

近60年，他几乎跑遍了空军所有的部队，每一个机场、每一个阵地、每一个边防哨所，都留下了他的足迹和歌声。

融进了连队，读懂了英雄，爱上了蓝天。一辈子穿军装，就成了阎肃不悔的志向；一辈子为兵服务，就成了阎肃笃行的天职。

这就是阎肃。一个有着赤诚的红心、滚烫的爱心、纯真的童心、始终不忘初心的党的忠诚的文艺战士。

"主旋律如果唱不响，杂音噪音就会有市场！"阎肃以一个艺术家的文化担当和高洁风骨，挺立时代潮头，为中国梦、强军梦大声疾呼、放声歌唱。

有人评价，阎肃的创作一直在追赶时代，弘扬正气，他是那个站在时代琴弦上的真正放歌者。

有人说，阎肃的一只脚深深地植根于中华传统文化的土壤中，一只脚稳稳地踏在爱国主义与时代发展的最强音上。

有人说，他种下一株迎风傲雪的红梅，使我们内心开始生长出力量；他撑起一片宽广无垠的蓝天，使我们体会到飞翔的自豪；他抚过一段雄浑厚朴的长城，使我们读懂了华夏的沧桑；他展望一条充满希望的荆棘之路，使我们增添了前行的勇气。

还有人说，唱着阎肃的军歌，就等于上了一堂政治课，也等于磨砺了一次钢刀，激励了一番情怀。他留下的军歌以其潜移默化的特性，始终激发着我军的战斗精神，始终培养着官兵的意志品质，以号角式的呼唤鼓舞士气、激发勇气、凝聚军心。

一个人，一辈子，胸中这熊熊的火焰，能够汇入一个光明的时代，获得最尽情的燃烧、最蓬勃的喷发，他该是无限欣慰的了。

悉数阎肃的红色艺术，以歌词反映时代精神，传承民族文化，似乎已是他的鲜明风格。王树增由衷地感叹道："他的作品，是民族复兴路上的追梦之作，已经成为经典，作为中国革命和建设的见证融入历史。"

——"守不好自己的战位，还当个什么兵！"

——"争取活到 100 岁，我再写红歌 15 年！"

——"只要我还有一口气在，就要拼命回报部队、回报官兵！"

言犹在耳，声声动人心；信仰长歌，歌声永不落！

第六章

盛世放歌：站在高高的山顶上

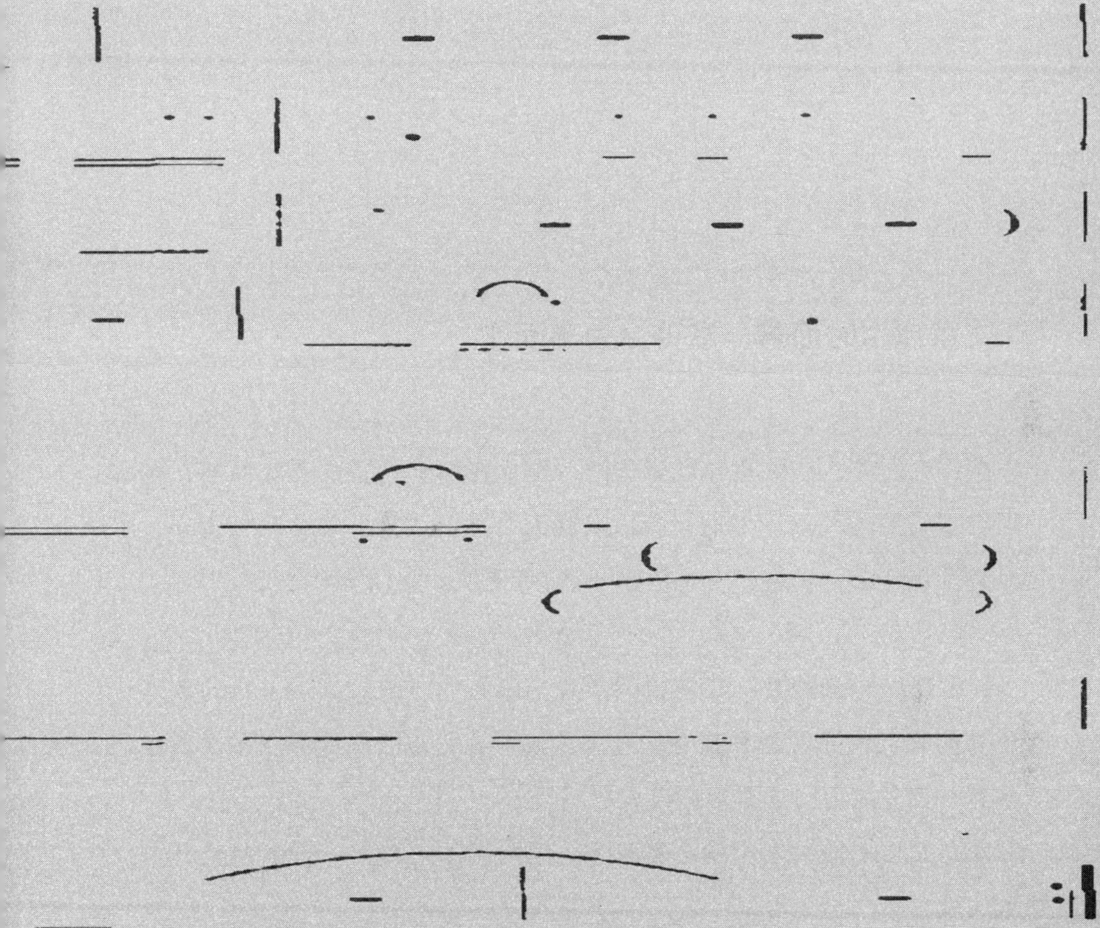

01

文章合为时而著，歌诗合为事而作

在灾难面前，诗歌也许是孱弱的，正如在粗野蛮横的天灾面前，生命有时会显得脆弱无助。然而，最后战胜大自然而成为万物中佼佼者的，永远是人。诗与歌，永远和人类精神一起，穿越时间，穿越一切。

阎肃曾经自豪地说："在中国，几乎所有的'腕'都唱过我的歌，几乎所有的著名作曲家都和我合作过。"他与著名作曲家徐沛东多次合作，其中有一首《风雨同舟》影响极大。

每当灾难降临，人们就会唱起《风雨同舟》。其实这首歌并非专为抢险救灾所写。

1989 年，共和国迎来 40 华诞，准备举行国庆 40 周年文艺晚会。阎肃受命担任这台晚会的策划和撰稿人，并与徐沛东联袂创作一首主题歌曲。

阎肃满怀忧患意识，想通过这首主题歌曲动员亿万人民，不畏艰险，应对挑战，共克时艰。

当大浪扑来的时候，

脚下正摇摆个不休。
看险滩暗礁，看重重关口，
伙伴们，拉紧手，风雨同舟。
当浓雾迷漫的时候，
面对着奔涌的激流。
任天低云暗，听惊涛怒吼，
伙伴们，拉紧手，风雨同舟。
八百里狂风吹得衣衫儿抖，
是热血的男儿正当显身手。
管什么两岸猿声阵阵愁，
放眼看，江山何处不风流。
为了我的中华英勇去搏斗，
认准的方向坚决不回头。
让急风暴雨浇个浑身透，
伙伴们，拉紧手，风雨同舟……

歌词一气呵成，没有一句生硬的口号，大象无形、大音稀声。以至后来人们忘掉了这首歌的创作背景，以为是一首“战洪图”式的抢险救灾歌。

这首歌在国庆40周年晚会上由首钢工人合唱。中央电视台转播晚会时，阎宇看到首钢工人坐在颐和园的石舫上唱《风雨同舟》，便笑问：“他们这是坐的什么船啊？石船。那船永远不会前进啊！”阎肃冷静地回答：“但也永远不会沉没。”

灾难降临的时候，阎肃不仅是“号手”，也是热血沸腾的战士。1998年，长江、嫩江、松花江发生百年不遇的特大洪水，全国有29个省、自治区和直辖市遭受了不同程度的洪涝灾害，受灾人口达2亿人，倒塌房屋685万间，直接经济损失达 1660 亿元……

68 岁的阎肃，不可能像空军战士李向群那样冲上江堤扛沙包，但他并没有袖手旁观、无所作为，而是不顾年老体衰，冒着盛夏酷暑，深入抗洪第一线去慰问演出。

他在文艺界威望高、人缘好、影响大，振臂一呼，应者云集。他积极策划组织了《我们万众一心》《携手筑长城》《同舟共济重建家园》《爱我中华新建家园》《抗洪英雄颂》等抗洪赈灾大型义演募捐晚会，得到各方人士的热烈响应，在海内外产生巨大影响。

晚会上，阎肃的《风雨同舟》响彻云霄。中华民族一方有难、八方支援的优良传统和万众一心、众志成城的精神在这首歌里体现得淋漓尽致。歌声进一步激发了现场观众和电视机前的观众血浓于水的情怀，他们纷纷捐款捐物。看到不断攀升的捐款数目，阎肃按捺不住内心的激动，从幕后走上前台，手持麦克风高歌一曲，粉丝们顿时傻眼了，原来阎老爷子还有这一手。

阎肃不仅号召明星献艺、观众捐献，自己更是一马当先捐款捐物。

2003 年 8 月，阎肃被空军政治部表彰为“非典”防治工作先进个人。他不是医生，不可能参与救死扶伤，但他是文艺界的“大人物”，再次利用他的影响力，组织策划赈灾义演，为防治“非典”做出了突出贡献。

2008 年，四川汶川发生里氏 8.0 级强烈地震，186 个县受灾，导致近 7 万人死亡，37 万人受伤。这是新中国成立以来破坏力最大的地震，也是唐山大地震后伤亡最严重的一次地震。78 岁高龄的阎肃依然满腔热血，主动请缨，要求深入抗震救灾第一线。领导安慰他：“老爷子，省省心吧，您腿脚不便，去了还得搭上个人照顾您。”阎肃去不了前线，可心早就飞去了。

抗震之初，由于通信设施和道路尽毁，震中映秀镇与外界隔绝，失去了联系。那一带山高云密，空降兵 15 名勇士冒着生命危险，从 5000 米高空的云海之上，跳伞空降震中，去建立无线电通信，营救灾区人民。阎肃从电视新闻中得知这一情况，连夜创作了《云霄天兵》，表达他对勇士的深深敬意。

浓密密的云雾在身边滚动，
天和地都在迸发激烈的吼声。
脚下起伏着摇摇晃晃的山巅，
心中燃烧着烈火熊熊。
耳边只响着一个号令：
“时间就是生命！”

我站在五千米的高空，
心急如焚，热血沸腾。
任你是刀山剑树、死亡之谷，
我也要冲冲冲！

纵身一跃像出膛的枪弹，
面对无边无际浪滚滚的苍穹。
为了我的亲人、我的父老、我的弟兄，
带着阳光的温暖、春风的嘱托、战士的光荣。

纵身一跃像雄鹰在俯冲，
五千米顷刻化作勇敢者的长征。
为了我的祖国、我的旗帜、我的使命，
五千米顷刻化作绚丽的彩虹。

2010年，青海玉树发生地震灾害。阎肃积极参与七部委联合主办的《情系玉树大爱无疆》抗震救灾大型募捐活动。上百位明星登台义演，《风雨同舟》的歌声又一次唱响。这次晚会募集善款达21.75亿元人民币。

02

一身豪气赋衷曲，五车学养结诗缘

20世纪80年代初，阎肃创作的一首歌风靡全国，家喻户晓。歌词的最后两句“敢问路在何方，路在脚下”，正好把握住了时代的脉搏。歌词是这样写的：

你挑着担，我牵着马，
迎来日出，送走晚霞。
踏平坎坷成大道，
斗罢艰险又出发，又出发。
啦……啦……
一番番春秋冬夏，
一场场酸甜苦辣。
敢问路在何方，路在脚下。

你挑着担，我牵着马，
翻山涉水两肩霜花。
风云雷电任叱咤，

一路豪歌向天涯，向天涯。

啦……啦……

一番番春秋冬夏，

一场场酸甜苦辣。

敢问路在何方，路在脚下。

除了“敢问路在何方，路在脚下”之外，“迎来日出，送走晚霞。踏平坎坷成大道，斗罢艰险又出发”“翻山涉水两肩霜花。风云雷电任叱咤，一路豪歌向天涯”，也都是时代精神的生动写照。

这首歌原本是电视连续剧《西游记》的片尾曲。因歌曲后来名声大噪，就算是该剧的主题歌了。其实，这也是那个时代的主题歌。

1984年，电视剧《西游记》后期制作阶段，有件事卡壳了。片尾曲的词是一位著名词作家写的，被导演杨洁枪毙了好多遍，总是通不过，这可急坏了音乐编辑王文华。他托关系找到了李文辉，请阎肃救个场子。当时，阎肃手头上正有活儿，但老伴儿很少出面替人求情，碍于情面，他答应撂下手上的活儿给人家救急。

阎肃对古典小说《西游记》非常喜欢，读过不止一遍，主要情节烂熟于心。阎肃在重庆长大，四川猴子很多，他从小就对耍猴把戏很感兴趣，经常细心观察猴子的习性举动。猴子戴花冠，手持金箍棒，浑身透着一股机灵劲儿，曾给他带来无穷乐趣。阎肃铺开纸笔，想起唐僧师徒和白龙马，一路西行，降妖除魔，历经九九八十一难……

“你挑着担，我牵着马，迎来日出，送走晚霞。踏平坎坷成大道，斗罢艰险又出发……”一开始，阎肃才思泉涌，好词好句直往外冒。写完前面几句后，他也卡壳了。前面这些虽然很形象地反映了西行的艰难，但缺少点睛之笔，他为此苦苦思索。他后来回忆说：

取了经回来，唐僧、孙猴子、猪八戒封了神就结束了，人生好像并没有结束，他走的路也没有结束。我发愁了，人家写不动是有道理的，写歌你总得写出点意思来。没招，很痛苦，两个礼拜我一筹莫展，就在屋子里来回溜达。那时候孩子还小，回来有一天说：“您瞧您来回走把地毯都踩出一道印来了。”我一下就想起鲁迅先生《故乡》最后一句话：“其实地上本没有路，走的人多了，也便成了路。”我豁然开朗，这有道理：走哪算一站？你走就是了，你的生命价值在那无限延续，走的人多了就变成了路。就想到了“敢问路在何方，路在脚下”。诗有诗的眼，词有词的魂，魂被我逮着了，我觉得这个词就有生命了。

导演杨洁看到这首词后，兴奋地说：“就是它，我要的就是这种感觉！”作曲家许镜清谱曲后，一首意境深远、旋律优美的歌曲诞生了。

2015 年 12 月 2 日，许镜清先生得知阎肃卧病，写下了《怀想过往，祝福阎肃先生》一文。此文写得情真意切，感人至深，两位老艺术家高尚的人品和艺术精神跃然纸上：

阎肃先生脑梗昏迷、卧床不醒 60 多天，听到这个消息时，我心里很不是滋味。静静思索，和阎肃先生不长不短的交往经历瞬间历历在目。

阎肃先生今年 85 岁，也是属马的，比我大一轮。1964 年，我读大学的时候，他创作的歌剧《江姐》已经正式公演，轰动一时，瞬间引起全国人民观看的热潮，一年内连演 257 场。当时，我被剧中的歌词和音乐深深吸引，为之震撼，为之感动落泪。阎肃先生当年为创作《江姐》到渣滓洞监狱体验生活的精神，也让我肃然起敬。

1983 年，我正式进入《西游记》剧组，当我听说《敢问路在何方》的歌词是阎肃先生创作的，顿时来了精神。这首歌词字字句句写得非常棒，它把《西游记》取经精神概括成一种乐观、豪迈、百折不挠、勇往直前的斗争精神和人生态度，对于剧情内涵来说，完全是一种精炼和提升。这么出彩的词句，令我暗下决心，一定要以最佳的状态写出优美匹配的曲子，呈现给全国观众。功夫不负，有了他的词、我的曲，《敢问路在何方》深受观众喜爱，至今已经传唱30年，传遍大江南北。

创作归创作，实际上我和阎肃先生第一次见面是在1985年。我们随剧组到外地采风，接触的时间虽然只有短短的两三天，但是，阎肃先生给我留下了深刻的印象。他和蔼可亲，乐观向上，而且风趣幽默，语言恰到好处，对待反对他的人也常常一笑置之。

阎肃先生知识渊博，妙笔生辉。他对《西游记》的故事了如指掌，无论提到什么情节，他都非常清楚，非常迅速地知道该写什么歌词。《西游记》全剧有13首歌曲，他就写了11首。由于他特别喜欢古典文学，唐诗、宋词、元人小令、明清散曲都一一研读，所以，他对歌词的写作很有感觉，什么歌词适合谱曲，歌词的高潮，歌词的角度，他都很清楚很熟悉，每首歌词都写得非常漂亮。事实说明，古典文学已经深深扎根在阎肃先生的脑海中。

阎肃先生阅历丰富，充满激情。随着时光推移，我和他合作的机会越来越多，从80年代末到90年代初，我们合作的电视剧加起来就有十多部，虽然没有《西游记》的影响力大，但是，他每首歌词都写得恰到好处。每次创作，我只要把剧情告诉他，第二天就能拿到写好的歌词，而且，经常是一稿一气呵成。哪怕为了谱曲的需要，最终也仅仅是动了几个字。应该说，在写词的领域里，他不仅紧紧贴合时代步伐，而且他的学问应该是最深厚的。

我和阎肃先生在创作的理念上是相通的，民族音乐的魂就是民族的传承，对那些恶搞、歪曲、亵渎经典的行为，我们都坚决抵制。在词创作的领域里，阎肃先生至今创作了1000多部（首）作品，可以说，他已经取得真经，已经攀到人生最高峰。他一生都在奋斗，正如《敢问路在何方》歌词中所写，“踏平坎坷成大道，斗罢艰险又出发”。

现如今，我已是古稀，阎肃先生也是耄耋之年。想起当年，还有两三首阎肃先生创作的“西游记脸谱”歌词没有谱曲。也盼阎肃先生早日醒来，早日康复，我们一起再创佳作，再谱新篇。

《敢问路在何方》开始由著名女高音歌唱家张暴默演唱，后来有人提意见，说还是找男高音歌唱家唱效果更好。

正当制片人杨洁一筹莫展时，同在央视老录音棚为《林海雪原》录制主题歌的蒋大为进入大家视线。“那就试试吧”，没想到这一试得到了所有人的认可，当晚杨洁在拿到试音带时听得热泪盈眶。于是，这个试音版在《西游记》电视剧中一直播放到25集，之后才由蒋大为重录了正式版。因为仓促上阵，蒋大为没有来得及与词作者阎肃沟通。他说：“当时并未体会到这首歌有多深，对它折射出的人生意义的层面并没有过多考虑。”

许久之后，蒋大为终于有机会和阎肃接触，在与这位原作者的交流过程中，他慢慢领悟到了《敢问路在何方》的深意。“在与阎肃多次交流后，我发现这首歌表面是写师徒四人去西天取经，实际上写尽了人生，阎肃把它上升到了人生哲理的高度。”蒋大为说，歌曲中的“一番番春秋冬夏，一场场酸甜苦辣”两句，他在演唱时做的特殊处理受到了阎肃的赞赏。“一番番、一场场这两个调我用了上滑音，当时唱就觉得不应该单纯唱出来，而是要呐喊出来。阎肃说没想到我会这么唱，处理得非常妙，真是画龙点睛。”

1986年，电视剧《西游记》在中央电视台播出后，《敢问路在何方》传遍千家万户，蒋大为一曲惊天下。

由于片尾曲如此提气，导演杨洁请求阎肃再接再厉，为这部电视剧创作更多的插曲。阎肃毫不含糊，一口气写了 11 首，风格各异，个个贴题，令人拍案叫绝。

《西游记》系列歌曲，是阎肃第一次涉足通俗歌曲的创作。由于他具有深厚的国学底蕴和诗词修养，无论是战歌、悲歌，还是情歌、童谣；无论是铜琶铁板唱“大江东去”，还是红牙拍板歌“晓风残月”，他都驾轻就熟，就像一个内功深厚的武林高手，将十八般兵器要得溜溜转，尽显大师风范。

03

京腔京韵自多情，远山近水问春风

20 世纪八九十年代，中国歌坛先后刮起“港台风”“西北风”“东北风”和“北京风”，而最后这一股“北京风”源自 1990 年北京电视台的一台春节晚会，名字叫《京腔京韵自多情》。这台晚会一共演唱了 19 首歌曲，首首“京味”十足，其中《故乡是北京》《前门情思大碗茶》《北京的桥》《唱脸谱》等迅速风靡全国，强劲的“北京风”横扫神州大地。

这台晚会正是阎肃策划的，那 19 首歌词全部出自他一人之手。最巧妙的是其中有好几首歌，将流行音乐与传统戏曲嫁接在一起，开创了“戏歌”之先河，这是中国音乐史上具有里程碑意义的一件大事。阎肃和他的老搭档、作曲家姚明成了“戏歌”的开山之祖。

姚明是阎肃的战友，也是空政文工团的创作员。二人都是京剧创作的行家，只是分工不同，一个作词，一个作曲。1987 年，姚明帮一个乐队改编京剧曲牌，因而结识了中国唱片社的音乐编辑刘磊。刘磊说：“姚明，你对京剧这么熟悉，能不能用京剧的曲目写首歌？”一语点醒梦中人，这是多么好的创意啊！

姚明当晚找阎肃商量，请他写首关于北京的歌。阎肃开始不以为意：“歌唱北京的歌非常多，我们能有新的突破么？我们能超越以前的经典么？”姚明解释说：“我想用京剧的曲调谱曲，您就写写北京，写写北京的人文。”用京剧的曲调谱曲？阎肃一琢磨，连连点头：“好主意！”当天晚上，阎肃就写了一首《故乡是北京》，第二天一早就兴冲冲地交给了姚明。

走遍了南北西东，
也到过了许多名城，
静静地想一想，
我还是最爱我的北京。
不说那天坛的明月北海的风，
卢沟桥的狮子，潭柘寺的松；
唱不够那红墙碧瓦的太和殿，
道不尽那十里长街卧彩虹。
只看那紫藤古槐四合院，
便觉得甜丝丝脆生生，京腔京韵自多情。
不说那高耸的大厦旋转的厅，
电子街的机房，夜市上的灯；
唱不够那新潮欢涌王府井，
道不尽那名厨佳肴色香浓。
单想那油条豆浆家常饼，
便勾起细悠悠密茸茸，甘美芬芳故乡情。

姚明拿到歌词，天衣无缝地将京剧的二黄、西皮等旋律融入流行音乐之中。曲子谱好后，还要找有京剧底子的歌手来演唱，最初安冬、李谷一等人都试唱过，最终确定由李谷一演唱。

李谷一时任中国轻音乐团团长，是著名女高音歌唱家。她从小就有很好的京剧底子，她的父亲是京剧票友。在唯“样板戏”独尊的“文化大革命”时期，李谷一开始学唱京剧，并凭此功底考入中央乐团。

这时，阎肃参与策划中央电视台 1988 年元旦晚会，他向导演袁德旺推荐了这首别具一格的新歌。袁德旺拿到歌谱哼唱起来，一下子就被吸引住了，非常认同词曲作者的创新。

1988 年元旦晚会上，李谷一倾情演唱了《故乡是北京》，顿时征服了全国亿万电视观众，也引起了音乐界与戏曲界的争论。有人认为嫁接是成功的，也有人不认同这个“杂交”的新品种。但大街小巷全在传唱这首歌，说明群众接受了，这首歌一炮走红了。

阎肃和姚明大受鼓舞，决定按照这个思路继续走下去。

阎肃创作的第二首“京味”歌曲是《前门情思大碗茶》，这是一首接地气的歌。

1988 年夏日的某一天，阎肃坐火车回北京，刚出北京站，毒辣辣的日头当空照，站前广场暑气蒸腾，马路上的沥青都要晒化了，可不是一个“热”字能形容的。阎肃的衣服早被汗水浸透了，手臂上附着一层亮晶晶的细盐。他正寻思有何解暑的法子，这时一个露天小茶棚引起了他的注意，一张方桌，一溜小板凳，一字排开八只大海碗，黄黄的茶汤充满诱惑，这就是京城老字号“大碗茶”。阎肃捧起一碗下肚，顿时神清气爽，好不痛快。

他在小板凳上坐下，又要了一碗茶细饮慢咽，顺手拿起桌上的《北京晚报》读起来，有篇文章吸引住了他。作者是一位叫赵浩生的老华侨，写他回北京寻找儿时的记忆，文中充满了对故土京华的眷恋之情。阎肃十分兴奋，马上找到了第二首“京味”歌曲的主题和视角，主题就是“大碗茶”，用老华侨归国寻找儿时的记忆作为叙事视角。

我爷爷小的时候，常在这里玩耍，
高高的前门，仿佛挨着我的家。
一蓬衰草，几声蛐蛐儿叫，
伴随他度过了那灰色的年华。
吃一串冰糖葫芦，就算过节，
他一日那三餐，窝头咸菜么就着一口大碗儿茶。
……
世上的饮料有千百种，也许它最廉价，
可谁知道，谁知道，谁知道它醇厚的香味儿，
饱含着泪花，它饱含着泪花。

如今我海外归来，又见红墙碧瓦，
高高的前门，几回梦里想着它。
岁月风雨，无情任吹打，
却见它更显得那英姿挺拔。
叫一声杏仁儿豆腐，京味儿真美，
我带着那童心，带着思念么再来一口大碗儿茶。
……
世上的饮料有千百种，也许它最廉价，
可为什么，为什么，为什么它醇厚的香味儿，
直传到天涯，它直传到天涯。

这首《前门情思大碗茶》人情味儿十足。姚明拿到歌词后，谱曲时有针对性地糅进了李谷一的特点，可以说是为李谷一量身定做的。1989年9月，李谷一在中国轻音乐团的一次演出中首次演唱了这首歌，随后在中央电视台1990年马年春晚中又演唱了这首歌，迅速红遍全中国。

与此同时，在阎肃策划的北京电视台春晚《京腔京韵自多情》上，这首歌由杭天琪演唱，也别有一番风味。

时隔22年，李谷一在2012年的央视春晚上，重唱了这首经典的“大碗茶”，依然清香四溢，醇味不减当年。

其后，阎肃、姚明又为李谷一量身定做了一首《四合院》，但这首歌没有火起来。

在《京腔京韵自多情》那台晚会上，还有一首《北京的桥》也非常红火，堪称“京味”歌曲中的经典。

北京的桥啊千姿百态，
北京的桥啊瑰丽多彩，
金鳌玉蛛望北海，
十七孔桥连玉带。
高亮桥龙王那个把呀把水卖，
金水桥皇上挂呀金牌。
卢沟桥的狮子啊最奇呀怪，
你就数哇数哇数哇，怎么就数不过来。
北京的桥啊春风常在，
北京的桥啊又添风采，
过街天桥龙出海，
地下通道穿长街。

三元桥蝴蝶那个飞呀飞天外，
安贞桥明珠绕呀花台。
立交桥是修得啊特别呀快，
你就数哇数哇数哇，怎么就数不过来。
（桥啊桥啊美丽的桥）
（桥啊桥啊可爱的桥）
给北京增添了多少欢乐多少爱，
这一座座金桥啊，
都连着四海，通向未来。
都连着四海，通向未来，通向未来。

蔡国庆回忆说：“那是我拿到的第一首那么有地域特色、有家乡特色的歌曲。严格地说，那个时候，我真的没有想到它是一首通俗歌曲。我认为它可能偏向于一种很另类的歌，很有京腔京韵的歌，并没有想到它会成为我歌坛的代表作。当时我拿到这首歌，觉得特别新鲜。因为它唱的就是我的家乡，唱的就是我身边所看到的北京的变化。”

为了唱好这首歌，尚未成名的年轻歌手蔡国庆骑上自行车去寻找感觉。他说：“你眼睁睁地看着这些桥在北京建起来，有了二环，然后有了三环，然后立交桥开始建起来。那个时候看着立交桥叠了两层就觉得了不得了，觉得北京真是了不起。我记得我还骑着自行车到三元桥骑了几圈，当时骑上去的时候，我还怕绕不下来呢。”

蔡国庆还专门拜师学习单弦、京韵大鼓的演唱技巧。功夫不负有心人，最终这首《北京的桥》在《京腔京韵自多情》晚会上大放异彩。几个月后，他又凭借这首歌，在第四届“青歌赛”上夺得银奖。

那台《京腔京韵自多情》晚会还捧红了一个外国人，他是一位加拿大留学生，名叫马克·罗斯威尔。他的成名纯属意外。在阎肃写的19首歌中，有一首《外国人喝豆汁》，需要找一名外国歌手演唱，罗斯威尔被选中，第一次登上中国舞台，并一举成名。他由此在中国演艺界站住了脚，很快成为家喻户晓的公众人物，名气比蔡国庆毫不逊色，他的中文艺名叫“大山”。

《京腔京韵自多情》每一首歌的背后都有故事。

阎肃并非北京人，何以对京腔京韵如此钟情？他自己谈过创作体会：

为什么能写出这么多京味京腔的歌曲？我爱老舍的作品，鲁迅、老舍、曹禺、巴金这四大家的作品我读得最多，老舍的书我基本上都看了，不管是短篇，还是剧本，差不多都读了，而且爱不释手。从他那，我体会到什么是京味。京味就是来源于他的作品。1955年到北京后，看人艺的戏，对我也有很大的影响。再有就是，我会说相声，喜欢听相声，也爱写相声。这对我的京味也有影响。还有一个是，王朔的作品我也看，那也算是京味，像《我是流氓我怕谁》《一半是火焰一半是海水》。因此，我觉得京味是中国的语言当中活力和张力最强的一种。其中和我不懂上海话、不懂广东话、不懂福建话也有关系。四川话基本上是北方语系，这是一个体系的。它的生动性到京味里面，就变得特别生动，比如：“嘿，大清早你干嘛呢？”语言本身就极富音律，我也因此喜欢它。人家一找我，说你写点京味歌曲吧，我就欣然答应了。可以说很愿意，全是自己找的题目，一口气写了19首。结果，他们出2个碟，2个盒带，后来觉得不过瘾，因为觉得挺好，有5个作曲家参与我一个人的词，就干脆出个风光片。出风光片还觉得不过瘾，北京电视台的台长就说搞成春节晚会。那是1990年北京电视台的春节晚会《京腔京韵自多情》，这名字还是我取的，里面19首歌就是我写的这个系列，加了些小品就成了一台晚会。到现在大家还津津乐道。北京电视台所有的晚会，京腔京味最浓的，就是这台晚会。这里面，有《外国人喝豆汁》，还有《烤白薯》。《外国人喝豆汁》是大山唱的，《北海桥头》是刘欢唱的。

艺术创作离不开生活，比如《我的中国心》我就写不出来，“洋装虽然穿在身”，我没穿过洋装，自然没有那种感受，也就写不出那样的歌。我创作19首京味歌曲，就得益于生活，我对北京的生活太熟了。我对北京生活有感受、有感情、有感悟。创作《前门情思大碗茶》，灵感源自老华侨赵浩生发表的一篇文章，他在文章中回忆了在北京的童年生活。我在文章中读出了童心、乡情，结合我对北京生活的熟悉，一句句歌词如流水汩汩溢出。创作《北京老字号》更是得益于生活，根本就没有刻意收集这些东西，因为这些都在肚子里呢！年轻的时候，我扮演过曹禺作品《北京人》中的江泰，一个精于吃喝玩乐的混蛋，他有三大段台词，用贯口把北京的各种名吃都归纳了出来。我对这些台词倒背如流，所以写《北京老字号》时，就有信手拈来的自如感。《前门情思大碗茶》《北京的桥》等作品的出现，都离不开我对北京生活的熟悉。

轰动京城的《京腔京韵自多情》，被首都观众投票评选为当年最受欢迎的文艺晚会。一台晚会的所有歌曲由一个词作者创作，而且那么多歌曲流传至今，成为经典，这是中国音乐史上的佳话。每当谈起这些传奇的往事，阎肃充满了自豪。这些歌曲饱含了他对北京——这个第二故乡的炽热的爱。

2002年，中共北京市委、市政府授予阎肃“首都精神文明建设奖”，以表彰他对繁荣首都文化事业做出的突出贡献。

04

八秩情怀笔墨酣，金声玉振国粹传

京剧是中国最有名的传统戏曲，被视为国粹，其影响超出了国界，是传播中国传统文化艺术的重要媒介，已被联合国教科文组织列入《人类非物质文化遗产代表作名录》。《京腔京韵自多情》系列歌曲是阎肃通过流行音乐，传播传统文化的一次大胆探索。其中的《唱脸谱》，通过外国人的视角，赞叹京剧脸谱的斑斓多姿，还巧妙地糅进了英语单词。

外国人把那京戏叫作“Beijing Opera”，
没见过那五色的油彩楞往脸上画。
“四击头”一亮相，
（哇……）美极了，妙极了，简直“OK”顶呱呱！
蓝脸的窦尔敦盗御马，
红脸的关公战长沙，
黄脸的典韦，白脸的曹操，
黑脸的张飞叫喳喳！

外国人把那京戏叫作“Beijing Opera”，
没见过那五色的油彩楞往脸上画。
“四击头”一亮相，
（哇……）美极了，妙极了，简直“OK”顶呱呱！
紫色的天王托宝塔，
绿色的魔鬼斗夜叉，

金色的猴王，银色的妖怪，
灰色的精灵笑哈哈！

外国人把那京戏叫作“Beijing Opera”，
没见过那五色的油彩楞往脸上画。
“四击头”一亮相，
（哇……）美极了，妙极了，简直“OK”顶呱呱！
一幅幅鲜明的鸳鸯瓦，
一群群生动的活菩萨，
一笔笔勾描，一点点夸大，
一张张脸谱美佳佳！
（哇哈哈……）

这首歌巧妙地将通俗歌曲的演唱风格及伴奏手法与曲艺音乐、戏曲音乐融合在一起，不了解京剧的年轻人曾发生争论，这到底是京剧唱段，还是流行歌曲？毫无疑问，它是流行歌曲，但听起来有京剧的腔调和旋律。这是对京剧的改良与创新，也是对现代歌曲的充实与丰富。通过这首歌，年轻人能感受到国粹的艺术魅力，了解京剧的一些基本常识。后来，《唱脸谱》入选了北师大版小学五年级语文教科书，成为普及传统文化的佳作。

传统文化如何与时俱进，如何适应飞速发展的现代化步伐，这是一个值得探讨的问题。阎肃还创作了一首《说唱脸谱》，通过爷爷和孙子两代人对京剧的不同看法，将上述问题和盘托出，让人们去思索。

那一天爷爷领我去把京戏看，
看见那舞台上面好多大花脸，

红白黄绿蓝，咧嘴又瞪眼，
一边唱一边喊哇呀呀呀，
好像炸雷叽叽喳喳震响在耳边。
蓝脸的窦尔敦盗御马，
红脸的关公战长沙，
黄脸的典韦，白脸的曹操，
黑脸的张飞叫喳喳！
说实话，京剧脸谱本来确实挺好看，
可唱的说的全是方言，怎么听也不懂。
慢慢腾腾咿咿呀呀哼上老半天，
乐队伴奏一听光是锣鼓家伙，
咙个哩个三大件，
这怎么能够跟上时代赶上潮流，
吸引当代小青年？
紫色的天王托宝塔，
绿色的魔鬼斗夜叉，
金色的猴王，银色的妖怪，
灰色的精灵笑哈哈！
我爷爷生气，说我纯粹这是瞎捣乱，
多美的精彩艺术中华瑰宝，
就连外国人也拍手叫好，
一个劲地来称赞！
生旦净末，唱念做打，手眼身法，功夫真是不简单，
你不懂戏曲胡说八道，
气得爷爷胡子直往脸上翻。

老爷爷，你别生气，
允许我分辩，
就算是山珍海味，老吃也会烦，
艺术与时代不能离太远，
要创新要发展，
哇呀呀呀，
让那老的少的男的女的大家都爱看，
民族遗产一代一代往下传。
一幅幅鲜明的鸳鸯瓦，
一群群生动的活菩萨，
一笔笔勾描，一点点夸大。
一张张脸谱美佳佳！
哈哈哈……

这首歌与《唱脸谱》不少歌词是一样的，但风格相去甚远。爷孙二人的矛盾冲突，正是传统文化与流行文化的冲突。解决问题的答案正如歌词所言："艺术与时代不能离太远，要创新要发展……让那老的少的男的女的大家都爱看，民族遗产一代一代往下传。"只有与时俱进，不断创新发展，传统文化才能焕发青春，跟上时代的潮流。这正是阎肃追求的方向。

《唱脸谱》和《说唱脸谱》是阎肃弘扬国粹的经典之作，若论艺术价值，只有《变脸》可与之媲美。

变脸是川剧的一门绝技，是民族文化的瑰宝。从小在重庆长大的阎肃，对川剧非常热爱，对"变脸"这门绝技也很熟悉。通过一首流行歌曲，使变脸这门绝技广为人知，从而达到弘扬古老而神秘的巴蜀文化的目的，这是阎肃的又一重大贡献。

这个创意最初源于他的四川小老乡陈小涛。

陈小涛初入空政歌舞团时还是个毛头小伙子，阎肃是看着他一步一步慢慢成长起来的。2000 年，陈小涛的一首《麻辣烫》非常火，引起了阎肃的关注。麻辣烫是最能代表川味的特色美食，陈小涛能抓住这一四川文化元素，用四川方言演唱这首歌，特色鲜明，效果奇佳，他也因此被时人称为“川歌王子”。

有一天，阎肃当面表扬陈小涛：“小涛，你的窗子打开了，你已经找到了感觉，你的《麻辣烫》在全国‘狂轰滥炸’，反响非常好。”陈小涛说：“阎老，唱完《麻辣烫》，我有个新想法，想弄个东西把巴蜀文化和川戏的绝技表现出来。”

阎肃一下子来了兴趣，问陈小涛有何具体想法。陈小涛说，这次回四川演出，有位川剧演员提议，创作一首反映变脸的歌曲，由陈小涛唱，他在一边表演变脸的绝活。阎肃一听，马上说：“哟，小涛，这是个好题材，我来替你写。”

第二天，阎肃兴冲冲找到陈小涛：“小涛，看看，歌词出来了。”陈小涛看后为之一震，心中暗叹阎老不愧是大艺术家，前后三段歌词围绕变脸的精神、技巧，写得惟妙惟肖，很多歌词提炼得非常精准，如“脑壳一转，面孔说变就变，眼睛一眨，不过瞬息之间。名扬四海，赞叹川剧变脸”。

陈小涛懂得作曲，接过词就开始构思曲子。但慢慢琢磨之后，感觉歌词还有不尽如人意之处。当天中午，阎肃和陈小涛在食堂排队打饭，陈小涛说：“阎老，前面的词写得太好了。我有个不成熟的意见，最后我想突出‘变’字，不是就变脸写变脸。您看能不能再给升华一下？”阎肃侧耳倾听：“你说，我听着呢。”陈小涛说：“最后能不能写成‘变出个赤橙黄绿青蓝紫，变……我只想到这一句，再变出个什么什么，往中华民族的辉煌上靠，等等。”阎肃一听，马上说：“好想法！我再给你琢磨一下。”

第二天中午，二人再次在食堂碰面。阎肃笑嘻嘻地把改好的歌词交给陈小涛：“小涛，你看这样行吗？”陈小涛看到“变出个赤橙黄绿青紫蓝，变出个英雄豪杰齐争先，变出个巴蜀儿女同心干，变出个中华民族气象万千艳阳天，万紫千红百花园”，由衷地赞叹：“太精彩了！只有阎老才能写得这么精彩。”

可是过了三天，陈小涛感觉这歌词里面还是少点什么，因为他对川味的拉普儿说得比较够味，歌词里这方面的感觉少了点。还是在食堂排队打饭的时候，陈小涛说：“阎老，‘任随你远看近看，前看后看’，这里面能不能给我再加几句？”没想到一向笑呵呵的阎肃一下发火了。陈小涛后来回忆：

> 阎老听我这么一说，就对我说：“你再这么整，老子把它撕喽，你没完没了了。”作为年轻人，我是虚心地去请教，当时眼泪都快下来了。我知道，他平时的事情太多了，太忙了。话说完之后，他头都没回，端着饭扬长而去。走出去五步远，他马上站住了，回过头，走到我面前，说：“小涛，我回去给你再看一下，就这一次了。”第二天，他把改好的词给我：“你看这怎么样？”我一看“任随你，远看近看，前看后看，紧看慢看，左看右看，上看下看，横看竖看，便是好耍又新鲜”这段词，我眼泪都下来了，为阎老的辛苦，为阎老的智慧，尽管他批评我“没完没了了”。最后这个作品一经推出，四川各大报纸，包括著名的川剧表演大师魏明伦都说：“小涛，你的《变脸》阎老给你写得太好了。”军队的许多大家都说，阎老这个《变脸》写得天衣无缝，没有一句废话，句句在理。后来，这个作品获得了全国“五个一工程”优秀作品奖、“金钟奖”大奖、全军文艺会演三项一等奖等多个大奖。

《变脸》成为陈小涛最具代表性的作品。“越是民族性的东西，越具有世界性”，他后来去美国演出，强烈震撼了美国观众，引起了极大轰动。这首《变脸》也是阎肃的代表作之一，可以说是被陈小涛“逼”出来的精品。

在天府之国哟，我们四川噻，
有一种绝活既神奇又好看。
活脱脱一副面孔，
热辣辣一丝震颤，
那就是舞台上的川剧，
川剧中的变脸。
变变变变变变变看看看，
急如风快如电，快如电。
看看看看看看看变变变，
好潇洒，好浪漫。
说时不迟，那时不慢，
难者不会，会者不难。
任随你，远看近看，前看后看，
紧看慢看，左看右看，
上看下看，横看竖看，
便是好耍又新鲜。
脑壳一转，面孔说变就变，
眼睛一眨，不过瞬息之间。
名扬四海，赞叹川剧变脸，
绝妙精彩，根底它全在四川。
变脸变脸变脸变脸变脸变脸变脸变脸变脸，

变变变变变变变看看看，
急如风快如电，快如电。
看看看看看看看变变变，
好潇洒，好浪漫。
说时不迟，那时不慢，
难者不会，会者不难。
任随你，远看近看，前看后看，
紧看慢看，左看右看，
上看下看，横看竖看，
便是好耍又新鲜。
接连变换，那叫神气活现，
红黄白蓝，简直变化多端。
反复锤炼，技巧不断发展，
根深久远，老辈子代代相传。
变脸变脸变脸变脸变脸变脸变脸变脸变脸，
变出个赤橙黄绿青紫蓝，
变出个英雄豪杰齐争先，
变出个巴蜀儿女同心干，
变出个中华民族气象万千艳阳天，
万紫千红百花园。
变变变。

阎肃对艺术的追求在这首歌里再次得到体现，“技巧不断发展”才能“代代相传”。这首歌也是他对逝去的青春岁月的怀念。如果没有青少年时代在重庆的生活阅历，没有对川剧艺术的深入研究，这首歌不可能有如此高的艺术价值。

在阎肃创作的“戏歌”中，难度最大的莫过于电视剧《沙家浜》的主题歌。该剧是根据沪剧《芦荡火种》和“样板戏”《沙家浜》改编的。经历过“文化大革命”的人，对里面的唱词都耳熟能详。

著名表演艺术家陈道明是电视剧《沙家浜》的男主角，关于主题歌的创作，他向作曲家徐沛东提出了一个建议：这首歌要能唤起一代人的美好记忆，而且应该把“垒起七星灶，铜壶煮三江。摆开八仙桌，招待十六方”等几句“样板戏”的原唱，在歌曲里原汁原味地展示出来。徐沛东一听很头疼，那是京剧，这是歌曲，怎么才能有机结合起来？这个难题只能找阎老爷子去解决了。阎肃后来回忆：

> 有一天，中国音乐家协会分党组书记、作曲家徐沛东给我打电话说：“哎，咱们写首歌吧！”我说：“哦。”“咱们写首电视剧的插曲。”我说：“哦。”“名字叫《春来沙家浜》。”我说：“哦，哦。”“这个里面可得加上‘垒起七星灶，铜壶煮三江。摆开八仙桌，招待十六方’。”我说：“哦？”“这个不要怀疑啊！我和李慕良同志他们都说好了。”我说：“哦。”我还不想说“嗯”。……于是乎就有了这首《春来沙家浜》。

“垒起七星灶，铜壶煮三江。摆开八仙桌，招待十六方”，这是“样板戏”《沙家浜》中最著名的唱段，词是汪曾祺写的。江青曾说是“江湖口”，下令砍掉。但编剧和演员都舍不得，便斗胆将这段词保留了。后来，大街小巷传唱开了，江青只好默认了。阎肃对这段往事记忆犹新，深知这个唱段在一代人心目中的影响。这是2006年的事，当时汪曾祺已经逝世，李慕良是原唱腔的设计者。

阎肃琢磨了一个星期，终于把难题给解决了。徐沛东看了歌词，很满意。这首歌反响很好，既满足了一代人对青春岁月的追忆，也有一种流行音乐的时尚感。

有的往事可能遗忘，
那段情缘缠绕在心上。
有的歌曲已不再会唱，
那动人的音调却回荡在耳旁。
春梦无痕，秋月如霜。
总想追忆，更觉迷茫，更觉迷茫。
可是你那俊俏的模样，
时常在我心中徜徉。
垒起七星灶，铜壶煮三江。
摆开八仙桌，招待十六方。
芦苇青青，碧波荡荡，鱼米稻花香。
杨柳青青，渔歌朗朗，春来沙家浜。

阎肃才华横溢，曾与著名作曲家王祖皆合作完成一首歌曲《霸王别姬》。歌词：“一弯明月，两换铁甲，三渡重山，四面楚歌，五方重压，六军不发，七万征程，八千之敌，被困在九里之乡。”中间又从九写到一：“九里盖乡，八面威风，七彩云霞，六载情爱，五方辞呈，四海为家，三星坐镇，一片私心，甘愿陷阵，二八年华，伴君直下天涯。”

这首歌创作于 1996 年。当年名不见经传的歌手张妮，凭借此歌获得全军声乐比赛一等奖，从而一举成名。

在阎肃创作的歌词中还有一首经典不能不提，那就是那英唱红的《雾里看花》。

1993 年，中央电视台经济频道为纪念《中华人民共和国商标法》颁布 10 周年主办了一台晚会，又名“3·15”晚会，阎肃参与了这台晚会的策划，还建议写一首打假的主题歌。导演请了几个人写歌，都说不行。他们无奈，只好找阎肃，开玩笑地说：“谁出的‘馊主意’谁来写。”阎肃无法拒绝。

那时候，假货横行，怨声载道。阎肃想起自己在福州买马海毛上当受骗的事，但应该怎么写呢？总不能写成“化肥是假的，农药是假的，皮鞋是真的”吧？

阎肃苦思冥想两个星期，想了 100 多个点子都觉得不行。一天晚上，孩子回家看电视，四川台正在播川剧《金山寺》。白娘子潜入水中，法海找不着她。法海请来了韦陀菩萨，韦陀有一个本领——开天目。韦陀拖一根降魔杵，腿往脑门上一踢，脚尖碰脑门，踢出一只眼睛。这个第三只眼睛，俗称法眼，佛家叫天目，也叫慧眼。慧眼一开，上能看三十三重天，下能看十八层地狱。

阎肃看到这里，豁然开朗——如果每个人的额头都有第三只眼睛，那就可以识破假货了。但是，法眼、天目都缺诗意，不好入歌词，还是用慧眼好，不是有成语“慧眼识珠”吗？“我有一双慧眼”“送我一只慧眼”都不够理想，琢磨来琢磨去，最后想到了“借”这个字。“借我一双慧眼吧，让我把这纷扰看个清清楚楚明明白白真真切切”，这句歌词冒出后，他觉得太棒了，然后前面的“雾里看花，水中望月……”很顺利地就写出来了。

雾里看花，水中望月，
你能分辨这变幻莫测的世界？
涛走云飞，花开花谢，
你能把握这摇曳多姿的季节？

烦恼最是无情夜，
笑语欢颜难道说那就是亲热？
温存未必就是体贴，
你知哪句是真哪一句是假？
哪一句是情丝凝结？
借我借我一双慧眼吧，
让我把这纷扰看个清清楚楚明明白白真真切切；
借我借我一双慧眼吧，
让我把这纷扰看个清清楚楚明明白白真真切切。

整首歌词没说一句“打假”，但句句打假。阎肃受川剧“开天目”的启发，妙用“慧眼辨真伪”的神话，正好契合晚会“打假”的主题。这首歌由孙川作曲，最初歌名叫《借我一双慧眼》，那英唱红后，歌名慢慢被人遗忘了，人们用歌词的第一句代替歌名，于是变成了《雾里看花》。再后来，人们连它是“3·15”晚会的主题歌也忘记了，因而模糊了“打假”的主题，变成了一首“朦胧歌”。

曾有人跟阎宇开玩笑地说：“你们家老爷子真行啊，这么大年纪了还能写出如此缠绵的歌，是不是没事儿在下雨天老跑到公园里‘雾里看花’啊？”阎宇解释这是一首“打假歌”，人家都不敢相信。

有一次，阎肃在空军大院里散步，碰见一位熟悉的老太太。她犹犹豫豫地说：“我觉得您得向乔老爷子学习，那么大岁数了，还能写出那么年轻的歌，就像《雾里看花》，多好啊！”阎肃一听，哈哈大笑：“没错！我是得向乔老爷子学习，不过这《雾里看花》我还真不用学，因为这就是我写的啊！”

阎肃和乔羽都是词坛泰斗，各有千秋，难分伯仲。行家评论阎肃的歌词："文白交融，俗中见雅，化生活于书卷，寓意深邃而明白晓畅，匠心独运且浑然天成。"著名剧作家苏叔阳认为："阎肃的歌词是诗，是歌，极具个人特色。他以自己不老的青春，想尽办法从不老的中华文明中、中国民间艺术中汲取精华，又努力以春雨润物的方式打动人心，在激昂中蕴积着温存，在幽默里发人深省。"

2011 年，阎肃荣获第八届中国音乐金钟奖终身成就奖。

第七章

大型晚会："定海神针"谁比肩

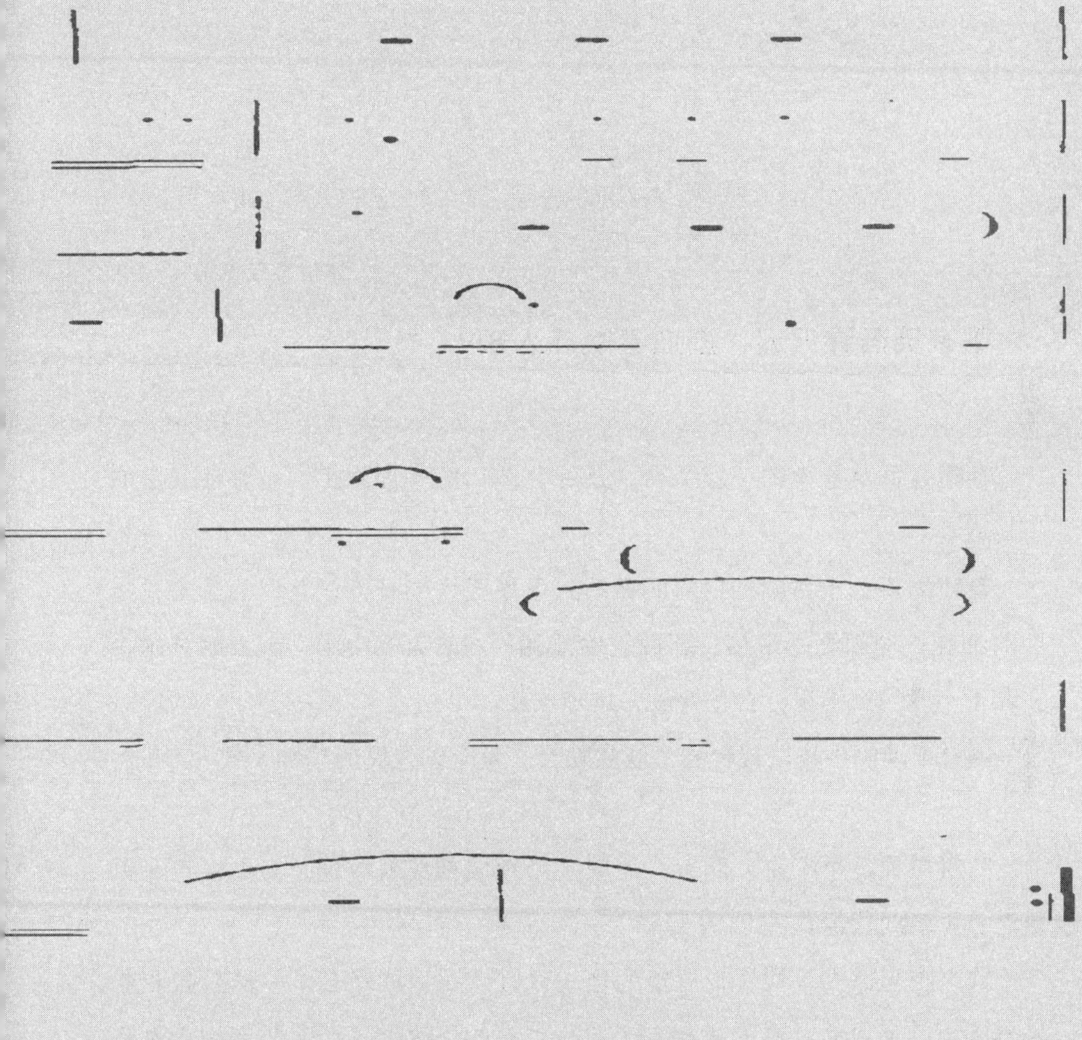

01

千家笑语漏迟迟，沥血春晚几人知

春晚是群英荟萃的一座舞台，是综艺节目的一面旗帜，是雅俗共赏的一场盛宴。

春晚的舞台上，阳春白雪的孤高，下里巴人的朴素；北调的豪爽，南腔的细腻；老面孔的亲热，新面貌的靓丽……偌大个中国，宏大的艺术，在若干小时的浓缩里，百花齐放，推陈出新。

雷打不动的中央电视台春节联欢晚会，是全国人民的精神大餐。

阎肃自称是个杂家，的确，他在多个领域都成就卓越，与央视春晚更是有着不解的情缘。

歌声响起，大幕拉开，展现的是一台万众瞩目的晚会，一群兢兢业业的春晚人。通过它，有的人找到了自信，有的人改变了命运，有的人收获了成功，有的人赢得了赞誉。阎肃担任多届春晚的策划、艺术顾问，参与春晚的筹备和创作工作，剧组都亲切地尊称他为“阎公”。

阎肃关于春晚最深的记忆要追溯到 1984 年，他和家人边看电视，边玩麻将，突然舞台上出现了一张新面孔，一开声，阎肃便被吸引了。

来自香港的张明敏用醇厚而又带有金属质感的磁性嗓音成功演绎了一首《我的中国心》，不仅让 20 世纪 80 年代的大陆内地观众认识到香港不是只有“靡靡之音”，更唱出了天下中华儿女对祖国的挚爱深情。整首歌是以海外游子直抒胸臆的语气切入，把一个壮阔的题材表现得自然而然，从而征服了所有人。

阎肃听得入迷了，他连连说：“这歌词，太牛了，我写不出来……这就是一首爱国歌曲啊！但人家一句口号没有，就运用了‘长江长城，黄山黄河’这样具有象征性的中华名胜来传达爱国之情，作者谁啊？太聪明了，我真写不出来！”

他兴奋地打电话给他的老朋友、春晚导演黄一鹤：“一鹤，这歌太好了！你怎么抓到的？”

这一问让阎肃了解到了关于这首歌的一个很长、很生动的故事：

1983 年五一刚过，黄一鹤就开始建组研究 1984 年春晚怎么办了。当时，邓丽君的歌开始流行，年轻人热衷于穿瘦腿的裤子，可街道大妈拿着剪刀上来就给剪开。保守之风让一心想要超越 1983 年春晚的黄一鹤压力特别大：“1983 年的茶座形式，用到极致了，形式上的突破不可能了，只能是内容上的突破。”

一天，苦闷的黄一鹤在《光明日报》上看到了一则消息，说是英国首相撒切尔夫人要到北京来，与中方谈判，解决香港回归中国的问题。

“香港回归，游子回归，把真正的香港人、台湾人，请到春晚舞台，祖国是母亲，港台演员是孩子，漂泊在外的游子，投入母亲怀抱，于情于理，多好啊！”黄一鹤说自己当时真的是“眼前一亮”，为这个念头兴奋不已。

黄一鹤立即向领导汇报，领导听了很高兴，可是涉及港台演员，他们也无权决定，便让黄一鹤回去写一份申请报告。

黄一鹤带着团队连夜写申请报告。在报告开头，他们抄了《毛主席语录》的部分内容。“毛主席说，凡是有人的地方，就有左右之分，但大部分人都是好的，所以，把港台演员请过来也是人之常情。”

台长答应把申请报告向上级呈递，强调没有把握获得批准。他问了黄一鹤一个问题：“你们说要请港台演员，具体请谁呢？”

黄一鹤一时语塞。台长说：“你们先带个剧组，往广东去找人。”

黄一鹤在深圳的中巴车上听到了后来风靡一时的《我的中国心》，可寻找歌手张明敏以及让他最终登上春晚舞台的过程，可是煞费苦心。

黄一鹤拿着中巴车司机写给他的纸条，去买《我的中国心》磁带。纸条上写的是“沙头角，中英街”。

拿着深圳公安部门特批的“前往边防禁区特许通行证”，黄一鹤来到了宽不足7米的中英街，可边防武警还是不让他到对面去。趁着武警不注意，黄一鹤溜了过去，用港币买到了《我的中国心》磁带。

凭借多年的导演经验，黄一鹤自己先对《我的中国心》进行了审查。他觉得无论是歌词内容还是主题，都没有问题。但如何找到张明敏呢？领导给他出主意，说可以通过新华社香港分社找人。黄一鹤找到了香港分社文艺处一位姓林的工作人员，向其说明意图，对方帮忙联系上了张明敏。张明敏同意到北京参加春晚演出。

于是，在1984年中央电视台春节联欢晚会上，张明敏为几亿电视观众演唱了《我的中国心》。歌声一下子打动了无数中华儿女的心，引起了海内外同胞的强烈共鸣。

黄一鹤不仅是第一代春晚导演，还是一位独具慧眼的伯乐。《我的中国心》和《难忘今宵》都是他发现的。当然，被他发现的还有后来成为春晚“主心骨”的阎肃。

黄一鹤也是军人出身。1949年，15岁的黄一鹤参军，在解放军某文工团从事文艺工作。一年后，他参加了抗美援朝战争。后来，军一级文工团解散，黄一鹤转业到中央电视台，成为一名电视编导。

首届春晚大获成功后，他又陆续执导了四届春晚，被誉为"春晚开山鼻祖"。

那一年，黄一鹤无意中看到北京电视台有个栏目《家庭百秒十问》，觉得这节目办得不错，一打听，是阎肃参与策划的，就诚邀阎肃加盟央视春晚团队。这一邀，就有了阎肃与春晚20多年的情缘。

"做电视文艺跟古代文人一样，就是要心怀百姓，不能从自我好恶出发，要真正了解观众喜欢什么。春晚跟一般的晚会不同，它是一个系统工程，里面包含社会学、心理学等。观众累了一年了，全家人围在一起看春节联欢晚会，这里有高兴的心情，也有积攒了一年的烦躁。节目如果全是隔靴搔痒，他们怎么能喜欢？要从节目上关注他们的心理创伤，跟百姓坐在同一条板凳上，他们才能喜欢。"黄一鹤关于春晚的定位深得阎肃认同。

而黄一鹤写下了这样的文字，对阎肃的感情见诸笔端：

阎肃是我非常好的良师益友。最早知道阎肃是从《江姐》开始的，最初合作是1986年春晚。我感觉他各方面素质都很好，尤其是人品，非常值得称道。作为具有相当成就的艺术家，他没有架子，包容性很强，对剧组上上下下所有的人，包括司机，都很谦和。在这一点上，应该说他是我的楷模。

他把精确的科学精神带到春晚剧组中来。1986年春晚筹备工作中，我在导演台指挥，其他所有工作都交给他，他就是场内的总指挥。在掌握播出时间这一点上，他把每个节目的时间都精确到秒。当时不像现在，没有数字设备，控制时间主要靠秒表，他就一个一个节目的掐秒表控制时间，并预见到节目时间的伸缩性（有的节目彩排的时候是15分钟，真正演出的时候演20分钟都有可能），从总体上把握时间。

……

我的晚会，只要有他在，我心里就很有底、很踏实，他就像我的主心骨。每当遇到问题，大家都想不出好点子，他就一个人“面壁”，跪在沙发上，看着墙，半天不说话。过一会儿，他就有点子了，和我商量：“老黄，你看这样行不行？”有时点子不理想，他就继续“面壁”，不一会儿就又有了点子。他在工作上也特别勤快，春晚的串联剧本、小品剧本、歌曲创作他都行，他的创作量很大，写了很多东西。

我们在工作中也有碰撞。由于我们俩在艺术上谁也不马虎，在彼此意见发生冲突的时候，都力求说服对方，很少让步。有时争得面红耳赤，有时甚至当天都不理对方了。往往是彼此沉淀一下，第二天才又开始交流。现在想一想，那段生活很值得回味。

阎肃是个老顽童，性格率真。就拿我们俩争论的事来说，其实就像孩子一样。话又说回来，一个艺术家没有那份率真、那份童心，没有追求客观世界真理的天真质朴的感情，杂念太重，就很难在艺术道路上走得远。只有像孩子那样执拗较真、坚持真理、真诚对待艺术，才能做出好东西。

阎肃是个有历史责任感的艺术家。我们在春晚创作中常常交流：不能把春晚搞得轻飘飘的，成为一个纯娱乐化的东西，应该通过文艺节目给人们以启示，告诉人们怎么做是对的。古人说：“文以载道。”我们占用了全国那么多观众那么长时间（春晚时间近5个小时），难道就不应该让大家有所启示和收获，难道就只告诉他们什么可笑？那样就太肤浅了、太低俗了。因此，阎肃在节目设计中很注重教育意义。

他的语言交流能力很强。无论是谁，他都能说到一块儿去，交流得很愉快。他能听懂许多方言，别人都听不懂的，他能听懂，能交流。他几乎能和所有层面的人交流，艺术界和各级领导就不说了，就连做小买卖的、修鞋的、蹬三轮的，他都能谈到一块去。这是一个艺术家观察、体验生活的天然本能。

1986 年春晚，阎肃为演员李婉芬量身定做了一个小品《送礼》。他针对李婉芬能流利说出多种方言的特点，在小品设计中，让她一人分饰多角，在当时给观众耳目一新的感觉，小品演出取得了很大的成功。这也是我国小品创作上的一个突破。

著名豫剧表演艺术家小香玉深情回忆了 1986 年春晚与阎老首次合作的情景：“当时，阎肃老师给我们排了中国第一个戏曲小品《断桥》，这个剧融合了川剧、越剧、豫剧，我还记得，我演的是青蛇的角色。这个会串首次将戏曲与综艺进行了创新编排，在当年具有划时代的意义。”

1990 年恰逢马年，一组名为《马字令》的歌曲联唱集中了当时许多精彩的歌曲唱段，可谓群星荟萃、精彩纷呈，让观众沉醉其中。这种快节奏的形式在春晚舞台首次亮相后，被争相效仿，开创了晚会表演的新形式。创新这种表演形式的人正是阎肃。

与歌曲联唱相媲美的还有戏曲联唱《拷红》。阎肃这个点子被公认很好，但是，红娘在京剧里是个花旦，找谁呢？越剧、豫剧的演员里这么年轻的红娘哪去找？

后来春晚剧组想方设法找来了唱越剧的李玲玉，唱豫剧的小香玉，唱黄梅戏的吴琼，还有个京剧演员，最难找的是老妇人这个核心人物。

他们开始找了一个演员来，剧组第一次审查都没通过。演员很好，但是表演喜剧不行。

后来，阎肃亲自出马去找赵丽蓉，但是赵丽蓉在电视剧组拍戏，来不了。他又去中国京剧院找，北风凛冽的冬天，他骑着自行车穿街走巷。

这年春晚第一个难题就是如何打破历届春晚的模式。阎肃绞尽脑汁，终于想出了一个有意思的方案。

他提议，春晚创作组搞黄、蓝、红三个队竞赛，每队分别负责戏剧（小品）、曲艺、歌舞，你一个节目，我一个节目，互相咬着上节目，把竞争机制引入春晚，自然产生矛盾，也有了优劣比较。这充分体现阎肃是搞戏剧的，就是离不开矛盾冲突，有了矛盾，晚会就好看了。

这个想法点燃了整个春晚。

著名喜剧表演艺术家王景愚对当时的情景历历在目：

1990年春晚这么紧张的时候，有时大家凌晨2点才睡下，阎公回到屋里又开始新的战斗，就是北京电视台约他写的一个系列歌曲。这个对别人是压力，但他越战越勇，有泰山压顶不弯腰的精神。最独特的就是把越剧、豫剧、京剧、黄梅戏加入四个红娘，把各地的戏曲都包括进来，称为地方戏曲联唱《拷红》，作者就是阎老。《北京的桥》《前门情思大碗茶》《唱脸谱》等一系列歌曲的创作时间就是春晚筹备的这段时间。有时他中午不睡觉，晚上不睡觉，就为写这个北京系列。那段时间，他平均只睡两三个小时。我太佩服阎公了，他能倒头就睡，起来就能战斗，是特别坚强的优秀战士。或许真的应了一句话：共产党员是特殊材料制成的。最后，北京台在1990年春晚之后把这台晚会推出来，全是阎公作品。现在看来，北京台那台晚会系列歌曲个个是经典，真是不得了。如果问阎公这种神奇哪里来？我回答得真实一点，真的不知道！

1985年他正在筹备央视的春节晚会时，家里来电话说母亲病危。他向导演黄一鹤请假，刚要买票，家里来电话说，母亲已经去世。他的四弟说："你要忙就别回来了，回来也见不着了。"

就这样，阎肃忍着悲痛，没有回家。那年春节晚会，阎肃把母亲辞世的难过心情静静地收起来，全身心投入到工作中去，为千家万户送去欢乐和祝福。

阎肃和黄一鹤还有一个相同之处，那就是对好作品都有惜才、爱才的伯乐情怀。

阎肃后来回忆说："当我看到好的作品，就会有一种冲动，想把它推出去，让人们都知道它，都欣赏它。《常回家看看》就是被我推上春晚舞台的。那年，歌手陈红拿着这首歌找到我，当时我一看就觉得是首好歌，牵动了中国人的爱家情结。当时，我是春晚的总策划，我就把这首歌推荐给总导演陈雨露，她也觉得特好。后来，歌曲在春晚演出后，反响强烈，感动了很多人。这样的事，几乎在我策划的每届春晚都会发生。"

阎肃除了当伯乐，还有很多时候要当"恶人"。

他负责掐秒。为了确保零点钟声敲响前，正好把节目演完，可能就会临时决定节目是不是拿下。节目是可以提前按分秒来计算好的，但在演出中，有诸多无法控制的因素，比如，小品、相声等语言类节目，因为现场观众的反应很强烈，演员的语速就会比排练时相对慢一点，时间就拉长了，就会占用其他节目的时间，因此阎肃不得不临时决定撤掉哪个节目。

关于这份为难和遗憾，他对记者这样说：

您说砍谁呀？确实很为难。我一直记得砍掉的是什么节目。印象特别深的是砍掉一个6个大学生的辩论会，很精彩的一个节目，9分多钟。他们都对自己父母、亲戚、朋友说了，我上春节晚会了，您等着，11点左右您看。可我这会得去通知人家，您不用上了。我去通知的，这几位马上就哭了。我顾不上劝啊，因为同时还得给主持人说，给灯光说，给18个单位，方方面面的有关负责人都得通知到，完了以后才能保证那个节目跳过去，接下一个节目。这样来保证零点钟声准时敲响，哪个环节出一丁点儿岔，后果都严重。每一年差不多都要砍掉一两个节目，我十分为难！说实话，这特别难，太难了！

除了策划、组织和撰稿，阎肃还亲自登上了春晚舞台。那是2011年春晚，开场舞《回家过年》点出主题。节目一开始，剪纸式的幕布拉开，极具中国特色。

韩庚、董洁、殷桃、周冬雨、窦骁等几位演员扮成回家的乘客，从乘坐的“和谐”号列车上走下来。他们中既有时尚青年，也有返家的空姐，有带着孩子的妈妈，还有一起回家的情侣。

和往年的开场舞注重年味相比，这个节目充满温馨、浪漫、时尚的气氛，不仅表现出了年味儿，也表现了不同类型的人群迎接春节的喜悦心情，打破了往年纯歌舞性质的开场模式，演员们还直接跑到观众席上和观众互动。

更大的亮点在节目最后，80岁高龄的阎肃站到了台上，他用浑厚而温暖的嗓音大声问：“都到家了吗？”现场观众齐声说：“到家了！”

阎肃慈眉善目的笑容，加上一句贴心的问候，让坐在电视机前的几亿中华儿女体会到了家的温暖。

随后，阎肃现场客串年俗专家接受周涛的采访，教大家如何写春联、拜年等，春晚的序幕正式拉开。

观众盛赞这年春晚的开场桥段特别给力。

2015 年春晚，由冯小刚接棒导演。堪称春晚"老江湖"的阎肃老爷子已经 84 岁高龄，他位列顾问名单榜首。有意思的是，在本届春晚幕后班底中，张国立、刘恒、印青、赵宝刚、阎肃都是属马的，冯小刚和冯骥才名字中也有马字。冯小刚笑称这届春晚是"驷马难追"。

开新闻发布会的时候，一身空军蓝的阎肃上台致辞。

阎肃一上台先来了段打油诗："春晚不好搞，多亏有冯导，为了过好年，拼了。"

他笑称很怕媒体朋友在春晚播出前来个大揭底，还没看春晚，就已经知道了春晚的全部看头，就像看球赛提前知道了比分。

"全世界任何演出都架不住这样的大揭底，今年能不能留个余地，留个悬念？"阎肃在现场恳求道。

他的话引发会心的笑声。

春晚团队都熟悉阎肃的一个习惯：开策划会时，阎肃有时会眯着眼听，别人或许以为他睡着了，但其实他的耳朵竖着，说什么都听得见，也都跟得上。春晚筹备阶段，阎肃病倒，剧组前后看望过三次。他在昏迷前，还就晚会架构与剧组有数次电话、短信沟通。他建议 2016 年春晚一定要接地气，希望 2016 年春晚以一种放松的心态"备战"，让更多的观众参与进来，在直播过程中适当增加与观众互动的环节，拉近与观众的距离，实现荧屏上下的共同联欢。谈及语言类节目，阎肃认为语言类节目适合在"小场子"

中表演，这样氛围会比较热闹。另外，他对魔术类节目也特别感兴趣，称魔术类节目是观众喜闻乐见的节目，自己看魔术时会“关注每一个细节”。

央视春晚原总导演邓在军表示：“我们都离不开阎老，他的文学功底很强，写出来的作品能让你回味，每一句话都有深邃的意境。”

2016年大年初二，猴年春晚剧组给病榻上的阎老发去了拜年短信：“阎老您好，给您拜年啦，给您全家拜年啦！希望您能早日康复，特别想再次听到您那爽朗的笑声。”

但是，这个美好的祝愿未能实现，阎肃静静地、永远地告别了春晚。

02

一鹤冲天是肃老，群星拱月唯先生

正因为博采众长、睿智有道，阎肃成了重量级策划人，先后为许多重大文艺活动担当艺术顾问、总策划或者总撰稿人。不管是音乐、舞蹈，还是小品、戏剧，在各个艺术门类中，阎肃都是“点子大王”，都能提出恰如其分的意见，给出新招，让大家佩服得五体投地。

这不仅是水平，更是一种胸怀。有的人有点子不说出来，因为点子可以直接转化为作品，说出来了就是给别人了，别人出作品也和自己没一点关系了。阎肃无论在什么场合，总能敞开胸怀，无私地面对大家，只要他有点子，肯定说出来。他经常把他的经验和思维财富无偿提供给别人，为别人的成长提供养料，有的直接转化为别人的作品。

有人把他比作文艺界的“定海神针”，大家都愿意与他合作。

作为一名军人，阎肃投入最多的当属“双拥”晚会。从一名“双拥”晚会节目创作者到整台晚会主要策划者，多年来深度参与到晚会每一个环节，他和这台晚会感情笃厚。

即便到了耄耋之年，须发皆白，每年闻听“双拥”晚会的召唤，他总是青春做伴再出发，满腔热忱奔赴军旅文艺的最前线。

任何时候，他都毫不掩饰对“双拥”晚会的热爱，对军队文艺队伍茁壮成长的喜悦，说到兴奋处常常仰面朗声大笑。

“‘双拥’晚会主题很清晰很集中，就是人民军队在年终岁尾向伟大祖国和老百姓的一个交代和汇报，歌颂祖国建设新成就，讴歌军民共建新成果，展示军队的宏大抱负和坚不可摧的强大力量，让功勋卓著的老干部看了倍觉欣慰，让普天下的老百姓看了心里踏实。”

从 1990 年首次推出，“双拥”晚会就再也没有中断过，每届晚会都以深刻厚重的主题思想、雄浑壮美的军旅气派、严谨细致的创作态度、脚踏实地的艺术创新，赢得广大观众及部队官兵的喜爱，成为每年春节期间首都文艺舞台上一道亮丽的风景，更成为一个具有广泛影响力的著名文化品牌。

“双拥”晚会始终与阎肃的名字联系在一起。阎肃认为，“双拥”晚会“命题作文”式的创作路数，给全体主创人员带来巨大挑战和压力。可以说，晚会主题年年如此，表现手法却必须花样翻新。

“创作晚会就像厨师张罗一桌丰盛的宴席，需要色香味俱全，需要照顾到各种不同口味。中国人历来重节庆，新年到来亲朋好友凑到一起撒个欢儿、叙叙旧，畅想来年好运程。这种情绪放大到国家和军队层面，就是‘双拥’晚会的立意和寄托。要在 90 分钟时间内，从容铺开鸿篇巨制、编织锦绣诗章，是对编、导、演各环节智慧的极大考验。”

在“双拥”晚会上与他合作过多次的黄宏回忆：

我作为一个喜剧演员，在这一点上深有感触。在我们业内有一句话，叫曲艺小品节目最怕“对面审贼”，也就是说，领导审查这一关非常难过，因为没有观众，没有笑声和掌声陪衬，喜剧节目会显得十分“干”。每到这时，坐在审看席的阎肃老师，总会发出朗朗笑声，为我们捧场。他的笑既会影响审查的领导，更会为被审查的演员带来自信。每到这时，我们心里都会涌出这样一句话：“老爷子真好！”更重要的是，他的笑点是那样的准确，该笑的地方笑，不该笑的时候他绝不无原则地苟同。

记得2009年的“双拥”晚会，演出地由中国剧院挪到了人民大会堂，这对喜剧小品是一个巨大的考验。那年我们创作的小品是《乡村喜事》，由于舞台过大，小品的创作构思以及表现形式都需调整。第一稿很不顺利，审查后领导不满意，我们也不满意。会上阎肃老师说了这样一句话：“目前看这个小品是这台晚会的短板。”老爷子这句话很重，他轻易不说这样的话，话一出口给我们创作组带来巨大的压力。这就意味着，这个节目可能会被拿下。我们知道，一旦被拿下，今后在人民大会堂举行的“双拥”晚会，很有可能就不再考虑语言类节目。为此，我们回到宾馆，连续奋战，三天三夜没有合眼，剧团的领导拎着慰问品到宾馆为我们加油打气。几天后的审查，我们拿出了一个全新作品《乡村喜事》，尤其是结尾，“农-123456”的车牌把小品推向了高潮。……观众满意了，阎肃老师也笑了。记得走出剧场时，我跟他悄悄地开了句玩笑：“阎老，这回我们算长板了吧？”他说：“你们的节目上来了，新的短板又出现了。”这句话一直留在我的心中，我想，在一些重大晚会演出中，如果没有阎肃老师这样有水平、有责任感的大家在艺术上把关，我们的短板真的会被“放水”。

对广大观众来说，“双拥”晚会除了推出一系列经典作品，在舞美、服装、灯光等方面也下足了功夫，一年年挑战观众的视觉极限。在阎肃看来，“双拥”晚会非常节俭，几乎是所有大型晚会中花费最少的。举全军之力举办这台晚会，好钢都使在了刀刃上。

导演组把最难写的压轴节目派给阎肃也成了常态，他也总是笑呵呵地应承下来，以最快的时间交上满意的词稿。有一年的题目是《旗帜颂》，对这个宏大的命题，谁都觉得难以入手，可是阎肃的歌词一出手，大家都觉得眼前一亮，想不到他是这样起笔的：“我在你心里，你在我心上，我们的青春伴随着你纵情翱翔。同心复同德，祖国要富强，我们的生命伴随你升腾飞扬。”歌词把旗帜的抽象概念赋予了拟人化的形象，又通过第一人称的口吻娓娓道来，朴实的语言蕴含着高远的意境和深厚的情谊，让人不能不叹服他的大手笔。

“每届晚会主场演出之日，就是下一届晚会创作酝酿之时。晚会大幕落下之前，我们始终捏着一把汗。”阎肃兴奋地逐一点评晚会节目：无伴奏男声大合唱《天路》是天籁之音，百听不厌；男子集体舞《沙场雄风》豪气干云，精彩之至；杂技《星空之恋》是一首写在浩瀚星空的散文诗，唯美隽永又惊心动魄。

“当然，最精彩的是彭丽媛的《江山》。彭团就是彭团，她的风采气度就是不一样，我和全国观众都等着看她在‘双拥’晚会上的压轴表演。”阎肃对真正的艺术家和高水准的节目从不掩饰发自内心的欣赏。

参与策划了这么多届春节晚会，阎肃对 1989 年的元旦晚会《难忘的

1988》情有独钟，他说那是他最满意的一台晚会。

此前的元旦晚会都平平淡淡，中央电视台总想将精彩的压轴戏留到春节晚会时演出，筹备元旦晚会时没有太多的精彩节目可供选择。

阎肃说："我只能在晚会节目的串联方式上下功夫。"他从那年美国总统候选人迈克尔·杜卡基斯和乔治·布什的电视竞选演说中受到启发，把他们辩论中的一些妙语借用到元旦晚会中来。于是，出现了由陈佩斯、朱时茂为争夺晚会主持人而进行的带有政论性和思辨色彩的"竞选演说"，通过几个回合，造成一个小高潮，巧妙地把节目串联在一起。由于朱时茂和陈佩斯本身的魅力，也由于他们辩论的内容涉及广大观众普遍关注的社会问题，因而引起了观众强烈的共鸣和参与意识。这不能不说是阎肃的匠心独运。

为此，当年的中国电视"星光奖"评奖时，专门为阎肃设立了一个"优秀撰稿奖"。

让屈塬记忆犹新的是那一次和阎老朝夕相处长达 8 个月的活动。在阎肃的艺术生涯中，这段经历尚不为更多人所知。

那是 2005 年 6 月，总政领导决定组成"中国人民解放军艺术团创作策划核心组"，参与奥运会开、闭幕式创意方案竞标。这个创作组由军队艺术家组成，阎肃是艺术顾问。

创作组集中住宿，夜以继日，节假日无休地工作。屈塬担任这项活动的文学统筹，得以和阎肃这位他素来敬重的前辈长时间朝夕相处，为形成竞标方案的文本一起苦思冥想、殚精竭虑。

这是一项没有名利、只有奉献的任务。

阎肃几乎放弃了所有的个人活动，谢绝了各类社会文化活动的邀请，为方案的形成付出了大量心血，提出了许多有价值的创意。

大半年时间里，阎肃参加了全程活动，就连创作人员基本不了解的工程技术项目论证，他也从不缺席。创作组最终拿出了一份有分量、有价值的方案，受到奥组委领导的高度赞誉，这一结果与阎肃的带动和感召不无关系。

国内外 13 个团队参加奥运会开、闭幕式方案的竞标，解放军团队是最后 5 家竞标团队之一，一些重要的创意在奥运会和残奥会开、闭幕式上得到了呈现。

屈塬说，这项重要的活动，阎肃功不可没。奥运会开、闭幕式的成功举办，也凝聚着他的心血，闪烁着他的智慧。

当时间进入 21 世纪，伟大的祖国和民族坚韧、坚强、坚定地行走在波澜壮阔的复兴之路上。这一个甲子的锐意进取、艰苦奋斗，这 100 多年的上下求索、奋发努力，如何通过伟大的文艺作品阐释、表达和记录？

好歌成为时代前进的号角：

山弯弯，水弯弯，
田垄望无边。
笑甜甜，泪甜甜，
一年又一年。
燕子飞，蜜蜂唱，
坡前柳如烟。
风暖暖，梦暖暖，
这是我家园。

最难忘，最难忘，

妈妈脸上又见皱纹添。

哦，哦，这是我家园，这是我家园。

《复兴之路》开篇曲，是华夏儿女艰辛拉犁的身影出现在遥远的地平线，身披白纱的美丽少女挥动着五星红旗与白鸽一起飞过蓝天，一曲由阎肃作词的《我的家园》如天籁般传来。

近600个日日夜夜，社会各界关于大型音乐舞蹈史诗《复兴之路》的种种猜想和期待，在惊奇、震撼、沉思、激动中，化为激情的旋律、浪漫的画卷、丰富的色彩和绚丽的诗篇。

2009年9月20日19时30分，北京人民大会堂，新中国成立60周年来，表现中国历史跨度最长、内容最丰厚、规模最宏阔的一部大型音乐舞蹈史诗诞生了。

它是亲切温馨的描绘，它又作恢弘磅礴的渲染，它有平民大众的视角，它还表现英雄主义的大我境界，它是历史悲情的陈述，它更是时代豪气的张扬。

169年沧桑巨变的中国近现代史，浓缩在两个半小时的鸿篇巨制里，浓缩在人民大会堂的“尺方”舞台上。浪漫的呈现，深情的诉说，吹响了奋进的号角；燃烧的心声，激扬的旋律，呼唤着神圣感、光荣感和使命感。

成功的背后，有着多少汗水和泪水，付出了多少努力和艰辛，阎肃刻骨铭心。用他自己的话来说，真是“一路发烧般地”倾情创作，却始终热度不减、精度不减。

曾记否，纪念新中国成立15周年，大型史诗《东方红》诞生。

曾记否，纪念新中国成立35周年，大型史诗《中国革命之歌》诞生。

如何通过舞台艺术的形式，生动形象地反映一系列重大历史主题，并像当年《东方红》一样有很强的艺术性、观赏性，受到人民群众的欢迎？

大型音乐舞蹈史诗《复兴之路》灵感来源于同名展览和电视专题片，但是，能否在一部两个小时左右的大型音乐舞蹈史诗里反映出 1840 年以来 169 年之长的历史跨度？

从创意提出到项目论证，从案头创作到舞台呈现，孕育了整整两年。然后，一个汇集了全国极具权威的领导小组和顾问组应运而生。

领导小组成员包括中宣部、中共中央文献研究室、中共中央党史研究室、文化部、广电总局、解放军总政治部、北京市委等方面的领导同志，文化部部长蔡武任组长，顾问组则由周巍峙、金冲及、张海鹏等文艺界、党史界、历史学界享有很高知名度、具有丰富经验的专家组成。

中央领导对创排大型音乐舞蹈史诗《复兴之路》高度重视和关心。2008 年 3 月，有关部门传达了中央领导同志意见，批准了这个项目，同时提出"这是大型创作团队，由党和政府组织实施，解放思想，锐意创新，把《复兴之路》打造成可以传世的精品力作"，"争取'人民满意、中央满意、国际社会好评'"。

10 月，中共中央、国务院决定，演出大型音乐舞蹈史诗《复兴之路》，作为 2009 年国庆重点宣传活动之一。

距离公演不到一年，从主旨脉络、脚本创作到舞台呈现都还是一张白纸！

总指挥陈晓光与总导演张继钢紧急磋商，在确定文学组、音乐组和编导组等主创团队之前，设立了由阎肃、任卫新、孟卫东、王晓岭、刘星、鞠毅、沙晓岚等 14 人组成的核心创意组，展开主题策划和框架创作。

阎肃又以 79 岁的高龄，领衔文学部主任。在北京西山脚下的小院里，核心创意组整整关了两个月。

除了大量观摩《东方红》《中国革命之歌》以及国内外历史、艺术资料，参观主题展览，邀请著名专家举办中国近现代史和中共党史的讲座之外，就是不断地斟酌，完善创意。

是 169 年的历史，还是 100 年的历史？

重点是革命史，还是改革开放史？

绝大多数方案写完了，又扔进了废纸篓，过程异常艰辛。面红耳赤的争论是常态，在“头脑风暴”的剧烈碰撞下，《复兴之路》的创作主旨日渐清晰起来：

以中华民族 169 年来的探索、奋斗、发展史为线索，多方位、多层次、多角度展现中华民族救国强国的伟大复兴之路。通过舞台艺术的形式，很好地体现和回答一个重大主题：是历史和人民选择了马克思主义、社会主义和中国共产党，是中国共产党领导中国人民走上了翻身解放的道路，走上了社会主义革命建设的道路，又走上了改革开放和现代化建设的道路。要理直气壮地说明：只有社会主义才能救中国，只有改革开放才能发展中国，从而坚定全国人民走中国特色社会主义道路的决心和信念。

对整个剧本的思想立意，阎肃始终坚持“党”字当头，他说：“咱受党教育多年，干什么事心里要有个尺子。”这些是他不断学习的结果。他不断研读党和国家方针政策，每天阅读《空军报》《解放军报》，收看政论性电视节目成了他的必修课，晚会策划过程中一些常识性的“硬伤”就被他消灭在萌芽中。他说：“我不是理论家，不是政治教员，我没有多少理论，但必须知道理论，必须有理论思维。”

他提出，《复兴之路》的创作要与党的两个《决议》和中央精神一致，体现出“三次革命”的思想，同时要处理好 100 年和 60 年的关系，重点突出中国特色社会主义道路。

在草案推倒了12次之后，核心创意组对《复兴之路》的创作理念、风格、艺术视角和表现的切入点、总体结构，具体章节的划定以及所要表现的重要历史事件和人物等问题形成了初步方案。

创作脉络基本成型，即以史诗为架构，舞蹈音乐为血肉，充分调动包括昆曲、话剧、朗诵在内的一切艺术手段。

总体结构，包括5个重大的切入点：1840年、1921年、1949年、1978年、2009年，突出表现两个重要的历史命题——在表现重要的历史时期中突出表现中国共产党的历史作用，在表现波澜壮阔的历史进程中突出表现今天这一走向复兴的伟大时代。

经过20多次的补充和修改，初步形成了给中央领导的汇报方案。

2009年1月22日，陈晓光总指挥、张继钢总导演和以阎肃为代表的核心创意组，向国务委员刘延东和文化部部长蔡武汇报《复兴之路》的创意方案。2月13日，他们向《复兴之路》顾问组汇报方案，参与了《东方红》《中国革命之歌》的周巍峙、乔羽、金冲及、张海鹏等人提出了他们的意见。2月26日，张继钢和任卫新、孟卫东等人到中南海向新中国成立60周年国庆领导小组组长李长春等高层领导汇报修改后的方案。

元宵晚会上，组委会安排阎肃和胡锦涛总书记坐在一起，让他向胡锦涛总书记介绍一下《复兴之路》的进展情况。阎肃后来回忆说："那次晚会，胡锦涛总书记和我基本上都没怎么看节目，聊得很开心。"

3月19日，张继钢和阎肃、任卫新等人再次前往中南海，向中央政治局常委们汇报方案，胡锦涛总书记听完汇报方案后表达了"人民满意、中央满意、国际社会好评"等期望，要求他们务必"打造精品力作"。回到驻地后，张继钢将胡锦涛总书记的指示张贴在会议室里。

3月23日，在文化部301会议室里，刘延东向核心创意组成员和各部门负责人发放带着国徽的聘书。这份《复兴之路》文学部主任的聘书一直被阎肃珍藏着。

《复兴之路》从此结束创意策划工作，由核心小组在全国范围内包括中直、军队和地方文艺团体遴选、调集文学艺术各个门类的创作中坚力量，所有的人接到聘书后确保专职、专心投入创作。

数次向中央政治局常委的汇报，都由阎肃主讲。在台上汇报的时候，他整个人收放自如，该朗诵朗诵，该表演表演，声情并茂，感染力非常强。

在司机赵善的印象中，阎老干什么事都特认真。《复兴之路》撰稿完成后，阎肃奉命写总结，写完了让司机送到文化部去。车到半道上，小赵司机接到阎肃打来的电话，让他返回。阎肃说，有一个字写错了，烦躁的“躁”应该是“足”字旁，他写成了“火”字旁，得改过来。

作为核心团队的灵魂人物，他还亲自出山，接下了最重头的创作任务——开场歌曲《我的家园》。他说：“用历史感悟未来，用艺术鼓舞人民，是《复兴之路》的创作使命。”

与以往不同的是，这个项目的要求太高，因此，在创作过程中，几乎每一首歌都是一个个字一句句话抠出来的，经过严格的“品头论足”。在这里，没有资历，没有名气，没有面子，只有作品。

阎肃和八一厂的剧作家刘星同时受命，各写了《我的家园》歌词。刘星的歌词里虽有“回家的路千里不远，看家的心万代不变”这样的佳句，但在阎肃“山弯弯，水弯弯，田垄望无边。笑甜甜，泪甜甜，一年又一年……妈妈脸上又见皱纹添”的自然、贴切面前，就被舍弃了。对此，刘星心悦诚服。

阎肃后来撰文回顾了这个过程：

从1840年到2009年，169年的宏阔历程，如何在两个多小时里张弛有序地、准确生动地呈现在舞台上呢？三次伟大的革命，一个半世纪悲天恸地、翻天覆地、改天换地、惊天动地、欢天喜地的壮丽图景，如何展示呢？常见的手法是诗朗诵加歌舞串烧加美丽伴舞加华服美景似断似连地从头传下来，这行吗？……于是，争论、叹气、茫然、困惑、兴奋、沉默、焦急、冲动、否定、否定之否定，山重水复、柳暗花明、再度山穷水尽……一路发烧般走过来，然而始终热度不减，精度不减，大任在肩，必须不辱使命。

就拿序曲《我的家园》来说，它既简单又不简单。创作一个能够拖带这样一部宏大主题的序曲，这种感觉并不好找。太实不行，太虚也不行。其创作过程，也是众里寻他千百度。这个序曲是成功的，它能够让人直观地感受到中华民族文明的源起。五千年来，我们的祖先就是这样辛勤地耕耘在这片土地上。像一个人一样，文明是有生命的，他从童年一步步走来，在这个过程中，形成了我们的中华民族。五千年的文明史就是这样孕育的。这是我们一切进程的依托，就如同一切生命的繁衍生息，一切伟大的创举都必须依赖脚下的这片土地。这是对家园的礼赞，是对文明的礼赞。这种意境把《复兴之路》给带出来，169 年的历史，无数可歌可泣的英雄事迹，都是人类历史长河中的一个瞬间，这其中折射出的精神如同大地一样古老，如同时空一样永恒。

一切经典的作品都是时代的产物，无不打上时代的印记。"诗文随世运，无日不趋新"，时运交移，质文代变，歌谣文理，与世推移。《我的家园》勾勒出的和谐画面，正是我们今天大时代的主旋律，能够让人直观地感受到幸福的真谛。

创作，与其说是一种创造，不如说是一种寻觅——寻觅人们心底的声音，聆听社会的呼吸，扣准时代的脉搏。思想解放、经济发展、政治昌明、教育勃兴、文艺繁荣、科技进步，这些都是在中国特色社会主义道路上，几代人矢志追求的现代化梦想和民族复兴进程。

阎肃深知，艺术作品不是描述这些事情本身，而是刻画这些带给人们内心的幸福感。一种平淡自然的幸福感、亲切感、眷恋感，无须任何刻意的装饰和渲染，在低吟轻唱中撩拨心弦。

这种幸福感就存在于平凡之中，一如我们脚下的这片土地，播种、收获、宁静、和谐。

共产党人所追求的，就是为了让人民获得这种恬淡自然的幸福感。平凡的幸福，做人的尊严，是我们始终如一的精神诉求。在这种追求的背后，是共产党人为了民族复兴而翻越的万水千山和经历的风风雨雨。

“大者含元气，细者入无间”，“把视线拉远，让情感走近”。在阎肃和整个团队倾力打造下，最终呈现在舞台上的《复兴之路》有着浓烈深沉的情感表达、深入厚重的历史陈述、丰富多变的视象呈现、唯美诗化的舞台意境。彭丽媛、吕继宏、毛阿敏、阎维文、殷秀梅、韩红、王丽达、雷佳等歌唱家，山翀、玉米提等舞蹈家，鲍国安、田华、陈铎、丁建华等老艺术家的倾情加盟，让这部音乐舞蹈史诗群星璀璨、光芒耀眼，生动再现了中华民族在危难中崛起、在拼搏中奋进的光辉历程。它既是一部红色文化经典和爱国主义教育品牌，又是一场震撼视听、涤荡灵魂的历史大课。

《复兴之路》于 2009 年国庆 60 周年之际在人民大会堂首演，并连续演出 13 场，成为国庆 60 周年一道备受瞩目的文化景观，得到了党和国家领导人的高度评价和中外观众的热情赞誉。

接着，《复兴之路》移师国家大剧院，连续演出 80 余场，以 100 场的演出场次，累积 20 余万的观众人数，创造了新中国艺术演出史上的光荣纪录。

之后，中央歌剧院继续《复兴之路》音乐会的全国巡演征程，让各地观众都有机会聆听到这一历史与艺术的深层对话。

陈晓光说："考虑到阎肃的年龄，我本想让他做顾问的，可他坚持要求到创作一线去。那一年，他起早贪黑，一丝不苟，创作的《我的家园》《马兰谣》艺术效果特别好。"

2015 年 9 月 3 日，是一个特殊的日子，一个庆祝胜利的日子，一个举世瞩目的日子。

9 月 3 日上午，天安门广场的大阅兵，充分展示了国威、军威。

当晚，在人民大会堂举行文艺晚会，这无疑是一次软实力的"阅兵"，是一次文化的"阅兵"。在这纪念胜利的时刻，我们太需要一台具人文情怀、含深刻思想、集听视觉强烈冲击的高艺术品质的晚会了。

临开演半个小时，阎肃在第三十二排的调音调光台前坐了下来，这是给主创人员留的专座。此时的氛围是轻松的，观众席上不停地有人递来一份份节目单，让他签名。和往常一样，他来者不拒，签得特别认真。佩戴勋章的老战士们也和大家一起合影留念。但没人注意到，此刻的阎肃眼神里透着疲惫，他，太累了。

这台晚会以它大气磅礴的中国气派、中国精神、中国风格，激情呈现了抗战精神，达到了震撼人心的史诗性艺术效果。很少有一台晚会能够获得观众的一致点赞，但《胜利与和平》却在形式和内容上征服了所有的观众。

没曾想，这竟是阎肃生命的绝唱。

2014 年秋天，在文艺工作座谈会上激情洋溢提出"风花雪月"的阎肃，在会后很长时间还沉浸在兴奋激动之中。带着这种激情，阎肃又作为首席策划和首席顾问投入到了“9・3”阅兵晚会的策划创作之中。

阎肃说：“小时候我就听过、唱过很多抗战歌曲，记得中国军民浴血奋战的台儿庄，还有芷江战役，经历过那个年代的人，忘不了……当代抗战纪念的文艺创作，要增加一点勇敢和浪漫的东西，说到底要有国际视野。”

接受任务的时候他得知，抗战胜利日当晚上演的这台文艺晚会，将和白天的天安门广场大阅兵一样，是一系列纪念活动的重头戏。这是首次用艺术的形式面向世界各国元首和嘉宾展示中国人民长达 14 年的艰苦卓绝的抗日战争。

使命光荣而艰巨，时间却只有短短半年了。

主创人员即刻到位，导演组、文学组、音乐组、舞蹈组、舞美组、视频组宣布成立。阎肃、王晓岭、朱海、刘星、宋小明、王树增、刘麟、赵大鸣，个个都是当今顶级策划创意高手。他们的任务是协同各组在一个半月拿出策划方案，再用一个月完成文学台本。

主题已明确，即中央确定的纪念抗战活动 16 字方针（铭记历史，缅怀先烈，珍视和平，开创未来）。关键是篇章结构布局。当然，这时大家还没有想到未来的舞台样式，更没有料到呈现给观众的将是一台耳目一新的戏剧化史诗巨制。

晚会开场式《胜利》，与《浴血中华》《正义力量》《和平梦想》三个篇章浑然天成，立意高远，不禁让人敬佩艺术家的创作是神来之笔。

殊不知，晚会创作伊始，主创人员恨不得挖地三尺找点子、出创意，承受的压力和付出的艰辛难以想象。大量的抗战史料，厚厚的抗日歌曲集，写字板上罗列的曲目写了又擦，擦了又写。

阎肃作为首席策划和首席顾问，就是关键时候拿大主意、出金点子的人。

在多次召开的策划会上，大家对如何体现抗战胜利这个宏大主题，如何用艺术形式讲述抗战精神，反复讨论，甚至通宵达旦，但还是无从下手，非常焦虑。阎肃认为，宏大的主题不一定端起架子来说教，高雅的艺术样式完全可以还原生活的真实形态，我演你看应变为人人都有的参与感。这是在向以往的惯性挑战，考验的是编导们突破自我的创新能力。

一次，阎肃深情回忆他 15 岁那年在重庆庆祝解放时的情景，全城奔走相告，彩旗舞动，整夜鞭炮不息，大家的创作灵感被猛然激发出来，晚会主题有了——《胜利与和平》，理想中的制高点终于耸立而起。长达 14 年的抗战是为赢得胜利与和平而战，70 年来的发展历程是为捍卫胜利与和平的成果。前事不忘，后事之师。这就是我们纪念中国人民抗日战争暨世界反法西斯战争胜利 70 周年的目的和意义。

策划方案接近完成时传来了一个好消息，中宣部和文化部决定派部分主创人员赴俄罗斯观摩卫国战争胜利日阅兵和庆典晚会。

5 月 9 日晚，阎肃和创作团队坐在红场观礼台上观看了《通向胜利之路》。这台晚会留给他最深的印象不仅是 1.3 万人的盛大阵容，也不仅是把二战时期的火车车厢、炮车、坦克搬上舞台，更是晚会的表演状态和音乐串接方式。俄罗斯民族以其固有的热情浪漫感染着观众，整台晚会的音乐无缝连接，震撼人心，尽管阎肃听不懂他们的语言。

从俄罗斯归来，阎肃和他的团队重新审视了策划方案，决心把中华民族的伟大抗战精神酣畅淋漓地展现给全世界。

王晓岭后来著文详细地还原了这台晚会的创作历程——

于是，我们确定为晚会新创作三首歌曲。

开场《胜利之歌》，描写在胜利的日子里，一名老兵走向英雄雕像。胜利广场上，英雄团队旗帜飞扬，人们欢聚一堂，尽情抒发中华民族百年来第一次全面洗雪外辱的自豪和荣光。

压轴《和平——命运共同体》，铺开21世纪中国“一带一路”的宏伟蓝图，以和平发展、合作共赢的愿景汇成陆地和大海的交响，表达中国人民愿同世界各国人民共建美好家园，开创和平未来。

启承环节《红纱巾》，这首歌取材于一个真实的故事：在日本投降的前两天，一名中国小姑娘只身走进敌碉堡劝降，惨遭杀害。通过这个饱含情感容量的细节，深化了和平是用鲜血换来的思想主题。

这三首原创歌曲把准了晚会的关键节点，以此包容住精心遴选的18首经典抗战歌曲。晚会的三个篇章也就此定型。第一篇章：浴血中华；第二篇章：正义力量；第三篇章：和平梦想。

晚会大框架确立后，接下来的工作是细化流程。此刻我们的思路已完全明晰了：一是必须克服晚会的篇章断裂感；二是必须打破歌伴舞、舞伴歌的陈旧形态。

为此，我们进一步在三个篇章中设计了六个板块，分别是《民族吼声》《抗日先锋》《中流砥柱》《同仇敌忾》《红纱巾》《开创未来》。同时在每一板块的具体节目中，依然采用拼接的方式将两个曲目合理组合。经过这样层层分解处理，做到了“船小好调头”。每一个板块内容相对集中，板块之间自然过渡，单个节目紧凑而有大的信息量，使整台晚会气脉贯通，一气呵成。

为实现以上构想，我们在音乐上采用了不间断的连接方式。过渡段落的舞台切换全部在音乐中完成，以音乐的动机发展引出歌曲的演唱表演，形成波澜起伏、一浪高过一浪的视听效果。

这样的音乐布局，奠定了晚会的戏剧化表演形态。这是我们最终追寻的晚会大格局。关于什么是歌舞晚会的戏剧化，开始是朦胧不清的。这里涉及两个层面：一是演唱、舞蹈、音乐、朗诵、视频、解说能否融为一体；二是歌者、舞者、朗诵者能否是生活状态中的具体人物。只有解决了这两个问题，才能彻底地打破歌舞晚会流于表层的先天不足，形成深刻的思想性、艺术性和观赏性的完美统一。这的确是一个颠覆性的构想，我们坚信只要编导者思路清楚，从编排理念做起，就能贯彻到每一个演员，渗透到每一个情景，涓涓细流必将汇成滚滚声浪。

事实证明，晚会中出现的许多亮点，正是强调戏剧化的成果。比如《松花江上·抗联英雄》，杨靖宇等六位抗联英雄在《松花江上》的深情音乐中大义凛然地诉说，人物栩栩如生，字字催人泪下。再如《到敌人后方去·游击队歌》，以潇洒的骑兵舞，引出一位新入伍的小战士在战斗中成长的过程。更巧妙的是，小战士打出的人生第一枪，又自然引爆了下一段落《铁血雄师》，环环相扣，引人入胜。而《铁血雄师》这一节，是全场的重中之重，反映的是中国共产党领导的八路军在抗战最艰苦的时刻，发动了百团大战，打击了日寇的嚣张气焰，极大地鼓舞了全国军民抗战到底的决心。这是一段激动人心的情景化舞蹈表演，舞蹈队和武术团密切配合，攻城拔寨，所向披靡。指挥员始终挥舞着一面大旗，激励着勇士们向城头冲锋，手托炸药包的攻坚队员连续发起冲击，前面的倒下去，后面的冲上来，气势如虹的场景无比震撼，催人泪下。

晚会的另一个亮点是表现中国远征军走出国门入缅作战，配合盟军击溃日寇。这段表演以静制动、充满张力。远征队员和辎重车辆在深沉有力的《旗正飘飘》歌声中艰难跋涉，不断穿过层层热带雨林。

这时《神圣的战争》音乐插入，视频出现了欧洲战场诺曼底登陆和攻克柏林的画面，形象生动地展示了我们作为东方主战场对世界反法西斯战争胜利做出的巨大贡献和牺牲。

这台晚会是调动包括视频和字幕解说在内的所有手段构成的全景式立体化演出。我们在设计视频时，强调以丰富的史料为主，营造真实的历史氛围，与舞台表演浑然天成。同时，我们也密切关注新闻即时性。在《强军战歌》一节中，视频第一时间播放白天在天安门广场大阅兵的精彩镜头，当习主席挥手检阅三军的画面出现时，全场响起经久不息的掌声。

晚会90分钟的演出，就是在这样波澜壮阔的气势中不断推进。人们称赞说，这是一台堪比大型音乐舞蹈史诗《东方红》的晚会。我们说，这是在伟大抗战精神鼓舞下勇攀艺术高峰的一次艺术实践，是人心所向，正义必胜！

高强度的工作持续了近6个月，阎肃跟着儿孙辈的同行们一起熬夜、吃盒饭，有时实在太累，他就趁间隙拼几张椅子打个盹，“20分钟后又是一条好汉”。老搭档姜春阳提醒他：“老伙计，悠着点，别太累了！”他说：“我还得干！”

当纪念中国人民抗日战争暨世界反法西斯战争胜利70周年文艺晚会《胜利与和平》的最后一个乐音戛然而止，狂浪一般的欢呼、呐喊和掌声瞬间淹没了整个人民大会堂。阎肃腾地一下从椅子上站起来，击掌叫好。近半年的呕心沥血，化作此刻辉煌，阎肃忘情地与大家握手拥抱，共庆成功。

此时已是9月4日凌晨，睡眼惺忪的阎宇摸起电话，还没放到耳边，听筒里就传来老爸浑厚的声音：“《胜利与和平》成功了！老爸这次任务完成了！""搞过上百台重大文艺演出了，咋还这么激动？"在阎宇看来，父亲有点可笑的孩子气。可他心里也暗自佩服，因为"老头儿这是真爱"。

这份真爱，源自理想，源自信仰，源自忠诚。

就在10天后，阎肃住进了医院。在阎肃先进事迹报告会上，阎宇深情讲述道：

爸爸住院第二天召开《胜利与和平》晚会总结表彰会。爸爸接到通知后希望能参加，但医院考虑到他的身体状况，没有允许。从来不求人的爸爸，竟然给我发了这样一条短信："明天下午人民大会堂习主席接见并合影，十分珍惜，希望你能找医院说说……"但最终爸爸这个愿望没有被满足。爸爸虽然很遗憾，但也没有强求，乐呵呵地在病房看直播，边看边指着电视画面说："我要是去了，准在这个位置！"这些天，到《新闻联播》的点我都会给爸爸打开电视，把音量调大，真想他能起身和我聊几句，哪怕是像我年轻时那样，再冲我发通火也好啊！

总结表彰大会的"大合影"没有他，但他忠诚党的文艺事业的功绩和口碑，却深深印在大家的心里。这台晚会成为阎肃最后的工作时光。他把生命最后一缕光洒在了他热爱的艺术舞台上，悄然谢幕。

央视《艺术人生》栏目主持人朱军说："《艺术人生》想给他做一期节目，请了他十五年，他都说自己不够格。现在他走了，成为遗憾！"节目组首开先例，做了一期没有当事人亲自到场的节目，以表示纪念。节目通过一件件具体事例展现阎肃高尚的品格和精神，让观众感受其值得尊敬和怀念之处。朱军回忆说：

无论镜头对准哪个采访对象，又总觉得阎老仿佛就坐在他们身边。只要一提起阎老，每个人的脸上不自觉地就泛起一层暖融融的笑意；只要一提起跟阎老的共同经历，就有说不完的故事，脱口而出的就是无数令人动容的细节。春晚老导演黄一鹤已经多年不接受采访，但一听是为阎老，二话不说就答应了我们的邀约。曲作家姜春阳老先生已经86岁，关于阎老的故事，老人在灯光下足足为我们讲述了三个小时。而阎老的妹妹阎志翔，面对着我们的镜头毫无保留地说出了与大哥之间多年的心结。交谈中，每一次当我凝视着面前那些或是神采奕奕或是泪光闪闪的眼睛，就会在心里对老爷子增添一份敬畏，也会对老爷子多一份感激。

对于人们漫长的一生来说，一部纪录片无论涵盖多少角度，跨越多长的人生历程，都永远是无可奈何地片面而充满遗憾的。但如果通过我们的挖掘，能够唤起人们关于阎老，关于阎老的作品，关于那些逝去的美好时光的记忆；能够留下一部可供喜爱阎老的人随手翻阅的小记，让我们在想念他的时候可以随时拿出来看一看，就是我们的初衷，也是对阎老最好的缅怀。

03

落红不是无情物，化作春泥更护花

在中央电视台的“青歌赛”中，曾多次与阎肃先生一起坐在评委席上的余秋雨说：“讨论阎肃先生，我要提醒大家注意一个惊人的奇迹。”

什么奇迹呢？那就是按照他的高迈年龄，他早已不应该是各个电视台的邀请对象。事实上，与他年龄相仿的老人，不管是艺术家还是学者，都不会颤颤巍巍地在镜头中担任评委、导师了。令人惊讶的是，他却频频出镜，十分活跃。而且，各个电视台也总是把他列为热门的一线邀请对象。现在的电视台非常重视收视率，因此，他们的邀请，也可以看作广大观众对阎肃的喜爱。

继而，余秋雨再次设问：“为什么各个电视台和广大观众都会超越年龄的障碍一直喜爱阎肃先生？”可能有人会误解，以为与他的地位有关，与部队有关，与关系有关。其实，只要了解当代社会审美趋势的人都知道，电视镜头前的缘分，与这些都没有关系。正因为与这一切都没有关系，因此他确实创造了一种奇迹。

的确，现在活跃在综艺节目里的老艺术家并不多，但阎肃例外，他在《星光大道》《红歌会》《我要上春晚》《天天把歌唱》《回声嘹亮》等综艺节目中频繁上镜，他那开怀大笑的形象深受观众喜爱。

他做嘉宾、当评委，台上抖个“包袱”，他总是笑得最早，笑得最开。老友黄一鹤说：“我常劝他，有的笑话根本不可乐，还‘哈哈哈’，浪费精力，很伤身体的，80多岁了，不养生。”但他照样在镜头前乐不可支，这对演员是一个激励，对观众是一个引导。

当然，他并非总是乐呵呵的。一次，中央七套主办《我爱唱军歌》比赛，某部队表演合唱，不明真相的观众掌声如潮。担任点评嘉宾的阎肃当场怒斥领队：“这是现场唱的吗？你们分明是在假唱，我为你们感到丢脸啊！”

2011年，阎肃与刘德华、韩红担任《我要上春晚》评委。虽然阎肃年事已高，但精神抖擞，说话利索，也没有落伍，流行话张口就来。

他曾在央视《开讲啦》节目里说，《江南style》《小苹果》等歌曲在网络很火爆，而自己如今只能写个“大鸭梨”了。

我们已经看到了一个老人是怎样适应飞速发展的时代，不断地把共同的价值观包裹在民歌、情歌里分享给上辈人、同龄人和年轻人。

阎肃被誉为真正的晚会达人、多面手。他是一个能经常给对方惊喜的文案高人和“段子手”，奥运、世博这种世界风的歌曲征集，他能当评委；要“中国风”的作品，他也能把握得住。总之，不管对方抛过来什么要求，他都能够接得住、接得稳、接得好，并运用自如使之成为经典，这也是他一直广受尊敬的原因。

他脑子里似乎有一个多线程工作的强悍系统——无论政治性的宣传任务还是各类晚会，乃至选秀节目，他都可以切换自如。

他成了人们眼里的大忙人。很多人不理解，老爷子一把年纪了，为啥还这么拼?

多次与他一起担任节目评委的著名歌唱家蒋大为深知老人家的良苦用心：“他是在依靠电视这个大众传播平台，传播中国传统的优秀文化和艺术真谛。在他眼里，这里不仅是比赛舞台，更是人生课堂。在这个课堂上，面对文艺界浮躁炒作、急功近利、投机取巧、粗制滥造、千篇一律等一系列问题，他努力地用自己的方式，苦口婆心、竭尽心力地劝告青年人走做人做事的正道。”

《星光大道》节目组一直记得，阎肃写给《星光大道》开播十周年的鼓励。他这样写道：“这里有歌声也有欢笑，这里有热泪也有拥抱，这里有真诚没有假冒，这里有草根没有土豪。明月清风伴我奔跑，十载霜雪任我呼啸，并肩担当携手创造，这就是我的星光大道！”

节目组特地发信息，委托参加阎肃先进事迹报告会的朱迅转达他们的心愿：“《星光大道》等着阎老！”

《星光大道》开播十年来，阎肃无偿支持，每年都参加年终总决赛，十年来的总冠军都是他给颁的奖。其实不止《星光大道》,《我要上春晚》《天天把歌唱》《回声嘹亮》等栏目都有阎肃的身影。他是春晚语言类节目审查中著名的"托儿"，演员们看见他坐在下面心里就会特踏实。因为他是行家，懂得"三分演、七分捧"的道理。他总能在最关键的时候用爽朗的笑，带起全场的爆棚。

当然，阎肃付出心血最多的当属"青歌赛"。

始于 1984 年的"青歌赛"是中国诞生最早、历时最长的一项本土原创的声乐电视赛事，凭借科学、规范的评选方法和公平、公正的评选原则，通过 30 年的不断探索实践，形成了业界影响最大、口碑最好、专业水准最高的声乐电视赛事品牌。

有人说，"青歌赛"才是内地电视歌唱竞赛节目的"老祖宗"。歌手通过全国大范围的报名、初选，再通过循环比赛的模式晋级，是如今大多数选秀节目的基本模式，而这种方式早已经被"青歌赛"采用。

在第十五届"青歌赛"的启动仪式开始前几个小时，很多"大腕"还没有现身，一位老者已经早早来到现场。他端着水杯，穿过纷乱嘈杂的走廊，从容地走了过来。他就是在"青歌赛"的历史中，不能不提到的一个人——阎肃。

"青歌赛"经历的所有尝试、改革和变化，阎肃都是亲历者。他亲手扶持了一批又一批的青年歌手，帮助他们在这个舞台展示艺术才华，放飞音乐梦想。彭丽媛、殷秀梅、阎维文、关牧村、韦唯、张也、蔡国庆、杭天琪、李丹阳、王莉、雷佳、刘和刚等众多歌唱家都曾在这个舞台上留下歌唱生涯中亮丽的一笔。

还有像《懂你》《十五的月亮》《绿叶对根的情意》《烛光里的妈妈》《一个真实的故事》《爱情鸟》《中华民谣》等很多歌曲，它们或从"青歌赛"出发，飞扬"中国原创，青歌制造"的音符；或经"青歌赛"的再次演绎，成为流行时尚。那些歌，因为那些年、那个舞台而成为经典，让人们深深眷恋。

关于“青歌赛”，阎肃曾做了这样一个深情告白：

从第三届“青歌赛”开始，我就一直参与其中。不夸张地说，我是看着它长大的，也可以称得上是“青歌赛”的元老了，对“青歌赛”有着特殊的情感。前两天在“青歌赛”的启动仪式上，这种情感再一次被调动出来。

今年恰逢“青歌赛”举办的第30年。我们中国有句古语“三十而立”嘛，纵观“青歌赛”这30年来，它功不可没，只要看一看“青歌赛”的启动仪式就足以说明问题了。这次的启动仪式上，我感慨万分，现场有老中青三代的“青歌赛”评委和获奖演员，有和我一样年过花甲但有着很深的“青歌赛”情缘的“老青歌”，88岁高龄的王昆，依然和年轻人一起手拉手跳起了圆舞曲；培养了很多优秀歌手的谷建芬，尽管行动不方便，但依然从头到尾，一直以一个特殊观众的视角，凝神看完整场晚会；晚会上，至今还活跃在歌坛上有着卓越成绩的李谷一、关牧村、蒋大为等都饱含热情地演唱了各自的经典歌曲。结束时，大为还跟我说：“今天的相聚有特殊的意义。”那些年轻歌手幺红、蔡国庆、林依轮等还专门在晚会上演唱了自己在“青歌赛”上的比赛歌曲，也算是寄托自己的青歌情怀吧。加上坐在台下的即将要登上本届“青歌赛”舞台的120位“新青歌”，如此“三代同堂”，让我不禁感慨，如果30年前“青歌赛”还是个幼苗的话，30年后的今天是不是可以说已经是一棵茁壮成长的参天大树了呢?

谷一同志也说了：“30岁的‘青歌赛’，必须与时俱进、花样翻新。”那天老中青三代同跳《年轻的朋友来相会》，这是“青歌赛”大家庭千载难逢的一次大联欢，也成了“青歌赛”启动仪式上的一种特殊标签！

那咱们就一同期待更多的创新吧。

央视主持人朱迅留学回国之后，就一直在中央电视台工作。一开始也没有得见阎肃的机会，只是常听同事们讲，他是一个大艺术家，没有任何架子，每次来台里，也没有跟班的，别的不带，就抱一个大水杯，笑着说"给口开水就行"。跟他开会是件很快乐的事，他从不说官话套话，只有真话大白话。在团队遇到创作瓶颈时，他几句关键的话总能让大家灵光乍现、豁然开朗。30年春晚，30年"青歌赛"，阎老出了30年的金点子，点亮瞬间无数。

到底是什么时候跟阎老"面对面"的？她已记不清。只记得在一次"青歌赛"的策划会上，她听到阎肃说了这样一句话："上面要有肩膀，有担当；下面要放开手脚，创新求真。虽然众口难调，没什么可怕的，都能扛得住！"这句话让她记忆犹新。

阎肃与"青歌赛"之间的缘分的确久远，按他的话说，除了上台唱歌，大部分重要的环节他都参与过。"青歌赛"中的知识问答，看似与演唱没有直接的关系，但每次的知识问答环节都会变成社会关注的热点，过去担任点评嘉宾的余秋雨，甚至因此一度成了媒体关注的焦点人物。阎肃说："我记得头一两届'青歌赛'中并没有这个环节，是后来才增加的，原因有两个，一个是考察选手的综合素质，另一个是对整个比赛气氛的调节。说白了，如果从头到尾都是唱歌，观众也难免疲劳，是不是？"

在早年的"青歌赛"中，阎肃也曾担任过知识问答环节的命题人，说起出题这件事，他直呼："看起来简单，实际做起来却困难。""头40道题还好出，可是越往后越难，为什么？不能太简单，也不能太难，必须兼顾到选手和观众。一般来说，难度基本定在初中毕业的水平上。"阎肃回忆说，当时为了出题这件事，他还专门拜会了一些著名的学者，请对方帮着一块出题，对方也非常尽心，但最后仍然出现了一些问题。“什么问题呢？答案太长。选手哪有时间站在台上给你做论文，不管是什么类型的题，答案都必须是‘yes or no’模式的。”

2008年3月5日，第十三届“青歌赛”的比赛刚要开始，大赛监审组成员阎肃就表情严肃地发表了一份公告。

事情的起因是在上一场比赛中，内蒙古电视台选送的河畔组合中一位选手在知识问答环节中，三道题只回答出来一道题，原本应该得0.34分，而评委徐沛东却给了0.5分的满分。

尽管当事人是他的“铁哥们”，但作为三位监审之一，他还是毅然以“黑脸包公”的形象站出来秉公发声。他在公告中要求对这一结果进行更正的同时，也要求各位评委工作严肃、认真、负责，尽量避免此类事件的发生。

当然，他自己也有出纰漏的时候。他自己又是怎么做的呢？

2005年五一期间，中央电视台举办的“喜剧小品大赛”中，有一幕引人深思的镜头：一对76岁的老演员不顾大病初愈的虚弱，坚持演出，深得观众的好评。可惜在回答戏曲常识问题时，他们的代表答错了，得了零分。这时阎肃大概觉得可惜，就让另一位老演员补充，老演员不负阎肃的期望，果然答对了。阎肃兴奋异常，立即高声表态：“补充答对了，应该得分。”这还不够，又回头高声问：“观众席怎么样？监委怎么样？”当时大家就感觉，老先生显然是在用自己的权威干扰评选规则，用感情代替规则。正在人们为阎肃有失身份之举惋惜之时，阎肃很快就指出和纠正自己刚才的错误举动，大声表示不能用感情代替规则，还是要按规定办。看到此景，观众不禁为之感动，有人说：“老先生拾得起，放得下，知过能改，光明磊落。”

朱迅记得，2010年，她连续40天主持第十四届“青歌赛”，阎肃和她一起坐镇第二现场。阎肃特别偏爱“青歌赛”中的原生态唱法，他说原生态唱法是千百年流传下来的民风、民情、民心，是历史真正的记录者和

2008年，阎肃在第十三届中央电视台青年歌手电视大奖赛上留影

见证者，特别真，特别鲜活，特别接地气。这些声音，营养着民族，传达着真善美，即使再过100年，也一样悠扬动听，不像有些东西，转瞬即成过眼云烟。

关于原生态唱法，阎肃后来回忆："原生态唱法的出现，与歌手李琼参加'青歌赛'有直接关系。当时李琼的唱法，到底算作民族唱法还是通俗唱法，引发了评委以及观众的不同争论。后来我们就把这种未经修饰的、没经过一定训练的唱法叫作原生态。"

阎肃说，尽管后来在原生态比赛中，也出现了一些说不清道不明的情况，例如，有些选手所唱的原生态，虽然原始、天然，但也加入了一些修饰成分。但阎肃认为，总的来说，原生态的出现还是给予了那些来自田间地头的歌手们极大的展示空间。

在阎肃等人的力推下，“青歌赛”终于设立了原生态唱法的专项评比。朱迅还记得，当新疆的刀郎木卡姆、湖北的撒叶儿嗬、贵州的侗族大歌、云南的坡芽歌书在“青歌赛”唱响的时候，阎肃高兴得跟孩子似的，手舞足蹈。他盛赞那些常年走在田间地头，俯身收集各民族最美声音的人，是真正的音乐家。

阎肃的赤诚似一颗火种，让平时很冷静的美声评委都跟着浅吟低唱，很个性的流行评委个个起立鼓掌！

他做评委往往能够切中要害，因为他和观众站在一条线上，说的都是观众想说的话，和观众有共鸣，所以他们愿意听。说到做评委，阎肃也有自己的底线，“做评委就要少说空话、套话，但也不能四平八稳打哈哈，我觉得点评的风格要有点俏皮，有点生动，而且一针见血”。

提起“超女快男”“我型我秀”之类节目，阎肃却一个劲儿地说：“也有人找过我，但这些节目我可不敢去，我害怕直截了当地说出来，人家不能承受。”

朱迅忘不了，老爷子 80 岁的生日就是在“青歌赛”的评委席上度过的。那天，朱迅祝他生日快乐，他笑呵呵地说：“丫头，今儿我也送你八个字。要想成功，一定要有‘四分’——天分、勤奋、缘分、本分。首先你必须有天分，你得是那块料。然后是勤奋，不磨不炼不成好汉。再是缘分，有缘才能有分。但最重要的还是本分，天分、勤奋、缘分加在一起可以让你成为大腕儿，而本分则能让你成为大家！”这“四分”如今已是朱迅的人生座右铭。她明白，这“四分”不是老爷子在他 80 岁生日那天想明白的，他早已想了很久。在“青歌赛”的评委席上 30 年，多少人在他面前起起伏伏，多少成功失败被人圈圈点点，在他眼里，这里早已不是比赛舞台，而是人生课堂。

“青歌赛”的特色在于没有过度地娱乐化炒作和包装，更强调比赛的权威性和专业性。对参赛歌手而言，无须费力挖掘所谓“背后的故事”，选手只要专注于展示自己的演唱水平和声乐素养，而这绝非是依靠煽情、八卦等所谓捷径能够做到的。

阎肃觉得，“青歌赛”走到今天，无论形式如何变化，却依然把公正、专业的评选放在了第一位。无论是多么有宣传噱头的选手，只要水平发挥稍有欠佳，照样在初赛就被淘汰，这在其他的节目中，是无法想象的。

在他看来，如今的“青歌赛”面临着比以往更加严峻的挑战。过去“青歌赛”万人空巷的效果，一方面得益于自身的高质量，另一方面是当年人们的娱乐手段、信息来源相当匮乏，所以一个好的节目很容易持续地受到关注。

他很是无奈地说：“可如今呢？某个卫视台出点新动作，甚至是电影频道今天晚上放了一部好看的电影，都可能让收视率产生波动。”

阎肃感慨地说：“我是真心希望‘青歌赛’能够办得越来越好！”

有人说，21 世纪的艺术是人工的艺术，所以炫目而冰冷；而阎肃的艺术是人民的艺术，所以简单而温暖。越是简单而温暖的东西越有力量，就像钢筋水泥可建广厦万千，但带着芬芳的泥土却是生命的源泉。

第八章

情到深处：风雨伴君行

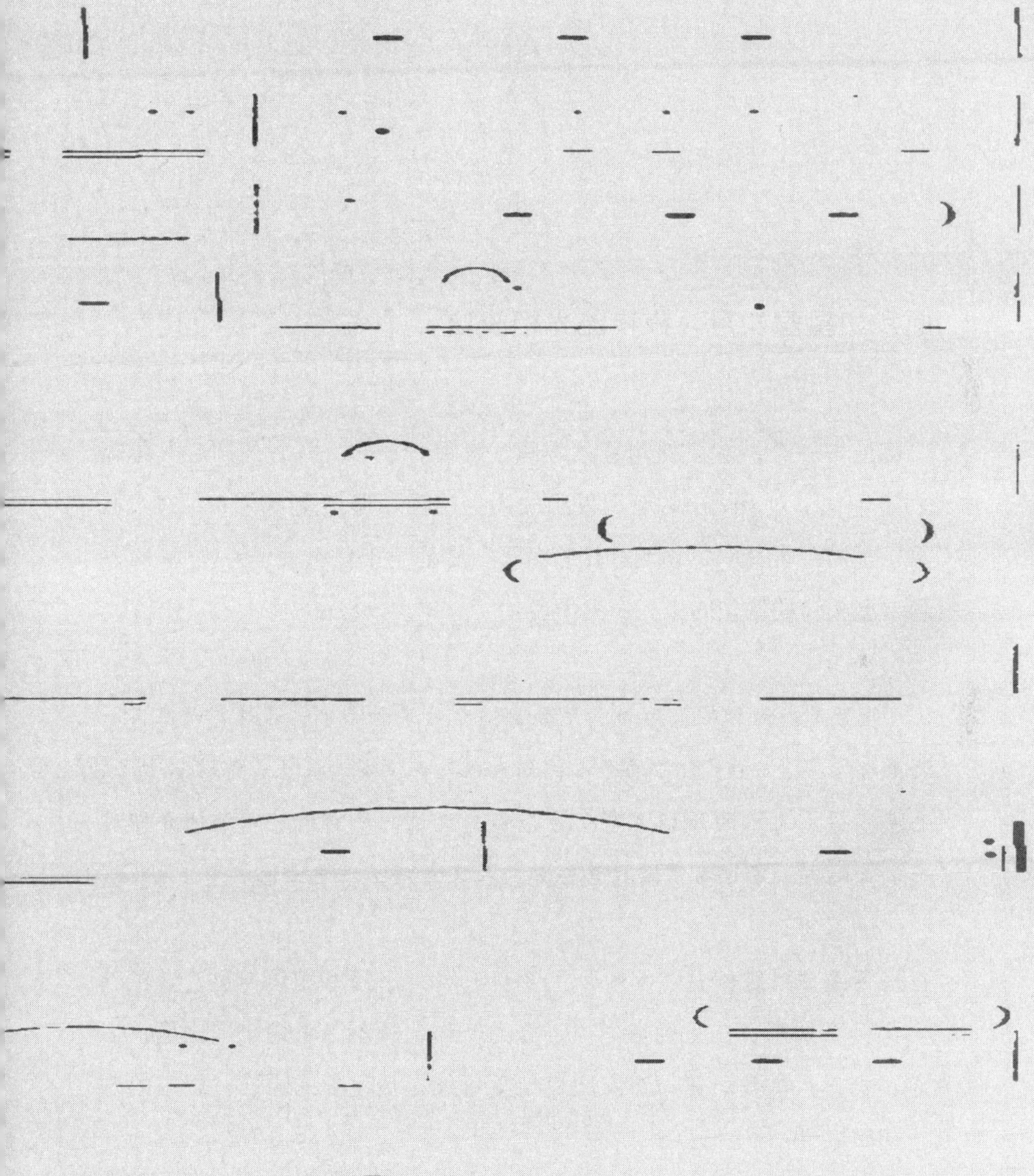

01

愿我如星君如月，夜夜流光相皎洁

“黄糖饼一个，水果糖两颗；蹉跎，蹉跎，三十一了，哥哥！”这是才子阎肃中秋节对着天上的明月发出的人生感叹。那年他虚岁 31，还没找到对象。他有如此感叹，说明开始着急了。那他早干什么去了？

阎宇在《我的爸爸阎肃》一书中说：

> 爸爸是晚婚模范。因为多年来要供养母亲和弟弟、妹妹，而且又一直勤奋学习、工作，自己的个人问题也就一拖再拖。眼瞅着都过三十了，也没顾得上自己的婚姻大事。爸爸和我说过，之前也有人给他介绍过一位女同志，不过人家嫌我爸爸穷，人又太瘦，没看上他。

看来阎肃“蹉跎岁月”的原因主要有三点：一是家庭负担重，要供养母亲和弟弟、妹妹；二是勤奋学习、努力工作，顾不上考虑个人问题；三是其貌不扬，人太瘦。第一点家庭负担重可能是最主要的原因。阎肃的妹妹阎志翔回忆说：

有句老话说“长兄如父”，我的体会再真切不过了。我十岁丧父，母亲与我及弟弟的生活全由大哥扛着，月复一月，年复一年，十多年如一日地抚养我们，从无半点怨言，每念及此，我都感动不已。大哥由于要负担全家的生活，耽误了自己的婚姻大事，直到30多岁才结婚。

关于第二点，他的敬业精神是毋庸置疑的。他是非常出色的演员和创作员，他的业余时间全部用在了学习上，看书是他最大的乐趣，这个爱好一直保持到晚年。另一个爱好是看戏，“内行看门道”，这也是学习。

关于第三点，阎肃自称“底板不好”，个子不高，人瘦，还有点驼背。人瘦、背驼，与过于勤奋有关。他的老伴李文辉说：

老阎的驼背是他勤奋的证明。我看过他中学时代的照片，身板挺直的。30岁前，老阎连一个休息日都没休息过。常常是一杯茶、一支烟，趴桌上一本书看一天。由于长时间伏案学习，慢慢地老阎就变成了“罗锅”。还有很多休息日，老阎是在书店和戏院度过的。他看过很多书、很多戏，这一点，你们也许能从他的作品中感受到。过去，礼拜天老阎常去天桥看戏，坐公交车要五分钱，他舍不得，经常走着去，走着回来，看戏每小时一毛六，他却肯花。因为那是学习，不是在玩。老阎爱好很少，除了读书、看报、看戏、听音乐会，基本上没什么爱好。没有游玩、吃喝、海聊的欲望。老阎睡得很晚。我睡眠不好，半夜十二点醒了，他没睡；我一点钟醒了，看他在看书；两点钟醒了，他还没有睡。

鉴于上述三点原因，阎肃的个人问题凭个人是难以解决了。空政文工团团长黄河一向对阎肃的成长进步很关心，眼看嘻嘻哈哈的阎肃在个人问题上犯起了愁，他不能不管。

黄河是抗战时参加革命的老八路。一天，当年冀东军区尖兵剧社的老战友聚会，黄河对林野说："我们团有一小伙子，才子一个，至今未婚。"林野说："我有个外甥女，校花一朵，尚未婚配。"二人一拍即合，当起了红娘，为这对年轻人牵线搭桥。这样，才子阎肃与校花李文辉开始鸿雁传书。

李文辉比阎肃小8岁，沈阳卫生学校毕业，当时在辽宁兴城当医生。他俩在见面之前已经通了几个月的信，建立了一定的感情基础，应该说阎肃的生花妙笔帮了很大的忙。李文辉后来回忆说：

> 我和老阎处对象的时候，由于我在东北，他在北京，只能通过书信交流。在信中，我发现他的文笔很美。后来，我来北京和他见面。见到他后，感觉和书信中的他反差很大：个头矮，相貌平平，还有点驼背，衣着也很不讲究，还穿着当时城里人很少穿的线袜子，把穿旧了的军裤穿在里面当衬裤。

两人第一次约会，姑娘多少有些失望，文采飞扬的才子不如想象中那么风度翩翩、英俊潇洒。阎宇在《我的爸爸阎肃》一书中说：

> 但对于爸爸的身高没有比妈妈高多少的问题上，妈妈曾说，她是被爸爸骗了。因最早见到的，是爸爸寄来的一张照片，爸爸当时比较瘦，脖子又伸得挺长，妈妈就误以为他还挺高的，于是就同意了。直到后来见面时才发现有点儿上当，但也晚了。

姑娘兴冲冲远道而来，却有种上当受骗的感觉，可见第一印象不是很好。回家后，她把情况如实向家人反映，家里人的意见相当一致。李文辉回忆说：

我家里人听说他的情况后，都反对我们处下去。当时，介绍人是我的大姨和空政文工团的团长，他们都说阎肃是团里很有发展潜力的干部，我也觉得他很有才，再就是我们在书信交流中也产生了感情。大概处了一年多吧，我们就结婚了。

李文辉很有主见，不顾家里人反对，执意将爱情进行到底，最终修成正果。究其原因有三条：一是介绍人撮合有功，极力做工作；二是她看中了阎肃的才华和发展潜力；三是鸿雁传书产生了感情。

那么，阎肃本人的看法是怎样的？阎宇说："爸爸觉得妈妈当时可能是看上他有四个优点：老实、诚实、结实、忠实。他呢，主要是对妈妈的职业挺满意，认为家里有个医生，老中少三辈都受益。这叫什么恋爱观啊？"

阎肃除了对姑娘的职业满意之外，姑娘的相貌肯定也是重要因素。十几年后，他以一种特别的方式教育儿子"书中自有黄金屋，书中自有颜如玉"。阎宇说："一次去看电影，我和爸爸先到了，在门口等妈妈。一会儿，妈妈远远地走过来。妈妈本就是个美人，身材又一直保持得基本苗条，再稍稍打扮了一番，卷卷的头发，穿一件入时的皮大衣。爸爸看着，不由得说：'你妈还是很好看啊！''噢？'我挺新鲜地看着爸爸，他很少这么露骨啊！爸爸转过身，以过来人的姿态说：'小子，好好念书。书念好了……什么都有了。你看我！'"

2015 年冬季，阎肃病重住院，处于昏迷之中，李文辉接受中国空军网记者的采访，再次回忆了他们从恋爱到结婚的经历：

1960年，我20出头，在辽宁兴城当医生。我大姨林野和你们空政文工团团长黄河给我们介绍相识后，书信是交流的唯一手段。当时就觉得你的文笔很美。没想到，等一见面，才发觉你个头没照片看上去那么高，穿着一件旧的布衬衫。这都不算啥，尽管有家人反对，可我就认定了你，就看中了你的才、你的憨、你的善、你的真。记得你在一封来信中，说喜欢我爽朗率直的性格，喜欢我标致大方的形象，喜欢我治病救人的专业，咱们结婚吧。就这样，再见第二面时，你我已决定牵手一生。

1961年的一个良辰吉日，阎肃和李文辉结婚了。当时，正值三年困难时期，婚礼很简朴。李文辉买块布料做了一条裙子，算是礼服了。阎肃囊中羞涩，只给新娘子买了双皮鞋，再买了些红纸、彩画之类的装饰品，就花光了所有的钱。他的婚礼服装是一套空军上尉军装。

阎肃人缘好，参加婚礼的人特别多。黄河代表单位领导致辞表示祝贺，林野代表娘家人说："感谢空政为我们培养了这么好的姑爷！"阎肃的妹妹阎志翔说，从来没见过这么热闹的婚礼。阎宇在《我的爸爸阎肃》一书中记述：

来的宾客中有乐队的、歌剧团的、话剧团的，人才济济，都能安排节目，也都会捉弄新人。大家弄了很多节目，其中有个节目叫"采茶扑蝶"，是要求我爸爸边唱边跳，并拿条枕巾围在腰上，又拿条毛巾把眼睛蒙住，手持一把芭蕉大扇，必须扑着我妈妈才算完成。大家呢，都围着爸爸拿着枕头逗他，不时尖着嗓子学妈妈叫"我在这儿"，弄得爸爸扑来扑去，却总扑不着"正宗的蝴蝶"。

还有一个节目叫“怀中抱月”。大伙儿让爸爸抱着妈妈，并在嘴里含着一块糖，含糊不清又深情地说：“啊！美丽的月亮，我的心在荡漾，令人神往……”说完话，就要求爸爸把含着的糖送入妈妈的嘴里。这时本该说“甜不甜”，但因妈妈是医生，习惯性地问了一句：“卫生不卫生啊？”弄得大伙儿哄堂大笑。闹洞房一直闹到深夜，大家唱啊，笑啊，歌声不断。

阎肃结婚后，在组织的关照下，李文辉入伍穿上了军装，到河北涿州空军第六航空学校当航医。

1963 年 10 月，他们有了第一个孩子，是个女儿，取名阎茹。

1967 年 4 月，他们的第二个孩子降生，取名阎宇。那时，李文辉仍在涿州，夫妻两地分居，她一人带不了两个孩子，就将阎宇送到沈阳，由李文辉的父母抚养。后来，组织上照顾阎肃，批准李文辉转业，将她分配到北京科学教育电影制片厂当医生，从此结束了夫妻两地分居的生活。

他们把家安在灯市口空军大院里。京剧团位于北京西郊的魏公村，由于工作忙，阎肃平时住在办公室，一般周末才回灯市口的家中团聚。即使回到家里，家务事也插不上手，帮不上忙，大小事情全由李文辉一人包揽。在李文辉的记忆里，阎肃就做过一顿饭。

有一次，趁李文辉不在家，阎肃专门包过一顿猪肉白菜馅的饺子，剁馅、和面、擀皮，整整忙乎了一下午，赶在她下班前，总算包出了一盘饺子，搞得阎肃满身都是面粉。李文辉明知阎肃是心疼她，想帮上一回忙，嘴上说：“不容易，确实不容易。”可过了一个星期，还是忍不住了，说：“你以后还是不用那么积极了，说真的，你包的饺子实在太难吃了，我一直不好意思跟你说。以后你还是忙创作吧，下厨的事就免了。”

龙凤胎外孙龙龙和凤凤

以后，阎肃就再也没有下过厨。阎宇说：“爸爸这辈子可能就去过一次菜市场。那是有一天，妈妈做着饭，突然发现葱没了，就让爸爸去买两根葱回来。爸爸倒是乐呵呵的，上菜市场转了一圈儿，真就只买了两根葱回来，不多不少，弄得妈妈哭笑不得，也不知人家卖葱的怎么笑话他呢。”

阎肃对李文辉的厨艺心服口服，最爱吃她做的猪肉白菜馅的饺子和红烧肉。他曾对阎宇说过：“这辈子除了你妈和我妈做的饭之外，甭管大饭店，还是餐厅，都没咱们单位食堂的饭好吃。”仔细分析这句话，有两层含义，一是夸赞李文辉做的饭最好吃，除了自己亲娘之外，无人能比。毫无疑问，带有强烈的主观色彩和情感因素。二是夸赞本单位食堂的饭好吃。食堂是大锅饭，怎么可能比得上小锅小灶单炒的饭菜呢？毫无疑问，同样带有强烈的主观色彩和情感因素。因为食堂提供了方便，可以减轻李文辉的家务负担，潜意识是疼老婆！

李文辉对家务事大包大揽，就连搬家和装修这样的大事，都不用阎肃过问，更别说插手了。更有意思的是，李文辉怕他帮不上忙，反而添乱，事先找一个清静的地方，让阎肃先住着，该干嘛干嘛。她自己找人找车帮着搬，慢慢一点点打理，收拾利落了，再把他接回来。

阎宇在自己的婚礼上曾风趣地说："能把新娘这样的人才请回家当领导，是我一辈子的光荣。从小到大，我老爸只教我两样传家之宝：一是熟背唐诗宋词，二就是'怕老婆'。在外面德高望重的阎老，回到家里，地位比我也就高点儿有限，在我妈面前，那是毫无抵抗能力。'怕老婆'可以说是我们家传绝学，所以，请丈人、丈母娘放心，我一定把具有阎肃同志特色的家族传统，认真继承，发扬光大。"

其实，男人怕老婆，实际上是疼老婆。阎肃有一个理论："家，不是一个讲理的地方。夫妻二人一辈子相处下来，就是不断包容对方缺点的过程，谁也别想去改造对方。"他还有一个关于"好男人标准"的理论："其一是通文墨，即要有一定的文化知识；其二是懂幽默，即说话要风趣；其三是好体魄，即身体健康，不能病恹恹的；其四是有绝活，即有好手艺；其五是疼老婆，即爱情要专一，不能朝三暮四、见异思迁的。"

李文辉说："我跟了老阎一辈子，他从来没有对我说过一个'爱'字，但每时每刻，我又分明感受到他用自己所做的每一件事爱着我和这个家。不管出差到哪里，他都会打电话报个平安；不管工作多忙，回来时，都会给孩子们带个小礼物。"

阎肃当然也想给李文辉买礼物，但李文辉嫌他眼光低，买的东西她看不中，明令禁止给她买东西，他因此不敢“违令”。

2015 年 9 月 29 日，阎肃住院后躺在病床上跟李文辉聊了最后一次天。李文辉在《我在心中默默许了一个愿》一文中深情倾诉：

老伴，你就从来没有想过退休的事！60 了，你没退；70 了，你还在忙；85 了，你还穿着这身军装！你说，这一辈子什么都可以舍，只有这身军装不能舍。我记得很清楚，当初京剧团借调你去写京剧样板戏，还给了我们四居室的大房子。可咱俩都觉得部队是家，有咱们的根，

2015年 5月 9日，阎肃 85岁生日在家门口和老伴合影（郭幸福摄）

一定要回归部队。回去只能在定慧寺住两间小平房，夏天漏雨，冬天烧煤炉子，可我们从未后悔。你最喜欢看武侠小说，尽管你从来没说过，你心中的武侠梦是不是也如侠之大者一般除恶扬善、黑白分明、快意恩仇。但我知道，你就是我心中的英雄，平和敦厚，重情有义，在大是大非和原则面前，决不退让。

灯光下，你伏案苦读的身影，总让我想起负重前行的骆驼，都八十多岁的人了，你常常是一杯茶、一支烟，一本书看一天。国家和部队有什么活动，你还是随叫随到。工作的时候，从来不喊累、不怕苦。可我知道，你实在是太累了，真的该歇歇了。

这次参与策划纪念抗战胜利70周年晚会，你真是太累了。记得9月14日那天，我们都吃完饭了，七点多了你才回来，还没吃饭，说今天左腿没劲。我赶忙给你热了点饺子，你吃完说太累了想休息。我一看不行，赶紧把你送到了卫生所。

老伴，到现在，躺在病床上了，才懂得应该休息休息了。也只有这个时候，我们才有机会一起聊聊天。那天，你又说起："咱们这个家就像个帐篷，文辉你才是中间的那根顶梁柱！家里大事小事都靠你，我陪你实在太少了，亏待了你……"

老伴，你住院昏迷两个月来，我也常常自责遗憾，之前没能来得及给你做一顿红烧肉；多么想，让你吃一盘我亲手炒的榨菜肉丝；多么想，让你尝尝甜里带酸的冰糖山楂……

老伴，知道么，今年我78岁的生日只缺一个你，亲戚们都来为我点亮蜡烛。我告诉他们，幸福的方式，就是不要给每个现在留下遗憾。我心中默默许了一个愿，来年等那茂密的山楂树白花开满枝头，你在花下挽着我再把咱们五十年金婚时你做的那首《伴君行》，亲口念与我听：

一叶扁舟浪花中，
去年海北，今岁江南，明朝河东。
任黄花碧水，青山红叶，白发秋风，
随你奔波这久，也算是五彩人生。
咽下了千杯喜，百盅泪，万盏情，
仍留得一颗心，七分月，三更梦，
淡定从容伴君行。
缘分早注定，心海已相通，
携手坎坷路，遥对夕阳红。
将惆怅、怨恼、寂寞、悲凉都抛却，
把忠诚、理解、宽容、和善拥怀中。
人生难得是相逢，
记得年年定情夜，香飘渺，月朦胧。

02

吾儿不是笼中鸟，大爱莫过父子情

阎肃有两个孩子。女儿阎茹属乖巧型，从小就文静、听话，学习成绩也很好，基本不用大人操心。儿子阎宇是个“刺头”，异常顽劣，打从幼儿园开始，老师、同学都很头疼。但阎肃不愧是有大智慧的人，他用特殊的方法，将儿子引上了正道。后来，阎宇以全校第一名的成绩考上重点中学，又以全校文科第一名的成绩完成高考。

阎肃有一篇文章《我是怎样教育儿子的》，流传甚广：

一、儿子在幼儿园因打架成了“小名人”

阎宇出生于1967年4月。当时我在空军政治部任职，工作太忙又经常出差，而妻子在河北涿州的航校上班，实在照顾不上阎宇，所以无奈之下，我们只得把他送到沈阳的姥姥家。

3年过去了，我去沈阳接儿子回北京上幼儿园。一见面，只看见阎宇头上包着纱布，身上还有几处贴着胶布。原来，他在街上跟人打架，脑袋被打破了。我就带着这位哭泣的小“伤员”回到了北京。他进了幼儿园小班。很快，就因经常打架在幼儿园成了“名人”，连大班的同学都怕他，他的家庭联系本上经常是写满了批评。

一天，他在幼儿园又犯了错误，阿姨批评他，他不服气，就和阿姨大吵起来。他竟然捡起一小块砖头要砸阿姨，吓得阿姨满院子跑，他就满院子追。最后是幼儿园养猪的饲养员赶来，一把夺下阎宇手里的砖头，才把他制服。园长让他罚站，当时正好要吃午饭了，他又不服气：凭什么让我站着不让我吃啊？一生气，他把放在楼梯旁盛满菜的几个桶全给踢翻了。那天午饭，全幼儿园的小朋友，都是吃咸菜、萝卜皮就米饭。

第二天是周六，两位老师一起把他送回家，将他的所作所为对他妈妈谈了。等我到家时，他已经躺在床上快睡觉了。得知儿子闯了“大祸”，我还是走到床边，在儿子屁股上狠狠地打了几巴掌。那也是我仅有的一次打儿子。

二、尽管儿子“劣迹斑斑”，也相信他骨子里是个好孩子，不放弃他

阎宇7岁时，到灯市口小学上学的第一天，就和同学打架了。老师批评他，他竟把半个教室的课桌都推翻了。年轻的女老师吓坏了，把校长找来了。校长给我打电话，我当时正在京剧团开会，走不开，就打电话给妻子，让她去接儿子，可妻子说：“我可不去丢这个人！”她为有这样的儿子感到羞耻，她说，有几次她坐公交车，一想到儿子都想直接跳下去。我只好请单位的一个战士到学校把儿子接回家。

他上学不久，就认识了更调皮的高年级学生，他们教他旷课、逃学、抽烟。

一年级还没上完，学校因为阎宇老惹事，要求他转学。以前在幼儿园，阎宇一个礼拜才回家一次，他妈妈一个人也还算应付得了。可现在上学了，儿子每天都回家，几乎天天都惹祸，她坚持不住了，就跟我商量怎么办。我想了想之后决定：“那就让儿子跟着我吧。”

就这样，儿子和我搬到了北京西郊的北京京剧团院里（他妈妈和姐姐还住在原处），上了附近的小学。他到了新班级没两天，就将班里的“大王”打败，成了“新大王”。老师将儿子的“劣迹”反映给我，我没有骂他，也没有因为他的“劣迹”怨恨他，更没有放弃他，而是把儿子当朋友处，指引他人生的大方向。

到儿子长大后在一次做节目时，我对主持人说过，那时我之所以没有打阎宇，是因为看儿子淘气的骨子里还算厚道，不是坏到家的那种，所以，我始终相信儿子是个好孩子。假如那时我放弃了儿子，那可能

儿子真的就和坏孩子混到一起，自暴自弃了，那么他的一生就完了。

三、不阻拦孩子干感兴趣的事，不逼孩子干不感兴趣的事

跟着我在京剧团生活，儿子一下有了很多新的乐趣。凡是儿子想干什么，或想玩什么时，我大多数情况下都不会阻拦，而是会想办法帮忙。比如一看儿子喜欢玩蛐蛐，我就找来各种能养蛐蛐的东西：用完的墨水瓶、罐头瓶、罐头桶、破缸子。

一天，他看到一只蛐蛐全身变白了，问我怎么回事，我也不明白，就让他找一位懂昆虫的专家请教。专家告诉他：“这是由于蛐蛐在蜕皮，你抓的都还是‘蛐蛐秧子’，等蜕完两次皮，变成黑色了，才是成熟的蛐蛐呢。”儿子觉得太奇妙了，兴奋地回去告诉了我这一“重大发现”。我得知这中间有不少学问之后，就更支持儿子玩蛐蛐了。

有一次，在开会的间隙看到外面有一只很大的蛐蛐，我还溜出来给儿子抓回去。每当儿子斗蛐蛐时，我常会凑上来看，我们俩还经常打赌哪只会赢。像妻子说的，我快被儿子带“坏”了。但我还是觉得该用自己的方式培养儿子对大自然的兴趣，只有和儿子真正成为朋友了，才能真正影响他。因此，我有时候也不得不去学儿子感兴趣的东西。

令人称奇的是，随着课外知识的丰富，儿子渐渐对学习感兴趣了，不仅成绩好了，连长跑、短跑都是班上第一；手工课上做手工活，他也最快。

我其实很少管儿子学习上的事，唯一建议或指导过儿子的，就是唐诗。一年暑假，我扔给儿子一本唐诗集：“坏小子，你要把这本诗背熟了，任何古诗词、古文就都不怕了。”儿子斜眼看着我：“是吗？”我加了一句：“我就全会背。”他听后很不服气，决心一定要把它背

下来。很快，他就能背诵那册子里的大部分唐诗了，而且他很喜欢听我讲解古诗。“爸，听您讲唐诗，就像您是从那个朝代刚回来的人似的。”

我没怎么“望子成龙”过，也不逼孩子学琴学画什么的。我有空时跟儿子聊的都是玩的事，教会了儿子下跳棋、象棋。我很赞成儿子看课外书，会从单位的图书馆给孩子借回来。

四、人生大方向引导好，“坏小子”高考全校文科第一

我们一家四口住在定慧寺院的平房里，没有暖气，每家都烧炉子，小孩子就在上面烤白薯、土豆吃。有时晚饭后，我会带着儿子在院里溜达。有次路过食堂，儿子看见一大堆土豆堆在外面，就跑过去捡起个很大的：“我拿回家烤土豆吃。”看我没反对，他把它放进兜里，准备再拿几个。我连忙制止：“哎，别拿了，拿一个就行了，再拿就是偷了。”我让儿子明白，什么事不能做，更不能过分。

一次他看电影《早春二月》，其中有个片段，是孙道临演的教师，帮助邻村寡妇的女儿上学。回来路上他十分兴奋，他问我：“他干嘛那么高兴啊？”我告诉他：“人做了好事就会高兴。”希望以后他都会在可能的情况下尽量地帮助别人。

1980 年，儿子小学毕业，以全校第一的成绩考取了北京重点中学师院附中。1985 年高考，他又取得了全校文科第一的好成绩，他报考的第一志愿是北外英语系，但是口试时，由于紧张被刷了下来。最后，他接到了最后一个志愿——北京商学院的录取通知书。他不想去上，准备复读一年，但我跟他说：“你是一流的，在哪儿都会很棒的！”于是他就进了该学院学商业企业管理。

五、孩子的决定，尽管与自己的期望不符，但还是支持

上大学不久，一天他回家，有个为残疾人搞的晚会，让我写首歌，挺紧急。可我实在没时间，忙不过来，就跟他说："你帮忙写个吧。"他不相信自己的能力，我就鼓励他："你的水平我清楚，你写的还能有错啊！"我这么一捧，他立马晕了，打起十二分精神写了一首《彩虹》。这首歌请作曲家孟庆云谱曲，由几名歌手唱过，反响不错。但大家都以为是我写的，在晚会和发表的词刊上都署着我的名字。我当时可着急了，到处找人更正。我希望儿子以后搞创作，署儿子的名字，这个歌将来也算是他的成绩。

1987 年寒假，报纸上最多的新闻都是关于海南岛开发，儿子听得心痒痒的，闹着要去看看。他妈妈坚决反对，说儿子第一次独自去陌生地方，不放心。但我觉得男孩就应该出去闯闯，支持他，他妈妈只好同意了。

那次海南之行让儿子开了不少眼界。在大学三年级时，他作出了一个不寻常的决定：一边学习，一边经商。

六、原则不能丢：孩子该承担责任的要承担，但也不能轻易被冤枉

1988 年下半年，他在一家小商店内，以月租 500 元租了一个柜台。他从海淀百货商场代销了一批库房里积压的服装，有毛衣、羽绒服等。让他想不到的是，卖了很长时间也没有卖动，但阎宇没有气馁，一直坚持，直到生意渐渐有了起色。很快，他又在东四租了个柜台。他生意越来越顺了，学校也就越来越去得少了。我担心儿子荒废学业，时常提醒他。

他大学毕业时没有服从分配，继续经营自己大四时创办的服装厂。他妈妈对他没有正式工作头痛不已，那时社会上的个体户还不是很多，觉得这样将来肯定没有保障，便特意为他找到一份不错的工作。但他却不去报到，他妈妈气得不让他回家。但我去儿子的厂子看了两次之后，觉得还是有发展的，同意了让他干自己的事业。他在山东、江西等地都有了自己的厂子，其中有一个厂的职工达到了1902人，资产千万。但在2001年年初，由于决策失误，他倾家荡产了，还陷入一场复杂的经济纠葛之中，在山东接受有关部门的审查。

在这些黑色的日子里，我和他妈妈还是坚定地相信和支持儿子。他妈妈还特意跑去看儿子。我呢，则是觉得如果是他犯了错误，就必须像个男子汉那样去承担责任。但如果他没有错误，也不能轻易被人冤枉。

两年后，他重整旗鼓开办了一家广告公司，生意不错。

2006年，他放弃了经商，通过严格的考聘，进入某银行工作。两年后，凭借自己的业绩当上了分行的副行长。

阎肃说："只有和儿子真正成为朋友了，才能真正影响他。"这对父子岂止是朋友，简直是"哥们儿"。

在阎宇的记忆里，一辈子只挨过父亲一次揍。"对于爸爸那次打我，在小时候也不记恨他，因为我知道爸爸跟我很'哥们儿'。"

比起这次挨揍，阎宇更难忘记的是一次争执。很多年前的一天，正逢阎宇性格叛逆期，阎宇指着电视里的一条新闻说："阎肃同志，你坚持看了这么多年新闻，这条新闻你不觉得假吗？你真信吗？今天就咱爷俩，您就说一次真话。"阎肃面对质问突然大吼一声："我说的就是真的，人前人后我说的都是真的！”

阎宇事后回忆：那一刻，父亲就像被错怪的孩子，恨不得掏心窝给人看。

直到晚年，阎肃还常对人说：“我跟我儿子是‘哥们儿’，没得说的。”正因为没大没小的，李文辉常常批评阎肃：“没个正形儿，不像大人。”

阎肃出差回家，总能带回来一些小玩意，如海边捡来的贝壳、海螺、海星，或者一件印有足球图案的背心，让儿女们欢天喜地。

阎宇认为爸爸是家里的开心果，有他就热闹，而且他从来不摆家长架子，跟别人的爸爸不一样。父子俩最爱玩的一个游戏叫“双肩着地”，看谁能把谁压在底下，使他的双肩着地，保持 3 秒钟。

爸爸总是搞突然袭击，假装不经意地走过来，嘴里胡乱说着别的什么事，眼睛还要看着窗外，趁我也扭头看时，突然把我摁倒，但我也总能飞快地转身趴下，手扒着床，他就想方设法地把我翻过来。有时候弄得我哈哈大笑，笑得没劲儿了，他才能赢。不过我有时候也会来个突然袭击，一下子把他扑倒在床上，给他也来个“双肩着地”。这游戏我们俩好像百玩不厌，一连玩了好多年。

阎宇认为最快乐的时光是跟着父亲在魏公村度过的那几年。离开了严厉管教他的妈妈，跟着不严肃的爸爸，那日子就像快乐的天堂。他说：“爸爸总是我最好的盟友，他不会像其他父亲那样就知道管教啦、约束啦，不停地讲大道理，不让你干这、不让你干那的。我爸爸是属于那种很‘哥们儿’的父亲，凡是我想干什么，或想玩什么时，他大多数情况下不会阻拦，而是会帮忙。”

阎肃善于因势利导，将儿子的注意力转移到了对大自然的兴趣上。从灯市口的闹市区，到了果树满园、野草丛生的西郊魏公村，阎宇被新奇的昆虫世界迷住了，穿梭于草丛，将逮着的蚂蚱、螳螂、蜻蜓等统统弄回那间小小的宿舍。这要是在城里的家，那是不可想象的，肯定会遭到母亲的呵斥，但在魏公村，阎肃不仅不阻止，还引导儿子将主要精力集中在斗蛐蛐上。儿子果然不再跟同学打架了，而是想方设法挑逗蛐蛐打架。养蛐蛐、斗蛐蛐是一门学问，阎肃又帮儿子搜罗昆虫方面的书籍，还介绍行家向儿子面授经验。

有一次，阎肃带儿子登门向武生陈宝忠请教。这是一位玩蛐蛐的行家，父子俩大开眼界。听了行家一席话，胜读几本书。临别，陈宝忠还送了阎宇两只蛐蛐和两只正宗的蛐蛐罐，阎宇惊喜异常："我像发现了新大陆似的，原来还有专门养蛐蛐的罐，这更说明玩蛐蛐是正经事了。别客气了，当天我就逼着爸爸'吐血'：到院门口的土特杂货店又给我买了四个新蛐蛐罐。"

阎肃这样一个惜时如金的人，花了不少时间去学习儿子感兴趣的知识。功夫不负有心人，异常顽劣的儿子终于走上了正道。

阎肃很少管儿子学习的事，觉得他自己能搞定。阎宇说："从我上小学到大学毕业，爸爸从来没看过一次我的作业，没给我开过一次家长会，甚至没认真问过我的考试成绩。不过他好像对我的学习蛮有把握的。记得有一年，因我误了课，妈妈找来一位化学老师给我补课，来了一次后，我就跟老师说，不用来了。过了几天妈妈碰见那位老师，问她怎么不来了，老师说，你儿子说的不用来了。妈妈回家，气呼呼地说我不听话。爸爸在一旁插嘴说：'这孩子聪明，你别瞎操心。他说不用，肯定是他会了。'爸爸就是这样，他要是觉得你行的，就绝不再多问。"

阎肃的教育方法很另类。有段时间，社会上关于外星人和飞碟的传闻闹得沸沸扬扬。一天，阎肃从外面回家，煞有介事地说："快快，来看飞碟。"

一家人跟着他跑出去看“飞碟”，阎宇出门时还攥着一杆红缨枪。到了目的地，阎肃指着一位在路灯下看书的小伙子说：“好好学学！我就是让你们看看，人家是怎么用功的。”李文辉和两个孩子全被他给逗乐了。

阎宇的学习成绩一直不错，大学毕业后办起了企业，当了老板，当然不忘孝敬父亲。他给父亲买的第一份礼物是一个名牌打火机，花了6000多元钱。阎肃拿到礼物时很高兴，一看包装相当精致，就问：“估计得好几百块吧？”阎宇怕他舍不得用，没有如实相告。有一次，阎肃到中央电视台录制节目，有个识货的人说：“阎老，您这打火机真够高档的，至少得六七千块啊！”一向生活节俭的阎肃惊呆了，果真舍不得用了，生怕丢了，便将它藏了起来，结果藏到了一个连他自己也找不着的地方。

2001年，阎宇的企业经营不善，上千万的资产、上千人的企业一夕间荡然无存，还在山东惹上了官司，被审查了一年多。在阎宇满含冤情、跌入人生低谷之时，阎肃用一种特殊的方式激励儿子，他写了两首短诗寄给儿子：

杭州西湖底，
笼囚任我行。
十年不见日，
乃有令狐冲。

春秋太史公，
武穆风波亭。
古今多少怨，
都付一笑中。

父子二人都爱看武侠小说，前一首诗用了金庸小说《笑傲江湖》中的故事：日月神教教主任我行遭人暗算，被囚禁在杭州西湖底下达10年之久，可是他在阴暗的囚牢里琢磨出上乘武功“吸星大法”，后来被令狐冲救出，重出江湖，威震天下，恢复了教主之位。第二首，用了两个众所周知的典故，一是司马迁受到宫刑后，没有自暴自弃，而是发愤著书，完成了历史巨著《史记》；二是岳飞父子虽遭奸人陷害，屈死风波亭，但后来得到昭雪，受到后人景仰。诬陷他的秦桧夫妇则被铸成铁像，跪在岳飞墓前遭万人唾骂。阎肃是在告诉儿子：人生中暂时的失败和痛苦，其实是在酝酿着更大的成功。

阎宇经受住了这一巨大的打击，重新振作起来。他说：“老爸这种笑傲挫折的人生态度，也深深感染了我，我也在困境中逐渐从一个大男孩儿变成男人。一年多后，事实证明我没有问题，又回到了父母身边。”

至于阎宇的婚事，大人开始一点都不担心。阎宇聪明能干，结交甚广，不愁找不到媳妇。阎宇年轻时，交了不少女朋友，但都处一段时间就黄了。阎肃对此看不惯，怕人家女孩受委屈，没少批评儿子。

没想到岁月匆匆，阎宇又步了阎家男人晚婚的后尘。阎襄臣是40岁解甲归田后娶亲，阎肃是31岁结婚，阎宇眼看快40岁了还没把对象搞定，家里人不能不着急了。

2005年3月，阎宇在一次聚会上认识了刘莉娜，对她一见钟情，开始发起进攻。可是出师不利，人家女孩无动于衷。几次碰壁之后，阎宇有点垂头丧气。细心的阎肃发现儿子情绪不对，问他咋回事。阎宇向父母坦诚相告，说自己爱上了刘莉娜，但是单相思。她是解放军艺术学院音乐系学员，读大三，比自己小十几岁。

阎肃见儿子这回是认真的，就托朋友打听刘莉娜的情况，反馈的消息是这女孩品行很好，于是鼓励儿子锲而不舍。李文辉认为刘莉娜年龄小，将来恐怕得事事让着她。阎肃说：“我比你大，这个家不是你一直操心吗！”李文辉又担心文艺圈太复杂，过日子太累，怕不幸福。阎肃说：“你不也找了文艺圈的吗！咱俩不幸福？”李文辉被说服了，有父母的一致支持，阎宇的信心更足了。

阎宇经过精心谋划，在几次聚会上“巧遇”刘莉娜，终于博得了她的好感。但交往半年后，始终没有实质性进展，原来刘莉娜对名人家庭有心理负担。

为了打消刘莉娜的疑虑，阎肃让儿子请她到家里来吃饭。那是 2005 年 9 月的一个周末，阎肃参加中央电视台的节目，比客人晚到，人没到家，就远远地喊着：“我回来了！”进门后，阎肃扮了个鬼脸说：“要和小美女聊天了，我润润嗓子。”刘莉娜的紧张感一下消失了。

阎肃和蔼可亲、幽默健谈，李文辉温婉贤惠、知书达理，这让刘莉娜感到特别温暖，原先的顾虑也就打消了。当阎宇送刘莉娜返校之时，阎肃收到了一条短信，他意识到发短信也是一种沟通感情的好方式。从前阎宇教他发短信，但他没学会。这回为了帮儿子追到好媳妇，他跑到邻居家，向一个 10 岁的小男孩请教，学了一个小时，终于会了。

刘莉娜回到宿舍，收到一条短信：“娜小宝，平安到达后打电话。老爷子。”刘莉娜马上反应过来短信是阎肃发来的，连忙给阎肃打电话报平安。阎肃在电话里炫耀：“丫头，你是第一个收到我短信的人。而且，是阎宇第一次带回家的姑娘。”刘莉娜被老人的亲和力所感染。

阎肃担心女孩家里不同意，于是主动出击，将电话打到了呼和浩特。一席热情洋溢的话语，让刘莉娜的母亲备感亲切。

阎肃亲自出马，帮儿子攻下两个碉堡，接下来就顺风顺水了。后来坊间盛传“阎肃用智慧帮儿子追到儿媳”。

2006 年 12 月 9 日，阎宇和刘莉娜正式举行了婚礼。阎肃在儿子的婚礼上，又深情地朗诵了一首诗。

80 岁的老儿想爹娘。2010 年秋天，空政文工团的歌剧《江姐》赴重庆演出，阎肃又回到了故居和父母安息之地。他在阎宇的搀扶下，登上又高又陡的山坡，一路喘着粗气，实在走不动了就席地而坐，歇息片刻。到了父母坟前，阎肃双膝跪下，泣不成声，往事如烟，不堪回首。

1953 年，父亲去世，他在朝鲜战场慰问；1985 年，母亲去世，他在忙中央电视台的春节晚会。父母的后事全是弟弟妹妹操办的，每当想起这些事，他心如刀绞，愧疚万分。阎肃非常动情地向父母倾诉："爸爸妈妈，这么多年我因为工作忙回来得很少，也没怎么在你们跟前尽孝，但我很想念你们，也惦记着咱们的家。尤其是妈妈，吃了那么多苦，好不容易才把几个娃儿拉扯大，劳苦功高啊！我今年已经 80 岁了，走不动了，这是最后一次为你们扫墓了，以后就是这小子代替我来祭奠你们。没准过几年，我们就又见面了，有啥话到那时候再好好唠唠……"

阎肃心里始终藏着一份赤诚的孝心和浓浓的情感，那些对亲人都缺乏感情的党员干部，你能指望他爱党、爱国、爱军、爱战友吗？

2015 年 9 月，阎肃住院后，躺在病榻上，跟阎宇有过一次交流。

阎肃给阎宇下达任务："你得每天让龙龙和凤凤各背一首唐诗，写一篇大字。"

阎宇说："他俩都快 18 岁了，来不及了。"阎肃说："啥时候开始都来得及，还得背，还得写，要不好好学的话就废了。"

他想了一会儿，又对阎宇说："你姐的孩子没准能成为咱们这条街上最出色的修车工。"

阎宇不以为然："瞧您说的，我外甥再不济也不能在大街上给人家修车啊！"

2015年，在阎肃家中拍摄的全家福

阎肃说："修车工有啥不好的？靠自己的劳动吃饭嘛！"

阎肃有一个理论："不想当元帅的士兵，也是好士兵。"这与望子成龙的传统观念相左。能够成为栋梁之材固然好，做个有益于社会的普通人也没什么不好。

弥留之际，他最不放心的是龙龙、凤凤这对宝贝。而龙龙、凤凤对爷爷同样充满深情。阎肃去世后，凤凤写了一篇悼文《爷爷，你并没有离去》：

我想念的永远快乐的爷爷：

爷爷，今天是2016年4月的第三天，明天就是清明，天空很蓝，阳光很好……我记得那天也是和今天一样的风和日丽，万里无云。可是那天，你睡着了。

这一觉会睡得很长很长，你再也不会工作到凌晨天亮才回到家，再也不会为了赶早班飞机而睡得不踏实早早就起床，再也不会说着早睡却总要把所有的报纸看完才休息，再也不会很享受于他人再平常不过、于你却分外难得的懒觉和游泳了……因为你真的累了，需要休息了。

爷爷，你工作了一辈子，直到昏迷前也没有退休。在你昏迷的4个半月里，我曾很多次地想象过：有一天你醒了，病好了，我们回家了……我们可以一起去公园散步，逛一逛你几乎没怎么去过的商场、超市、菜市场，去问问今天的菜价，然后再挑一根你喜欢的黄瓜带回家；多去店里吃几次你最喜欢的庆丰包子，而不是匆匆打包；我们还可以夏天去海边多多待些日子，一起在海边被浪打得直翻跟头哈哈大笑；我们可以每年一起看春晚，吃一大桌年夜饭，等12点钟声敲响时一起包饺子……

我总是想，如果你可以没有那么多工作，和其他的爷爷们一样，多一点悠闲，这样你会比“现在”更快乐吗？可是我好像错了，因为你真的打从心底里爱工作，也习惯了忙碌紧凑不停歇的生活节奏，难得的空闲时间，你也总是在读读写写，从没停过。就这样，学习了一辈子，忙碌了一辈子。

那天，我陪奶奶一起去中央电视台录制“感动中国2015年度人物颁奖盛典”。往年都是你在给别人写颁奖词，一写就是好多年。只有这一次，推选委员的名单上没有你的名字，而你变成了第五位获奖者——琴弦上的放歌者阎肃。因为你累了，没有办法再像以前那样，穿着布鞋迈开大步飞快地往前走了。

奶奶替你领回了这座奖杯，把荣誉留给你。出了录制现场，我们直奔医院，想让你快点儿摸摸这座透明的爱心水晶杯。在病房里，宁波叔叔把你稍微有些浮肿的手轻轻放在奖杯上，感觉就像你真的举起了它。

爷爷，你知道吗？奖杯很沉但很漂亮，我好希望你可以睁开眼睛看一看，它真的很好看。我知道，如果是往常的你，一定很轻松地就能把奖杯举起来。可是你没有，也不一定真的知道自己获得了这份荣誉……

你常说：让今天没有遗憾，就能让一辈子少有些遗憾。但是老人会说：人走了，没有谁是不留遗憾的。爷爷，要说你给自己留下最大的遗憾，恐怕就是不能再继续工作了吧。爷爷呀爷爷，你说你咋这么轻易地就睡着了呢？也许这一辈子你给自己留下的遗憾没有那么多？但是我们的遗憾却永远只能是遗憾了。

爷爷，你还记不记得，去年的 9 月 27 日是中秋节。咱们全家一起在病房度过的这个中秋节，那是 20 年来对我来说最特殊的中秋节。那天很晴，坐在床上就能看到又大又圆的月亮。咱们一起吃了好几种馅儿的月饼，还给月饼拍了照片存在手机里。

那天你让奶奶给你带去了助行车。以前走路比年轻人都快的你，是从来不用助行车的。问你为什么现在要用助行车了，你只是说："楼道地滑，我扶着点儿不容易摔跤啊！"后来，我们也准备回家，让你早点睡了，可你坚持一定要送我们到电梯口，说自己也该散散步了，还开玩笑似的说："我在楼道走一个来回，也得有个一两百步了吧？"

说完就哈哈地笑了。到了大门口，你继续往楼道那头走，不知道是怎么了，我盯着你的背影愣了一会儿，然后才上了电梯。之后再想想，只有那一天你坚持一定要送我们出来，也只有那次，我多看了一会儿你的背影。世界上每天都有太多的出人意料，可是让我怎么都没想到的是，那竟然是我最后一次看到迈着步子往前走的爷爷了……

28日那天是周一，去学校之前我托奶奶告诉你，30日我一下课就去看你。可是这次，你并没有等我。

30日中午放学下了公交车，我在小区里走着，心里偷着乐儿，还想一会儿就能去看爷爷啦！姚叔叔站在单元门口，见我慢悠悠走过来，皱着眉头大声说："你这孩子，咋还慢悠悠的呢？你爷爷都昏迷了，你还不赶快看看去！"姚叔叔平常就很幽默，我以为他又在逗我。怎么可能？27日晚上还好好的，没过两天怎么就昏迷了呢？

虽然想着不可能，但我还是加快了脚步往家走。奶奶并没有告诉我爷爷29日陷入昏迷的消息，很快护士长阿姨带我们去了重症病房，那也是我第一次进到ICU（重症监护室）。拉开窗帘，我看到了戴着呼吸机的你。护士长阿姨对我说："凤凤，你试试叫叫爷爷，爷爷是能听到的，就好像是你在离他很远的地方正找他。"

我趴在窗台上探进去使劲喊爷爷，看着你心率的十位数从6变到7，大家都一片欣喜，我更是高兴，因为我知道你一定听到了，而且也很清楚地听出了是我的声音！又喊了几声，大家都看到，你的右脚轻轻地动了动。

探视时间过后，我被破例允许穿上隔离服全副武装进到了病房，站在床尾喊："爷爷！爷爷！我来看你了。"虽然你没有像之前一样的反应，但我终于又近距离摸了摸你的手和脚，还有圆鼓鼓的肚子。那是我4个半月中唯一一次能离你这么近。

终于有机会和你说几句悄悄话了。那天你送走我们继续往前行的背影我一直记得，很清晰。我总在想，如果28号我能再去看你就好了，可是时间是永远回不去的，后悔药只在童话中出现过。

爷爷，自从你昏迷以后，我希望每天时间可以过得快一点，因为每天半个小时的探视时间真的很短，时间过得快一点，我就能快点又见到你了。但是，我又希望时间可以过得慢一点，因为我并不知道，你躺在病床上休息的平静还能有多久。就像“你永远不会知道明天和意外哪一个会先来”一样，我怕，过了今天的平静，明天也许就再也不会见到你。

记得先开始，我大声跟你说：“爷爷，你是最棒的！你一定要当整个重症科第一个醒过来的！”然后，愿望是能在冬天的时候，你跟我说上一句生日快乐。又过了不久，我只是对你说：“爷爷，你今天再能睁眼看看我就好。”

大家最开心的是每天拉开窗帘，就听到宁叔叔说你今天的情况很稳定。可是很多事，并没有能变得和想象一样好。愿望一次次变更，渐渐地变得简单。清醒、说话、眨眼，这些在别人看来都再容易不过的小动作，在那时对你已经相当不容易。即使有一天，你的情况很不乐观；即便护士说，你睁开眼睛时也不一定能看得见，但是在那半个小时的探视时间里，我一直都是笑着的。因为如果你能看得到，我希望你能看到笑着的我，在给你加油、给你打气。

那天凌晨，我又一次不停地大声叫着你，希望能再次叫醒你。可是只有那次，你不会再对我有任何回应。因为你走了。那天，是2016年2月12日，大年初五。

我一直期待并且相信会有奇迹，虽然最后你并没有像我想象的那样，醒来然后变得健康。但是爷爷你知道吗？你真的很棒！你闯过了四次很危险的难关，重症科的叔叔阿姨都夸你很棒，生命力真是顽强。你真的创造了属于自己的奇迹！

爷爷，你走了，每天我回到家，再也听不到那一声低沉却稍带着音调的“凤小宝儿，你回来啦！”再也没有受了委屈时，你的那一句“嗨，这算什么呀！没什么大不了的！哈哈一笑就完了”。

再也没有那随时可能会响起的唠叨声，也不会有人和我互相喊着给对方起的外号，说说笑笑。

再也没有你不停地读读写写的身影，我再也不会去和谁“抢书桌”。再也没有你那底气十足的爽朗的招牌笑声，没有每天吃饭时无论吃什么都香喷喷连夸好吃的声音，没有每天临睡前你折得整整齐齐的被角……

这一切都没有了，因为，你走了。

五七那天，奶奶去买了五种很好看的点心，里面有两块小猪形状的南瓜饼，代表我和龙龙。爷爷，你以前很少吃点心，有好吃的自己舍不得吃，全都带回来给我们吃。我们还给你准备了烟、酒、茶和一些报纸、笔、纸。奶奶专门做了你最爱吃的炸酱面，以前你每次都要吃上个两三碗。前两天妈妈出差前，和我一起为你做了35朵黄色的花，摆在一起很漂亮。希望你都能感受到……

爷爷，记忆中，我好像并没有对你说过“爱”。但我真的爱你，我们都爱你。

一辈子那么远又那么近，不知道能不能有下辈子。如果能有，爷爷还是爷爷，奶奶还是奶奶，我还是我……

爷爷，昏迷前你说想回家了。那咱们一起，回家了……

你心里的宝贝：凤小宝儿阎沐月

2016年4月3日

第九章

长歌未尽：散作乾坤万里春

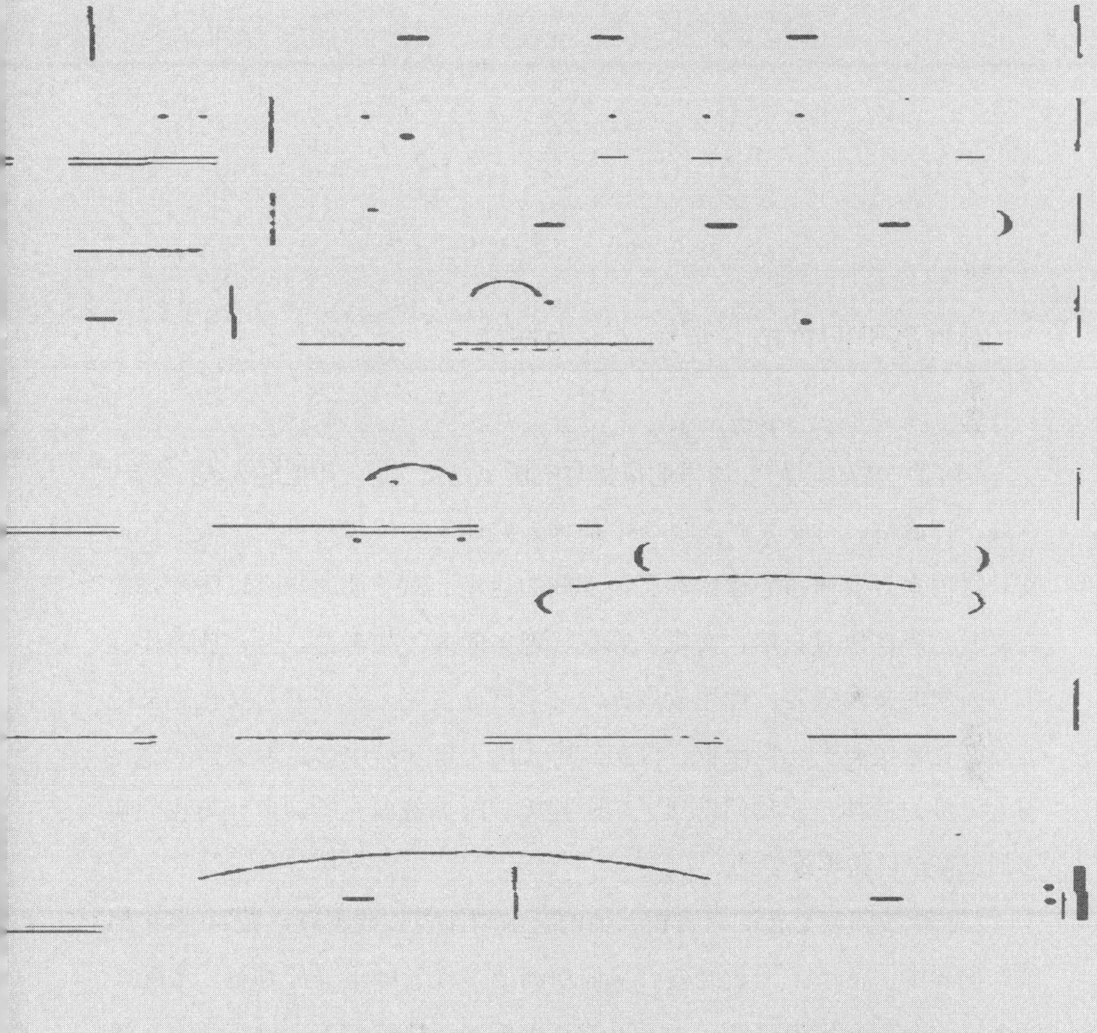

01

新竹高于旧竹枝，全凭老干为扶持

正所谓“文如其人”，阎肃的风格与气质一以贯之，一如他的为人：朴素、真诚，言必信、行必果。他灵魂中那种天然而生的侠客精神与文人情怀以及对这世态万象通透的体察和了悟于胸的达观，赋予他的作品以阳刚基质与浪漫色彩；他对自然、文化、历史、现实的关注与考量，又让他的作品带有强烈的文化张力。他用最本真的文字贯通古今，承载着对文化道义的担当，有着像泥土一样厚重、沉实、博大的力量。其中舍生取义般的坚定与大无畏的精神，让我们看到了广阔壮美、闪烁着剑光的诗意，为我们唤回那正在走远的英雄梦想。

人们称赞阎肃是艺坛常青树，他的艺术创造力长盛不衰，在 60 多年的创作生涯中，留下了无数经典，从而演绎了一代大师不老的神话。当然，这个“不老”不是指年龄，人不可能长生不老。扶持新人，提携后进，阎肃视之为神圣使命和不可推卸的责任。

2012 年，阎肃在榕城与《福州晚报》记者话别时，幽默地说了一段顺口溜：“长江后浪推前浪，前浪拍在沙滩上。拍在沙滩上又怎样，我依旧轻松晒太阳。我不想再活 500 年，渴望一觉轻松别人间。”

阎肃一直谦卑地认为，一首歌、一台戏，唱响它、演好它，不是哪一个人的功劳，它是“红花绿叶相映美”的结果。为此，他始终不忘感激空政文工团的栽培扶持。他躬身为桥、挺身为梯，甘愿让后人踏过自己的身体抵达成功的彼岸，也甘愿让后人踩着自己的肩膀成就艺术的新高度。

他如一棵巨树伫立在文艺界，更深深扎根在文艺团体每个人的心中。为了帮助年轻人尽快成长，团里凡是搞大的活动，阎肃总是竭力把年轻人往台上推。团里只要有年轻演员开独唱、独奏音乐会，他都会写前言、写寄语、赠题词。阎肃的这一份责任和担当，这种博大胸怀和大家风范，在业界广受赞誉和推崇。对年轻人的点滴进步和愿望，他都给予真诚的关爱、呵护和鼓励。特别是在空政文工团几代年轻演员心目中，阎肃教他们为人为艺，是成长路上对他们影响最深的恩师。

青年歌唱家刘和刚从小就爱听阎老的歌曲。那时家里生活条件不好，面对嗷嗷待哺的姐弟三人，刘和刚妈妈常给他们唱《红梅赞》，既为自己鼓劲，也让孩子们感受生活的艰难，体会战胜困难的力量。果然，姐弟仨被这首歌吸引了，无论是优美的旋律，还是朗朗上口的歌词都让他们着了迷，不知不觉中也学会唱了。当时年幼的他们并不知道这是歌剧《江姐》的主题曲，更不知作者是谁。上初中时，喜欢唱歌的刘和刚终于知道，这首《红梅赞》的词作者叫阎肃，这个名字就成了他追捧的偶像。再后来，他听说“空军有阎肃”，空政文工团便成了他的不二选择。

1993 年，刘和刚在黑龙江省艺术学校学习，在一次练功时摔伤了腰，卧床休养了一个月，除了打针吃药，还有一个秘方，那就是每天都听阎肃的《敢问路在何方》。这首歌不仅陪伴他战胜病痛，也坚定了他“路在脚下”不断进取的人生信念。1997 年，刘和刚考入解放军艺术学院，军训后上第一堂业务课时，老师孟玲就问：“和刚，毕业后你准备去哪儿发展？”

他当时毫不犹豫地说："我想到空军去，空军有阎肃！"于是，他从大学三年级开始就报考空政文工团，几经周折，如愿以偿。

2001年，刘和刚到文工团报到，终于见到了仰慕多年的阎肃。到空军时他演唱的第一首歌，就是阎肃和孟庆云创作的《重逢》，是一首讲述战友情谊的歌曲。他凭借这首歌获得了全军首届声乐比赛三等奖。

刘和刚先后参加了几次"青歌赛"，阎肃不是评委就是监审，前几次刘和刚都因综合素质得分低而名落孙山。记得有一道题是播放戏曲艺术家新凤霞的一段评剧后，提问演唱者是谁，刘和刚没答上来。比赛后，他天天躲着阎肃，怕挨批，可越怕越能碰上。让刘和刚没想到的是，阎肃见到他的第一句话是："新凤霞啊！以后我就叫你新凤霞吧！"这让刘和刚减轻了不少压力。之后，阎肃把他叫到家中，拿出"老三篇"让他通读，并要求他加强学习，提高综合素质。

2007年，空政文工团第五次复排《江姐》，领导安排刘和刚扮演华为。他顾虑重重，一是他从来没有演过歌剧；二是剧中角色华为只有十八九岁，而他已经30岁，感觉角色太嫩；三是觉得《江姐》太出名了，怕演砸了，给这部戏丢人，给空军丢人，想打退堂鼓。他对团长说："我真不行，怕演不了。"团长坚持要他演。他有点赶鸭子上架的感觉，很勉强，有情绪。

在排练现场，阎肃问他："和刚，听说你不想演我的歌剧？"刘和刚笑嘻嘻地反驳："阎老，不能说是您的，这戏是中国的宝啊！"

阎肃哈哈笑道："那你为什么不想来排练啊？"刘和刚将他的顾虑如实相告。阎肃说："华为的角色虽然年轻，只有5场戏，词没有多少，但起了贯穿全场的作用，整个歌剧不能没有他。你不光要演，还要演好。我是看着你走过来的，除非你不努力！"

听了阎肃的鼓励，刘和刚说："我怎么能不努力呢？"此后，阎肃不断给刘和刚打气，从台词到走位都悉心辅导。

刘和刚是东北人，华为是重庆人。一次，阎肃带着诙谐幽默的口吻对他说：“你的参与给整个歌剧带来了新的活力，给华为添了很多异样的风采，演出了东北风味啊！”刘和刚一拍脑门，顿时明白，不能因为自己的东北腔调破坏了整个歌剧的风格。

最后，刘和刚的演出非常成功。他至今念念不忘阎肃的鼓励和指导。

藏族歌手阿斯根说：“阎肃就像是自己的亲人一样，感觉特别亲切。每当需要帮助的时候，他总能及时出现在面前。”

2007年，阿斯根应邀为电影《青藏线》演唱主题歌《去拉萨的路有多远》。拍完音乐电视，要在民族饭店召开新闻发布会，阿斯根想请阎肃出席并主持。

那时，她到空政歌舞团才一年多，怕阎肃对她没印象，怀着忐忑不安的心情打通了阎肃的电话。没想到初次联系，阎肃就爽快地说：“歌舞团的阿斯根，我看过你的演出，你这孩子挺有潜力的，要努力！时间嘛，我会尽力安排好，你们年轻一代不容易，我会尽力支持的。你要为弘扬藏族文化多做贡献啊！”

发布会那天，阎肃风趣地说：“一句话，小根子属于执着的人，一根筋！”引起现场一片笑声。他鼓励阿斯根多向前辈歌唱家才旦卓玛学习。

发布会非常成功，阿斯根从心底感谢阎肃的支持。

2009年11月，阿斯根举办独唱音乐会，阎肃和羊鸣、徐沛东等艺术家为她题了词。令阿斯根感动的是，阎肃的题词把她的名字也融进去了。

此外，阎肃还和作曲家孟庆云一起，为阿斯根创作了歌曲《心香》，“雪山的天空映照你和平的身影，长长的岁月填满了我们深深的爱”，优美的歌词仿佛把阿斯根带回了秀美的家乡。

2000年6月，舞蹈演员蒋卉代表空政文工团参加空军读书演讲大赛。

她是搞形体艺术的，很多人对她并不看好，她自己也有些畏畏缩缩的。

一次，她和其他单位的几名选手一起训练，阎肃担任指导。

首先是选手自我介绍，其他人都介绍自己的成绩和辉煌的一面，而蒋卉给大家讲述的是在上海舞蹈学院上学时，父亲帮助她训练的一段感人故事。

当她讲完后，大家静静的，谁都没有鼓掌，也许是有人觉得这样的内容不适合作自我介绍，也许有人还在回味她讲的故事。

这时，阎肃第一个鼓掌，并且笑着说："你的故事打动我了！"还说："你的自我介绍很独特，很能打动人，就是语言表达方面还要精练。"

之后，他多次指导蒋卉提炼演讲稿、组织语言，怎样表达感情。有时他自己先讲一段，让蒋卉跟着学习体会，鼓励她："相信自己一定行！"蒋卉慢慢找到了感觉，用语言和神情来表达自己的感受。

正式比赛那天，她以《云上的日子》为题，结合自己的成长历程，表达对舞蹈、空军的挚爱。

当演讲结束时，评委全哭了，有的拿下眼镜擦眼泪，蒋卉打动了在场的所有人，毫无悬念地拿下了空军唯一的一等奖。这个奖是蒋卉获得的舞蹈专业以外的第一个奖项。

阎肃的帮助令她终身受益，让她对语言艺术有了深刻体会和准确认识。

后来，蒋卉担任了中央七套的主持人，并成功出演了电视剧《炊事班的故事》《武林外传》等。蒋卉说："是阎老帮我挖掘出了连自己都不知道的潜能。"

"风，请你告诉我，请你告诉我，故乡的早春，梅花几朵，桃花几朵？……

妈妈的脸上，笑有几多，泪有几多……即使没有更多的话语，万千情感融进大海碧波，就让我们肩靠着肩肩靠着肩，享受沉默，好把我们浓浓思念深深寄托……”

听着这首熟悉的歌，朱迅有些恍惚，那个见面就亲切地叫她“丫头”的老人真的走了吗？

她脑海中浮现的是一幕幕的电影，一阵阵的笑声，一声声的叮咛。

人这一辈子总会有一个人、一句话、一个细节，甚至一个过失影响着整个人生。在朱迅心中，阎老于她就是这样一个人，他的真、他的正、他的暖、他的高，对她的影响，不是一段，而是一生。

她与阎老的缘分始于1999年，她永远也忘不了。那一年，她正在国外留学，对留学生来说，中央电视台的春节联欢晚会几乎就是乡愁的栖居之所。当年春晚她听到的正是这首让四海同心、乡愁成音的歌——《风，请你告诉我》。歌词作者叫阎肃，阎肃是谁？当时她并不知道，但那首歌听一遍就进入了她的脑海，让她泪流满面……

第二年，也就是2000年，她踏上了回国的路程。她不想夸张地说是这首歌让她回国的，但是她心里很清楚，她决定回国又怎能离开这首歌呢？漂了十几年，她想家了。她是一个北京丫头，只有站在什刹海边，走在长安街上，听着京腔京韵，她才能找到真正的自己。是阎老的这首歌，在她人生最关键的时候呼唤她做出了最正确的选择。回国后的朱迅一直在中央电视台工作，也与阎老开始了十多年的忘年交。不知从什么时候开始，她就成了阎老口中那个亲切的“丫头”，她总觉得面对的是一片海洋，一片芳草。

朱迅不会忘记“温柔一脚”的事。

那时她主持“青歌赛”，阎老是点评嘉宾。其实，比赛中的点评真不好干。

因为不仅要点评每位选手的演唱水平，还要点评评委的打分是否公平。直播过程中经常会有评委意见不合，场面很难控制，甚至出现针尖对麦芒的情况。一到快要“着火”的时候，朱迅就机灵地在桌下给阎老“温柔一脚”。阎老是明白人，这时总能挺身而出，用高人一筹的意见和众人都能接受的方式，把尴尬化解于无形。但这不代表他是“和事佬”，谁都知道，阎老的一声“喔”极富技术含量，一声“喔——喔——喔——”精准表达着他不同的立场、态度，甚至是判断。

但朱迅这“温柔一脚”用得多了以后，阎老总会在节目结束之后“可怜巴巴”地揉着腿故意抱怨：“丫头，踢我这么多脚，你疼吗？”

朱迅不会忘记，有一次和阎老坐车赶录播，下雨天，又堵车，眼看时间来不及了。老爷子把车门一推，拉起她，一头就冲进了雨里，她一下都没反应过来。当他俩湿漉漉地在录播前赶到台里时，焦急等待的同事竟然一时安静了下来。随即，就听到阎老指着她的狼狈样哈哈大笑起来。笑过之后，对朱迅是太深的触动：80 岁的阎老，用这样湿漉漉的方式，告诉她如何去坚守岗位，如何去尊重观众。在她印象中，阎老从不迟到。

朱迅也不会忘记，最后一次见到老爷子是在 2015 年的八一晚会上。晚会结束后，她高兴地跳下舞台去拉阎老的手。他轻轻点着她的鼻子，在她耳边悄悄说：“你刚才吃了一个‘螺丝’吧，别以为我听不出来，赶快去补回来。”朱迅一愣，那就是个“的地得”般的小口误，她觉得凭她丰富的经验已经遮盖得极为巧妙了，但 80 多岁的阎老耳聪目明，听得真真儿的。

知道阎老生病以后，这“最后一个螺丝”就像一根刺一样狠狠地扎在朱迅心里，她多希望阎老能够再一次坐在她面前看她主持节目，看她漂漂亮亮地完成任务……

朱迅的眼泪流了下来，在心里默默地说：老爷子，丫头绝不再吃“螺丝”，我会尽力把你传递给我的那种温暖、那种情怀、那种智慧、那份正气、那份快乐，那种得之淡然、失之泰然的心态，那种争其必然、顺其自然的拼搏大声地告诉更多的人。可是，你怎么就真的走了呢，你回来盯着丫头啊……

我梦里想的心里盼的你总在惦记，
我高声唱的轻声笑的你都很珍惜。
我渴望幸福岁月，你安排风和日丽，
我期待展翅飞翔，你铺开朝霞万里。
啊，这就是全心全意。
全心全意就是心连心在一起，
全心全意就是同命运共呼吸。
大路通天浩浩荡荡十三亿，
高歌奋进共同高举着五星红旗。

你引的道路指的方向我坚信不疑，
你立的规矩定的主意我时刻铭记。
你铺开朗朗乾坤，你山川都扬眉吐气，
你含笑走遍大地，才焕发勃勃生机。
啊，这就是全心全意。
全心全意就是心连心在一起，
全心全意就是同命运共呼吸。
大路通天排山倒海十三亿，
团结奋进永远高举五星红旗。

这首名叫《全心全意》的新歌由阎肃作词、著名音乐人鹏来作曲，在网络音乐平台上线以后，点击量迅速飙升。这是一首新时代的赞歌，歌词情真意切、朴实无华，抒发了新时代党员干部拼搏奋斗、自强不息的精神，讴歌了听从党的召唤、全心全意为人民服务的思想。这首歌的首唱者是一位 95 后女孩，名叫王慕熙。她用细腻、亲切、温暖的声音诠释着《全心全意》，饱含深情的演绎，如同宣誓般庄严肃穆，也如泉水般淙淙流淌。

这不是一首普通的歌，而是阎肃的收官之作。王慕熙是中央音乐学院的学生，阎肃大师的作品是怎么降临到她头上的？说来非常偶然，她在中央音乐学院的琴房试唱这首歌时，阎肃和鹏来就站在窗外。阎肃对鹏来说："这丫头难得，年纪虽小，但把握得不错。我看就交给她吧。"这首歌还没来得及正式录制，阎老就已溘然仙逝。王慕熙满怀悲恸地到阎老家里去看望李文辉。李文辉说："歌颂祖国、歌颂党、歌颂人民，这是阎老一生的理想。慕熙，一定要把《全心全意》唱好，这是阎老对你的期望，也是你对他最好的回报！"她含泪应允。她一遍遍反复练习，最终唱出了极高的水准，成为告慰阎肃英灵的挽歌。

2015 年 12 月 15 日晚，《一片丹心向阳开——时代楷模阎肃作品音乐会》在国家大剧院举行。许多著名歌唱家登台演唱了阎肃的经典作品，其中大多数人与阎肃有师徒之谊，得到过阎肃的关怀和帮助。参加这次音乐会的还有蒋大为、蔡国庆、张也、孙丽英、金曼、雷佳、王丽达等歌唱家，他们在北京的冬天用歌声向昏迷中的阎肃传递温暖，表达最真挚的敬意。

60 余年来，阎肃桃李满天下，他的知识传承、风范影响、成功启迪、使命激励，催生出一大批优秀的演艺人才，在祖国的文艺舞台上大放异彩。

02

唯有良知难泯灭，不屑低眉随浊流

2004 年，一首名为《老鼠爱大米》的网络歌曲一夜走红，甚至走上央视春节联欢晚会。此后，以通俗、轻松、幽默为特点的网络歌曲在国内乐坛风起云涌，大量平民歌手通过网络，把自己创作的歌曲推向社会。

互联网的普及，使流行音乐的传播速度和广度成倍增长，这是时代进步的标志。令人不安的是，经过短短几年的发展，网络歌曲却出现了低俗化、恶俗化的倾向。不少网络歌曲为了哗众取宠，采用侮辱人格和打情色擦边球等出位的做法，导致格调低下之风蔓延。

令人奇怪的是，越低俗越流行。当大街小巷的音像商店几乎全在合唱“擦干眼泪陪你睡”时，相当多的人表示了反感。

流行歌曲何以越低俗越流行呢？一些音乐评论家的结论是“太多的人急功近利”。一首歌曲从诞生到流行需要时间跨度，而现在的创作者在创作歌曲时首先想的是怎么能出名，甚至不介意出恶名。于是，他们利用一切手段和方式，甚至用最低级的方式来迎合一部分受众的关注。有些创作者干脆怎么有争议就怎么写。一旦引起争议，歌火了，创作者也赚足了眼球，网络平台也获得了足够高的点击率。这是商品经济时代的产物，里面有一条明显的经济利益链。

低俗、恶俗的流行歌曲能够大行其道，从某种意义上体现了主流音乐的失语。因为主流音乐没有拿出贴近生活、贴近群众的艺术作品，于是，低俗、恶俗的流行歌曲得以乘虚而入，直到成为一道“风景”。

主流音乐人应该承担起满足人们精神需求的职责，摸准脉搏，创作出人们真正喜欢的作品。如果总是停滞在叫好不叫座的层次上，主流音乐依旧难以“流行”，依旧会“失声”。

作为音乐界的大佬，阎肃对这种状况深感忧虑。在他的呼吁下，2007年10月19日，中国音乐家协会举办了一次“抵制网络歌曲恶俗之风”座谈会。中国文联、中国音协相关领导及阎肃等40位主流音乐家共聚一堂，“会诊”网络音乐。

关于这次研讨会的报道及评论，第二天刊登在众多报纸上，网络媒体更是使出报道、图片、评论、视频等十八般武艺，展开各种大讨论。多年来围绕网络歌曲的争论被集中放大。

网络歌曲被推到了风口浪尖，动了很多人的“奶酪”，座谈会上强调要支持网络音乐健康发展等另一种更为理性的声音，却被人别有用心地忽视和屏蔽了，反而断章取义地误导网友，认为他们是要把网络音乐一棍子打死，霎时“唱反调”的声音甚嚣尘上。

有人批评：“一群音乐大佬，在诸多网络歌手缺席的情形下，完成了一次深恶痛绝的批判。”

有人调侃：“我也奇怪，有些年头不见像阎肃、徐沛东、李海鹰这些享受正局、副处待遇的老艺术家的作品了，忽然明白原来老艺术家们都跑去当警察了。”

有人叫板：“音乐家，你拿什么抵制恶俗网络音乐？”

有人质疑：“奇怪了，徐老师当年的《篱笆、女人和狗》，名字恶俗不？‘碾子是碾子缸是缸，爹是爹来娘是娘’，空洞不？无病呻吟不？不是也流行于大江南北吗？20年后，徐老师也开始正襟危坐，坐而论道了。”

有人建议：“简单抵制不如良性竞争，用好的、不低俗的取代低俗的，好让孩子们有个学习的榜样，而不是靠贴标签来击败对方。实际上，这种傲慢与偏见，不仅会贻人笑柄，也是对音乐的伤害、对广大受众智商的轻视。”

被批评的网络歌手也迅速做出回应。他们齐聚北京，开会回击音乐界的“老教条”，嘲讽他们“吃不到葡萄就说葡萄是酸的”。

但阎肃不怕攻击，坚持真理，毫不退让。他说：“20 世纪 40 年代末，蒋家王朝纸醉金迷、摇摇欲坠之时，白光、周璇的歌也没有这么低俗。电视上看到的西方夜总会的歌、港台的一些歌，也没有没文化到如此地步！我今年 77 岁了，可是像《那一夜》这样低俗、没文化的网络歌曲，就是在西方也很少见。这些低俗的歌曲简直是对音乐、对人心灵的一种亵渎和糟蹋。像《老鼠爱大米》这样的歌更不该在主流电视上出现。我在报纸、广播、电视上还看到过一些不好的歌曲出现。我现在很为孙辈们担心，他们才十来岁，还没有太强的分辨能力，光知道好玩。而《歌唱祖国》这样优秀的歌曲，他们觉得太硬，不喜欢唱，反倒是一些恶搞的网络歌曲，包括恶搞我的作品，很顺口就能唱出，幼小的心灵过早地受到污染。真的不能再任由这种恶俗化的风气蔓延下去了。每个成年人都要有责任心，要对我们的国家，对我们的下一代负责任。媒体应该把好关，从源头上遏制低俗网络歌曲的传播，并旗帜鲜明地展开批判。应该多宣传优美的歌曲，像江西最近举办的红歌会，反响就很好，吸引了很多人看，收视率也很高。”

他大声疾呼：“这就好比‘地沟油’‘苏丹红’，不法商贩用它们做食品，在市场上赚取利益，害的是我们的下一代，害的是我们的国家！”

阎肃多次在不同场合，义正词严地痛斥网络歌曲的低俗化现象，但同时也认为，网络歌曲已成为音乐创作中的一大景象，它内容丰富，良莠不齐，因此不能一棍子打死。对“通俗”“低俗”“恶俗”要区别对待，对通俗的歌曲应该持宽容的态度，而对“低俗”“恶俗”的歌曲应坚决抵制。

为此，他与40位主流音乐家联名签署了《抵制网络歌曲恶俗之风，倡导网络音乐健康发展》倡议书：

近年来，我国音乐事业出现了大繁荣、大发展的生动局面。这使得广大音乐工作者能够为满足人民群众日益增长的精神文化需求，做出了自己应有的贡献。随着互联网的快速发展，为优秀音乐作品的传播增加了新的途径，网络歌曲在群众中，尤其是青少年中的影响甚大，网络音乐呈现出产业化的发展趋势。然而近一段时间，有些网络歌曲格调低俗、歌词怪异，甚至以打情色擦边球等做法来哗众取宠，在客观上败坏了社会风气，毒害了青少年心灵，玷污了音乐艺术，这是令我们痛心和不愿意看到的情况。为了进一步加强行业自律，抵制网络歌曲恶俗之风，倡导网络音乐健康发展，树立音乐工作者良好的社会形象，特向音乐界同仁发出如下倡议：

一、音乐工作者要牢固树立社会主义荣辱观，进一步增强社会责任感，自觉抵御不良内容的侵扰，摈弃低级恶俗之风，推动网络音乐健康发展，努力创作出更多符合时代要求、关注人民命运、赞颂人民奋斗、激励人民前进、反映民族精神，为人民群众尤其是广大青少年喜闻乐见的优秀网络音乐作品。

二、用先进技术传播先进文化，创作更多适合网络传播的优秀歌曲，用健康向上的歌曲作品占领网络空间，用倡导真、善、美的优秀之作引导网络歌曲的创作，抵制反映假、恶、丑和与社会公德、中华民族优秀传统美德相背离的低俗甚至恶俗的网络歌曲，营造良好的网络音乐文化氛围。

三、和社会各界一道，运用各种形式，着重在音乐欣赏方面对网络歌曲的主要传播对象青少年进行教育和引导，使他们认识到低俗网络歌曲对自身成长的侵害，提高他们的音乐品位和鉴赏能力，使他们能够自觉抵制低俗的网络音乐作品。

在党的十七大召开之际，让我们共同携手，以强烈的社会责任感和主人翁意识，自觉抵制网络歌曲恶俗之风，净化网络环境，传播先进文化，努力创作出更多反映时代精神，形式多样，内容新颖，为广大青少年爱听、爱唱的优秀网络音乐作品。

倡议书发表后，社会各界人士热烈支持，并用不同形式发表意见。一位网友发自内心地说："支持阎老师等艺术家的做法。现在的网络歌曲实在无聊且俗得厉害。那些作词的人都过于急功近利，以低俗迎合部分人，哪里还有什么社会责任可言？有些听起来旋律还不错，可是歌词经不起推敲，有些低级词语甚至成了部分学生的口头禅，这才是最令人担忧的，到了该整顿一下的时候了。"一位中学老师反映："在广播、电视播放《那一夜》歌曲的日子里，中学生在上课前也唱《那一夜》这首歌。作为老师，心里真不是个滋味。你要限制吗？学生会说电视里都在播啊。这样低级、庸俗、不健康的歌曲渐渐地渗透到教室，毒害青少年，广播局应该管一管，全社会都应该抵制。"他们说得太好了，代表了人民的呼声。的确，网络歌曲该整顿了，对网络低俗歌曲该亮黄牌了。

老艺术家黄一鹤与阎肃相交甚久，他说："在艺术界，阎老有很好的口碑，他平和敦厚，与人为善，不争名、不争利、不争功。可是，在大是大非和原则面前，他总是一身正气，绝不退让。"

阎肃深知，抵制流行歌曲低俗、恶俗之风，靠禁是远远不够的，还要靠更多好作品迅速投放市场，引领音乐时尚，正气上扬，低俗、恶俗之风才能被刹住。因此，他对江西掀起的唱红歌活动不遗余力地给予支持。

2010年，江西办了一个很普通的红歌会，里面的歌手大部分是业余的，但阎肃说他一定要去两天，给红歌会当评委，因为江西是红色的摇篮。

一次，《中国红歌会》在北京举行研讨会，阎肃声情并茂地讲述了他对红歌会的感受："许多参赛选手对这个节目的喜爱是我万万没有想到的，有的说那些歌曲都是爷爷教唱过的，是他们全家最爱唱的歌，还有很多人都是流着泪去唱、去听。我的孙女平时喜欢《菊花台》那样的歌，没想到后来每期都看《红歌会》，学会了里面好多歌，平时就经常哼唱，让我大吃一惊。"何谓红歌？他作了一个定义：革命时期以及新中国建设时期涌现出来的大批奋发向上、励志昂扬的歌曲都是红歌。首先，它是在漫长的历史环境中诞生的，与我们民族一起成长的、融化在人们生命血脉里的歌曲；其次，是新中国成立前后反映主旋律的、追随着我们发展脚步的歌曲；最后，是那些时代烙印并不浓的健康向上、启人心智、净化心灵的歌曲。

红歌是根植人心的，是真诚的。红歌是一种精神上的回归，是一种大爱。

江西卫视邀请德高望重的老一辈艺术家组成红歌评委团，一向是《中国红歌会》的一大特色和看点。最吸引眼球的是阎肃、滕矢初和牟玄甫三位艺术家，他们被称为中国红歌会的"三驾马车"。从2007年开始，他们连续担任《中国红歌会》评委。

"三驾马车"坐镇红歌会，或妙语连珠，或即兴作诗，或现场示范，无不展示出大家风范，让选手和观众大为折服。三位身处不同音乐领域的艺术家相得益彰，是《中国红歌会》最受欢迎的评委组合。

有观众说："阎老爷子风趣幽默，滕矢初老师稳重儒雅，牟玄甫老师言辞犀利，三位配合默契，相得益彰，三驾马车，并驾齐驱，拉着红歌会平稳前行。"

阎肃思路清晰，诙谐幽默，童心未泯，主持公道，点评精彩，为红歌会的公平、公正举办立下了汗马功劳。回顾自己的评委生涯，阎肃说：“做评委最重要的是要有一颗公正的心。不要掺杂其他因素，要爱护参赛的选手，要有原则。我相信，只要你说的是实话，哪怕你是批评他们，选手也会欣然接受。”

对于不从作品出发的所谓“潜规则”，阎肃深恶痛绝地说：“鸭蛋里有‘苏丹红’，应该打假；文艺界的‘苏丹红’更可怕，也要打假。如果我们评奖不把最优秀的评出来，卖了人情、徇了私情，那么，公正性体现在什么地方？”

几年前在山沟里的一个部队招待所，晚上 10 点多钟，他突然敲开同伴的房间，进门就怒气冲冲发排炮，说刚才电视里播的节目是怎么回事？现实生活中有那样的人物吗？有那样的故事吗？简直是荒唐可笑！发了一通火，阎肃说，没什么事，就是要把心里头的话说出来，否则堵得一夜甭想睡觉。

就是这样一个眼里容不得沙子的人，在阅尽世事依然能心怀天真和忠诚，这该有一副多么豁达的胸襟，才足以使他不把来自任何方面的压力放在心上，坚守自己的底线。

阎肃多次担任曹禺剧本奖的评委会主任。在评奖的过程中，他从作品出发，认作品不认人。有时候，获奖作者往往是名不见经传的无名小辈，而一些和他个人关系很好的名家却榜上无名。他明知以后见面会很尴尬，还自嘲地说：“以后在路上遇见，可要遮住脸喽。”他坚持从作品质量出发，不分出身、不看地位、不徇私情。

2014 年 10 月 15 日，习近平总书记在北京主持召开文艺工作座谈会。阎肃发言时直陈时弊：“近年来，总有一种乱花渐欲迷人眼的感觉，社会上绯闻、丑闻、花边桃色，作秀、作呕、低俗、恶俗，纷纷闯入眼帘。聒噪不休，好像这才时髦夺眼球，甚至香臭不分、法纪不论，越黑越火，让我着实感到寒风瑟瑟。”他指责道：“少数人还争先恐后摇旗呐喊、推波助澜，被市场、收视率牵着鼻子走，还津津有味、得意非凡，这还有点文艺工作者应有的良知吗？”他的发言得到了习近平总书记的充分肯定。

03

谁在长空吹玉笛，君自放歌天地间

“弦歌感人肠”的阎肃被评选为“感动中国”2015年度人物，颁奖词曰：“铁马秋风，战地黄花，楼船夜雪，边关冷月，这是一个战士的风花雪月。唱红岩，唱蓝天，你一生都在唱，你的心一直和人民相连。是一滴水，你要把自己融入大海；是一树梅，你要让自己开在悬崖。一个兵，一条路，一颗心，一面旗。”

艺术恩师、为人楷模、普通一兵、一颗童心、古道热肠、时尚老头，这是人们对生活中的阎肃的形象概括。阎肃为人谦卑低调，这绝不是故作姿态的作秀，而是几十年如一日。阎宇回忆说：

> 记得从我小时候直到现在，但凡和老爸一起出门，在路上不管遇到什么人，花匠、木工、烧水的、大师傅、小战士，爸爸一律向对方微欠上身大声打招呼：您好！我那时心里挺别扭，觉得自己这爸也太没

派头了，跟谁都主动打招呼，还鞠躬，您用得着么！这时我就故意说他："您认识么就和人家打招呼？"老爸对于我的嘲讽口吻一般不予理睬。慢慢地，等我长大后才明白，他那是习惯与人为善，尤其是怕那些工人、小战士看见他紧张，所以不管认不认识都主动打招呼，好让大伙儿放松。

面对蜂拥而来的粉丝，他总是满面春风，签名、合影，来者不拒，从没甩过脸色。甚至在温泉浴池洗澡，一身肥皂泡，还要尽量满足粉丝签名的要求。他哈哈大笑："你们今儿算是见到了最彻底的阎老师了！"

他没当过一天官，没为自己出过一本书，60多年军龄没提前晋过一次职。他把身段放得低低的，有海纳百川的胸怀，终成一代大家。

他有那么多堪称经典的作品，为他赢得了很多荣誉，但他始终保持清醒的头脑，他说过："什么词坛泰斗、国宝级艺术家之类的说法，我一概不承认，根本就没有的事，感觉自己没做什么，怎么就有了这么高的评价？我唯一承认的，就是我很勤奋。我认真对待每一分钟。一个人写一个作品，火了，这很不容易；写两个作品，火了，更不容易，但也有可能是撞大运；如果他写十个作品，都火了，那他一定有自己的窍门。我的窍门就是认真对待每一项工作。我从来没想过要当个什么'家'，我就是一个'者'，一个普通的文艺工作者。"

曾有记者采访阎宇，让他谈一下阎老的成功之道。阎宇说："我想了一阵，怎么想还是觉得老爸就是个普通人，普通的爹，厚道的老大爷。他自己一直没把自己看成名人、艺术家，就觉得自己是一名空军的老兵。"

如此淡泊名利的阎肃，偏偏荣誉纷至沓来，他是怎么对待这些荣誉的呢？

1997年4月1日，新华社报道，中央军委主席江泽民签发通令，批准给空军政治部文工团编导室创作员阎肃记二等功。通令说，阎肃同志几十年来，辛勤耕耘，创作了一大批深受部队官兵和广大人民群众喜爱的优秀作品，共获得全国性大奖11项、全军性大奖12项，为繁荣部队和社会的文艺创作做出了突出的贡献，为表彰其功绩，中央军委决定给阎肃记二等功。

当时空军向中央军委报请的是三等功，但批下来的是二等功。这是有史以来，中央军委主席第一次为文艺工作者签发立功通令。

对这一殊荣，阎肃很从容，很淡定，很平静，没有任何欣喜之狂态，更无得意忘形之举动。

2001年7月，纪念建党80周年之际，阎肃被评为空军优秀党员。阎肃对这一荣誉看得很重，他在接受记者采访时说：

> 我这一辈子得的奖状和证书实在太多了，但对"优秀共产党员"这个荣誉情有独钟。现在很多人不以党员为荣，没觉得党员有什么责任。有些人入党是把党员当作资本。我认为我们党很伟大，平易近人，很亲切。新中国成立前我就认为共产党了不起，我崇拜党，入党后我老觉得自己离党员的要求差得挺远。这个党讲人性化，不是成天板着面孔说教。我特别看重自己能成为党员里的优秀分子，被评为优秀共产党员，我打心眼里感到光荣，激动得不得了。原来以为是空军政治部的优秀党员，没有想到是空军的优秀党员，我没有像杨利伟、李中华那样的惊天动地的事迹。荣誉本身就是对自己的约束，真不敢闹着玩。别人不说什么，我自己觉得有责任。这是我没有向组织伸过手的原因之一。包括我儿媳妇的事，我也没张口。60年了，没有提前晋过职。我老是满足，觉得已经可以了，我特满足。这个奖我特看重，全空军的，我感到莫大荣誉。真是应该珍惜荣誉，不能那么随便就对待了。有了

2010年，阎肃同志先进事迹报告会本人发言

荣誉不能飘飘然，别把它淡忘了。要对自己形成一个约束，像个样子，别对不起这个称号。要经常反省，你做了什么？

2010 年 5 月 31 日下午，阎肃同志先进事迹报告会在北京举行，空军大院礼堂座无虚席。报告团的 5 名成员从不同角度讲述了阎肃的感人事迹。中央军委委员、空军司令员许其亮，政委邓昌友等 1100 多名官兵聆听了报告。

阎肃本人的发言是这次报告会的高潮。他说："今天，当 80 岁的我站到台前向大家作汇报时，真是百感交集，概难言矣！ 80 年路漫漫，60 载修远兮。千言万语从哪里说起呢？此时此刻，我最真实的感受、最想说的是八个字：感恩！感激！感谢！感悟！"

如潮的掌声在礼堂阵阵回响。老人声情并茂的演讲深深感染了听众，从司令员到普通士兵无不为之动容。

这天晚上，阎肃回到家里，阎宇问他："80 岁还当劳模感觉如何啊？"他坦率地回答："我挺紧张，挺惶恐，低调惯了，这样挺不习惯，主要是，我也没做什么啊！"阎宇喟然长叹："我厚道的老爸哦！"

2015 年 11 月 29 日，中共中央宣传部授予阎肃"时代楷模"的荣誉称号。那时，阎肃在空军总医院的病床上已经昏迷了两个多月。荣誉证书和纪念章是阎宇领回来的。

不管以什么样的方式存在，内心的博大和身心的和谐才是最重要的。岁月的万千次淘洗，早已滤净了他眼中的浑浊与泥沙，只剩下目光安详、内心辽阔，呈给山河平静的神态，一切喧嚣与宠辱必在寂静中返璞。他的心灵如一面镜子，苦难的一面面对自己，温和的一面照彻人间。

2015 年 12 月 24 日，中宣部、文化部、解放军总政治部在人民大会堂举行阎肃同志先进事迹报告会。

报告会上，空政文工团团长张天宇、武警文工团创作室原主任王树增、中央电视台节目主持人朱迅、阎肃之子阎宇、空政文工团演员王莉，分别以《党的文艺战士的好样子》《抒写追梦筑梦的最美乐章》《远山近水沐春风》《老爸的一颗平常心》《红梅花香永驻人间》为题，从红心向党、追梦筑梦、德艺双馨三个方面，用质朴的语言、鲜活的事例和真挚的情感展现了阎肃对党忠诚、服务人民的坚定信念，讴歌时代、铸就精品的责任担当，勇立潮头、追求卓越的奋斗激情，艺德高尚、淡泊名利的人格风范。精彩的报告赢得现场观众一阵阵掌声。

报告会前，中共中央政治局常委、中央书记处书记刘云山看望报告团成员，代表习近平总书记、代表党中央，向阎肃同志表示敬意，向阎肃同志家属表示慰问。他强调，文艺工作者要深入贯彻习近平总书记在文艺工作座谈会上的重要讲话精神，学习阎肃同志的先进事迹和崇高精神，坚定信仰、根植生活、崇德修身，走好正确的人生之路、艺术之路，做无愧于党和人民的文艺工作者。

刘云山在看望时说，阎肃同志是文艺战线的一面旗帜，他 60 多年勇攀艺术高峰，80 多岁依然奋斗在文艺工作第一线，无论是创作实践，还是为人做事，都一片丹心、一腔热血、一身正气，不愧为文艺工作者学习的楷模。文艺工作者应该走什么样的人生之路、艺术之路，阎肃同志以丰富的人生经历和艺术实践，做出了很好的回答。向阎肃同志学习，就应当丹心向阳，走党指引的光明之路，坚定理想、不忘初心，把对党的忠诚融入文艺创作，满腔热情地为信仰而歌；就应当植根生活，走与人民结合之路，用心走基层，用情搞创作，虚心向人民学习、向生活学习，更好地为人民抒写、抒情、抒怀；就应当崇德修身，走德艺双馨之路，自觉践行社会主义核心价值观，坚持艺品与人品相统一，潜心创作实践、力戒浮华浮躁，以实际行动弘扬真善美，增添正能量。

刘云山强调，决胜全面建成小康社会，需要文化的力量、文艺的力量，需要更多阎肃式的优秀文艺工作者。新闻媒体要多报道文艺界先进人物的感人事迹，用他们的思想情操、精神境界、艺术态度引领和感召更多的人。文艺工作者要增强文化自信、价值观自信，向先进典型学习，向时代楷模看齐，多做塑魂铸魂、鼓舞士气的工作，抒写切合时代脉搏的文艺篇章。

中央政治局委员、中宣部部长刘奇葆，中央政治局委员、中央军委副主席许其亮和中央军委委员张阳、马晓天一同看望。

这样一篇来自官方的新闻通稿占据了网络和媒体最醒目的位置，点击量一路飙升，他的歌再度大热，足见人们在喧嚣浮华的时代里内心的呼唤和需求。人们渴望与美好相伴而行，渴望像他一样爱着广阔与自由，爱着与阳光山河共舞，抵达万里晴空。

“是时代造就了我，我忠实于这个时代，忠于我们的党和军队，舍此我就没有安身立命之地了。”这是阎肃的一句名言，是他内心深处最深情最真挚的声音。

2014 年的“感动中国”人物评选，阎肃是推选委员。他推选了中国核潜艇之父——黄旭华。阎肃在推选词中这样写道：“试问大海碧波，何谓以身许国，青丝化作白发，依旧铁马冰河。磊落平身无限爱，尽付无言高歌。”

时隔一年，阎肃被评选为“感动中国”2015 年度人物。当 2016 年 2 月 14 日，中央电视台举行颁奖盛典时，一代大师已经在两天前溘然长逝。

深沉的大爱是阎肃作品中的氧气和阳光，供养和照亮了一个又一个温暖的情景。德艺双馨的老人驾鹤西去，又有多少赞歌能尽颂其功？梳理阎肃的生平，他的歌几乎伴随着我们的出生和成长，成为我们这一代人的集体记忆，他的作品深深影响了至少三代中国人，而他的事迹也将继续为后人所传颂。

2016 年 6 月 28 日，中共中央组织部追授阎肃“全国优秀共产党员”称号大会在空军礼堂举行。

忘我奉献，追寻光明，这是时代永恒的主题。开掘这些最珍贵的精神宝藏，化作最优美的华章，阎肃沿着这条光明之路义无反顾，一路向前。

这个冬天，江山收起了红妆，原野恢复了素颜。老人静卧病榻，长睡不醒，漫天飞舞的雪花没能唤醒他，那些优美而熟悉的旋律没能唤醒他，巨大的荣誉也没能唤醒他。

面对翻卷的云潮，老去的春风，他用自己最纯净的心智来观天、观地、观众生。他用一生来讴歌与赞美，气沉丹田，把心中的万千气象汇于笔端，字字都是雨后初霁，句句都是水秀山清。不能忘却的还有他交给我们的爱。关于如何爱清晨，如何爱夜色，如何爱惊蛰或白露……他留下那样多关于爱的“舍利子”，守护在天地间，亦春，亦夏，亦秋冬。在他微笑的光芒里，同时拥有那样浩然的豪情与致远的宁静。

此刻，风起，云涌，与他有关的记忆起航入梦。

风声来自彼岸，仿佛为了匹配他的侠骨与柔情，他的笑声与歌声，他的光芒与奇迹。他知道，只要把光明放到至高无上的位置，生命自然会被彩虹照亮，只要擎起的理想依旧丰沛饱满，歌声就永不止息。就像那株寒梅，深情款款地活在他留下的华章里，看万里江山更加幅员辽阔，听生命的音节繁衍生息。

> 离去时如同静美的秋日落叶，
> 不盛不乱，姿态如烟，
> 即便枯萎也保留丰肌清骨的傲然。

他是一个兵，一个老兵，一个全军兵龄最长的文艺老兵。他的灵，他的魂，属于军营，属于空军，属于天空。

他以笔为枪，以一个士兵的热血忠诚写下生命的承诺，数十载不改初心；他以讴歌为使命，以激励为号角，留下一曲曲铁骨铮铮的强军战歌，在艺坛独树一帜；他以铁骨作针、丹心为线，穷尽一生，编织着心中高高飘扬的战旗。

哲人说，一个人的生命是有限的，但一个人的精神可以无限。那个曾经带给我们欢乐的人走了，那个带给一个民族和几代人文化盛宴的人走了，但他的生命早已伴随他的作品，融入这个伟大时代的滚滚洪流，与中国梦、强军梦的每一个音符一起跃动，他的歌声将永远回荡在朗朗蓝天和茫茫大地之间！